Сказки

Николай Вагнер

Сказки

© Bibliotech Press, 2021

ISNB: 978-1-63637-682-0

СОДЕРЖАНИЕ

КТО БЫЛ КОТ—МУРЛЫКА?

(предисловие к первому изданию)

> Жил Мурлыка, был Мурлыка,
> Кот сибирский...
>
> В.А. Жуковский

Издавая сказки Кота—Мурлыки, необходимо сказать хоть несколько слов об их авторе.

Это был старый и весьма почтенный Кот, но, к сожалению, полный всяких противоречий. Он был стар и постоянно напевал одну и ту же песню:

Nicht Alles was Alles ist gut!..

Таким образом, он никак не мог сделаться ни антикварием, ни архивариусом, хотя бы в каком—нибудь комиссариатском архиве и существовали самые жирные крысы.

Он был, бесспорно, почтенный Кот, но всегда вооружался против всякого почтенья, называя его китайской церемонией.

Он любил науку и терпеть не мог ученых. Любил искусство и ненавидел искусников: в особенности таких, которые всю свою жизнь пели фальшивые ноты.

Одним словом, это был очень оригинальный Кот, хотя всякую оригинальность не любил и преследовал: во—первых, уже потому, что никак не мог отличить оригинального от модного, а — главное, потому, что все оригинальное, по его мнению, заслоняет от нас все обыкновенное, простое, что мы должны изучать или что требует нашей помощи.

Бедный Кот был немного помешан. У него была одна idee fixe, от которой не могли освободить его все европейские и американские эскулапы.

— Я, — говорил он, — родился на свет вниз головой, и с тех пор все на свете мне кажется вверх ногами.

— Наверху стоят сильные и прекрасные золотые тельцы, перед которыми многие преклоняются или по крайней мере скачут и пляшут на задних лапках, а мне кажется, что наверху стоят те самые маленькие червячки, которые весь день—деньской роются в земле из—за насущного хлеба, и стоят потому, что первые должны же быть когда—нибудь последними.

— Наверху стоит человеколюбивое братство и отдает своему ближнему последнюю собственную рубашку, а мне кажется, что наверху стоит именно та самая собственная рубашка, которая ближе к телу, чем всякая другая.

— Наверху стоит столб прогресса, с рукой, указующей, куда идти людям, а мне кажется, что этот столб давно лежит на боку, а на нем лежат люди, твердя в умилении сердец: chi va piano, va sano!

— Наверху стоит светильник мира, потому что никто не ставит его под стол, а мне кажется, что он именно стоит под тем столом, за которым пирует добрая богиня Глупость и ворожит всем, кому хорошо живется на свете.

— Наверху стоит истина, вечно влекущая на свободу сознанного факта, а мне кажется, что наверху курятся те самые старые курильницы, которые стоят там со времен древних авгуров, а внизу... Но внизу нельзя ничего разобрать за облаками одуряющего дыма...

— Ах! скоро ли же мне представится, что люди ходят вверх головами и не болтают ногами по воздуху?..

И бедный Кот усиленно махал хвостом, желая отогнать от себя неотвязную idee fixe. Но это средство, разумеется, не помогло, и он принимался мурлыкать бесконечные песни и сказки. Его окружали и слушали дети, среди которых его старому сердцу было тепло и приютно.

Но и тут он не знал покоя. И тут к нему приставали разные "крючкотворцы", которые разбирали каждую его мысль, каждое слово.

— Что это ты сентиментальничаешь, — говорил один крючкотвор. — Разве идут эти нежности к твоим седым усам?

— Поди выдуби свою кожу, — говорил Кот, — и сердце также, если тебе покажется это лучше. Я тебе не мешаю.

— Что это ты сам себе противоречишь? — говорил другой крючкотвор.

— Только одна палка не знает противоречий, — ворчал Кот, — я не хочу быть палкой.

— А зачем ты рассказываешь детским языком не детские сказки? — спрашивает третий крючкотвор. Разве могут понимать тебя дети!

Но тут Кот терял всякое терпенье. Он вскакивал и с яростью накидывался на всех крючкотворов:

— Да вы кто?! — кричал он. — Разве вы сами не дети в общем росте того ребенка, которого зовут человечеством, ребенка с уродливой, тяжелой головой, которая постоянно перевешивает его вниз?

— Оно, ваше великое человечество, прожило столько веков, и до сих пор не знает, который ему год?

— До сих пор оно не может освободиться от старых пеленок или помочей, на которых его водят...

— Оно до сих пор гоняется за красивыми бабочками или за блуждающими огоньками, которые вспыхивают над каждым болотом.

— Каждую минуту оно готово драться, царапаться до крови, за каждый клочок дрянной земли, за всякую пустую погремушку.

— Оно хвастает своим знанием и до сих пор не может прочесть одного слова: "Человечность", первого всемирного слова, которому учил его более восемнадцати веков тому назад Великий Учитель...

— Подите же вы прочь с вашими вопросами. Подите и поучитесь у этих малых из малых, на которых вы смотрите с фарисейской снисходительностью. В их сердцах сама природа, простая, прямая, великая. Они старше вас целым поколением, выше вас целой головой, потому что в этой голове уже сложились те пути, до которых добивались ваши отцы и дети, и все—таки не добились!..

Что ж!.. Может быть, сумасшедший Кот и был прав, — хоть немножко?.. А впрочем, предоставимте лучше решить этот вопрос нашим детям.

ГУЛЛИ

I

Взглянешь на небо, там солнце царит и владеет. Взглянешь на землю... Здесь опять солнце, и некуда от него скрыться. Даже в тени, возле моря, туда оно проникает своим удушливым жаром.

Но под этим солнцем, среди этого жара, трудятся люди, и весь сад кипит работой. Сад большой, фруктовый. Люди носят большие корзины, полные персиков и абрикосов, яблок и груш и всякого винограду. Тут есть и черный, и розовый, и зеленый, и мускат, и изабелла. Все приносят на верхнюю террасу, где сидит сама владетельница сада и громадного имения, сама баронесса фон Дрепанкуль—Ильстром.

Подле нее стоит Гулли, татарочка—сиротка, воспитанница баронессы. Смотрит Гулли на всю эту суетню своими большими черными, как черные сливы, глазами — смотрит и думает: зачем это трудятся люди, зачем им столько плодов и яблок, и груш, и персиков, и слив, и абрикосов, и винограду?

Она вспоминает, что на этих днях она посадила горчичное маленькое зернышко в землю. Посадила его в самой середине цветника и верит, крепко верит, что из этого зернышка вырастет большое дерево — и как же не верить ей, когда сама баронесса читала ей из святой великой книги, как один человек взял и посеял горчичное зерно на поле своем.

"Это зерно, — сказано в книге, — хотя меньше всех семян, но когда вырастет, бывает больше всех злаков и становится деревом, так что прилетают птицы небесные и укрываются в ветвях его". И Гулли крепко верит, что это зерно горчичное взойдет и вырастет и будет больше всех злаковых и станет деревом — но укроются ли в нем птицы небесные?.. Вот вопрос!

Два дня уже лежит зерно горчичное в земле. Завтра, завтра оно должно непременно взойти маленьким зелененьким росточком.

Несколько раз на дню Гулли пойдет посмотреть то место, где она посадила зерно, место, которое она отметила маленьким крестом, сложенным из двух прутиков.

Она придет к этому месту и утром рано на восходе солнца, и днем, и даже поздно вечером.

Завтра оно должно непременно взойти. В это крепко, крепко верит Гулли.

II

С вечера она долго молилась. Она не могла молиться иначе, как со слезами, потому что молитва ее обращалась прямо к доброму Иисусу, которого она любит так сильно и горячо. Каждый раз, как она подумает о Нем, ее сердце забьется так радостно и она чувствует, что Он уже стоит подле нее, с Его ласковыми, добрыми голубыми глазами. И на ее собственных больших черных глазах невольно навертываются слезы.

— Господи! — шепчет она, — сделай так, чтобы все были добрые и любили бы Тебя, доброго, и любили бы друг друга. — И она твердо верит, что когда—нибудь да это будет — непременно будет.

Когда она легла в свою постельку, то на дворе и в саду была уже теплая южная ночь — и яркий месяц высоко стоял в темно—фиолетовом небе и еще ярче горели и дрожали яркие звезды, отражаясь в море.

Она заснула с твердой надеждой, что завтра вместе с восходом солнца она увидит всход маленького горчичного зерна. Она не знала, как долго она спала и что ее разбудило, но она вдруг проснулась и села на постельку.

Неизвестно почему ей представилось, что теперь, именно теперь показался из земли первый маленький зеленый росток горчичного зерна. Сердце у ней забилось так радостно, трепетно — и она невольно быстро поднялась с постели.

— Я пойду, — думала она, — взгляну на него одним глазком и опять лягу.

Ночь была душная, через большое окно ярко светил месяц и всюду разливал свой зеленоватый, таинственный свет.

— Что за нужда, что я раздета, в одной рубашке, — думает Гулли. — Теперь ночь, меня никто не видит. Я пойду, побегу, взгляну — и быстро, быстро опять прибегу и лягу.

И она, сама не зная как, уже стоит на окне. Окно открыто, но оно высоко. Под ним внизу темнеют кусты олеандров и гольдений.

— Что же? — думает Гулли, — я спущусь прямо по воздуху. — Надо только захотеть сильно, сильно и можно спуститься.

И она, сама не зная как, но так легко, неслышно спустилась по воздуху и очутилась перед самым цветником.

Но что же делается вокруг ее маленького крестика из прутьев? — Она смотрит и не верит глазам.

Там словно все освещено, но не светом месяца, а ярким,

электрическим светом, и среди этого света носятся волны светлого сияющего тумана.

В них что—то быстро снует, мелькает, копошится. Гулли усиленно, пристально вглядывается в этот туман и видит, что весь он полон светлыми сияющими фигурками, личиками девочек и мальчиков. — О! сколько их в этом тумане. Даже в глазах рябит. И около чего они хлопочут так усердно?

Гулли вглядывается и видит, что из черной земли, сильно освещенной ярким светом, из этой земли поднимается первый, зеленый, сочный росток. О! как он детски свеж и полон сочной жизни! Как все хлопочут около него, вьются, шепчут, ласкают, целуют его. И все тихо—тихо говорят друг другу:

— Это росток горчичного зерна, росток Божьего дерева! И отчего все эти светлые, чудные, хорошенькие мальчики и девочки, которые так мило, грациозно вьются и порхают, что—то несут, несут без конца, что—то тяжелое, круглое.

— Ба! Да это яблоки, груши, абрикосы, персики и много, много всякого винограду.

— Это изобилие! Изобилие! — шепчут они. И все эти плоды под их светлыми ручками расплетаются, заплетаются в такие чудные гирлянды — все они падают на землю и исчезают!

Гулли не может налюбоваться на эту дивную игру. Перед ней мелькают, как бабочки, с легкими крыльями, сверкают, блещут опалами, яхонтами, бриллиантами все эти воздушные, чудные, неведомые гости.

Но что это? Маленький росток горчичного зерна уже вытянулся незаметно перед ее глазами в толстый зеленый ствол. О! как много в нем могучей жизни!

III

Но кто—то шепчет около Гулли:

— Оглянись!

Она быстро оглядывается кругом. Вокруг светлого тумана все как—то странно изменяет форму... Идут какие—то таинственные невиданные превращения.

Гулли вглядывается. Множество ростков поднимается со всех сторон. Но эти ростки превращаются в каких—то прозрачных зеленых пауков или в голубых нарядных раков с малиновыми крапинками. Черви, простые безобразные земляные черви становятся такими нарядными, красивыми гусеницами, а из этих гусениц выпархивают чудные блестящие бабочки и кружатся, кружатся вместе со всеми светлыми, блестящими, крохотными созданьями вокруг чудного зеленого ствола горчичного дерева. А оно растет, растет быстро, но незаметно. Оно уже высоко поднялось над землей, и его верхушка вся покрылась целым лесом ветвей, целой тучей листьев.

Какое—то белое, светлое облако покрывает его вершину. Гулли всматривается, всматривается в это блестящее облако. Но оно уже не облако, а чудная роскошная женщина. Она сидит на вершине дерева, окруженная ее густой непроницаемой листвой, которая растянулась на многие, многие версты, и кругом этой чудной женщины лежат целые груды всяких плодов: груш, яблок, абрикосов, апельсинов, персиков и винограду, винограду без конца. И от всей вершины всюду идут светлые, блестящие, сияющие лучи.

— Изобилие! Изобилие! Изобилие! — шепчут легкие, маленькие, крылатые созданья и вьются, порхают, мелькают вокруг дерева.

Женщина медленно, плавно поднимает, протягивает руку и тихо произносит одно слово, одно только слово:

— Довольство!

Но от этого слова Гулли быстро, широко открывает глаза и... просыпается.

IV

На дворе давно уже день—деньской. Солнце спряталось за мелкими тучами. Как будто дождик сбирается. Но в воздухе душно. Может быть, будет гроза. Гулли едва могла дождаться, чтобы все встали, и побежала в сад к цветнику. Около крестика из земли вышел крохотный желтоватый росток с двумя листиками. Это был росток горчичного зерна, росток Божьего дерева.

— Господи! — думает Гулли, — какой он был толстый во сне! Отчего же наяву не бывает так, как во сне? И каким сильным деревом он поднимался от земли?!. А сколько было всяких плодов!..

И Гулли вспоминает ту красивую женщину, которая сидела на этом дереве, и вспоминает то слово, от которого она проснулась...

— Довольство! — думает она. — Изобилие дает довольство — и все вырастает из земли — все развивается из земли:

изобилие — довольство! Это сила, которая набирается из земли. Маленький росток превращается в дерево, и если бы собрать все плоды со всех деревьев, которые их приносят, то какая вышла бы громадная, большущая гора всех этих плодов! Изобилие — довольство!

И Гулли почти не отходит от цветника. Она все думает, мечтает, что выйдет из этого маленького ростка. О, она вполне уверена, что он будет большим, большим деревом, в ветвях которого будут укрываться птицы небесные.

И целый день она ходит озабоченная, задумчивая. А день разгулялся и опять сделался жарким. И всем как будто праздник, большой праздник. Все так довольны, веселы, бегают, смеются, и все едят яблоки, груши, пекут айву, щелкают грецкие орехи. — Изобилие! Довольство!

И все птицы и звери земные тоже чему—то радуются. Громадные стрекозы прыгают и стрекочут повсюду. Саранча залетает в окна. Птицы кричат, порхают, гоняются друг за другом. И отовсюду, из садов, виноградников, со всех деревьев слышится несмолкаемый, оглушительный треск цикад. В ушах звенит от их крика, от всей этой возни, трескотни и шума, и гама.

Гулли самой весело. Ей хочется бегать взапуски, вперегонки, хочется летать вместе с задорными птицами. Но где же взять крыльев?! Целый день она бегает по жару, по солнцу. Выбежит на берег; там море шумит и сияет, а над ним роятся чайки и бакланы. И целые стаи черных дельфинов прыгают, играют, кувыркаются в зеленоватой, прозрачной, блестящей воде.

Гулли бегает по камням, по дорожкам, и все ее тянет к ростку — не сделался ли он толще? Не превратился ли в дерево?

Вечером она устала. Глаза слипаются! Она зевает. Лениво молится и с таким наслаждением бросается в постельку.

Сон накрывает ей глаза. И снова перед Гулли стоит высокое Божье дерево. Она смотрит кругом. Снова в прозрачном блестящем тумане что—то волнуется, кружится, мелькает, снова меняется, превращается, но теперь все куда—то стремится с криком радости и улетает. Вот у какой—то козявки вдруг выросли крылья; она расправила их и улетела. Вон бабочки легкие, нарядные — все из серебра и перламутра. — Ах, как они летают, точно бешеные. Даже голова кружится от их полета.

Но Гулли не чувствует, что она сама летает. Она несется дальше от этого постоянного круженья к блестящему морю. Но и на море тоже круженье и блеск, и трепет, и рокот свободного моря. Всюду праздник!

Вот рыбы — морские, нарядные, пестрые, золотистые рыбы. Они выскакивают из воды, взлетают на воздух и улетают на легких крыльях. Вот на каменистый, скалистый берег выползают из моря странные гады с зазубристыми хвостами. Драконы это или невиданные какие—то дива морские. Они спешат, торопятся — у них вырастают крылья на спине, и они тоже поднимаются на воздух и улетают. Вон и летучие мыши, и летучие белки, и птицы, птицы... Ах, сколько птиц! Все они точно бешеные снуют по всем направлениям.

У Гулли рябит в глазах, звенит в ушах... Она готова лишиться чувств, но она довольна. Она тоже порхает. Для нее тоже какой—то праздник. Она не знает какой, но все равно. Ветерок так ласково дышит, свежий морской ветерок. Везде ароматный праздничный воздух и так приятно летать, летать, носиться в этом воздухе.

И Гулли носится не одна, с ней вместе порхают и птицы, и бабочки, и эти нарядные, крохотные, маленькие созданья. Они порхают на легких, прозрачных крыльях. Они схватывают Гулли за руки и несутся вместе с ней. Они кружатся, порхают повсюду и снова прилетают к Божьему дереву.

— Это наше родное дерево — шепчут они. — Божье, горчичное дерево. Оно выросло из земли и уносится в небо. Горький труд несет изобилие, — изобилие дает довольство, из довольства является свобода.

И Гулли чувствует, как легко, свободно бьется ее маленькое сердце, как все оно переполнено радостью. Она носится, летает на крыльях свободы. Она летает над морем, над громадным, широким морем, сердце замирает, а воздух тихо ей шепчет:

— Свобода! свобода! свобода!

Солнце уже стояло высоко, когда она проснулась. Голова ее переполнена сном. Сердце замирает и трепещет. Ей кажется, что еще над ушами ее кто—то шепчет тихо все одно и то же слово: свобода! свобода! свобода!

— Но что же мы будем делать на свободе? — думает Гулли. — Летать, порхать! Но куда же?

И ей становится скучно при одной мысли, что она должна вечно порхать и летать.

— Что не встаешь, дорогой мой, черноглазый. Все уже чай отпили давно, только ты спишь, — говорит ей ее толстая, дорогая няня.

— Что же сегодня заспался, мой Гулёк, — говорит сама баронесса, и входит в детскую, и смотрит на заспанные глаза

10

Гулли. — Вставай, мой Гулёнок. — И она щупает ей пульс и смотрит, не горяча ли у ней голова, и так нежно целует ее.

— Муттерхен, — говорит Гулли (она знает, что баронесса любит, когда она зовет ее муттерхен. Ведь у баронессы нет никого: ни детей, ни внучек. Всех она давно схоронила, и только и есть у ней одна она названая дочка, татарочка Гулли).

— Муттерхен, — говорит она, — мне снятся все странные сны... А что мой росток Божьего дерева? Муттерхен, ты не видала его, моя милая...

— Нет, не видала. Вставай, одевайся скорее и иди сама.

И Гулли бойко одевается, умывается и бежит — бежит к ростку Божьего дерева.

— Ну! как он вдруг вырос большим стволом...

Но на пути ей попадается веселая Груша.

— Ах! Гулен — встала... Милая моя! — и целует ее.

Но только что Гулли высвободилась и бежит в сад, как перед ней встает добрая хохотушка Соня.

— Ах! барышня, барышня дорогая моя. Дай поцелую ясные глазыньки.

И много, много их целой толпой окружают Гулли, и для всех она милая, дорогая, ясная, ненаглядная.

— И за что они все меня так любят? — думает Гулли и бежит, опрометью бежит к ростку.

Он поднялся, значительно поднялся со вчерашнего дня. Но увы! Это был всход зеленой маленькой травки, а никак не большого дерева.

Гулли уселась прямо на землю и смотрит на этот всход, и она верит, крепко верит, что он разрастется большим, большим деревом.

А за ней уже бегут целой толпой, гурьбой — и Даша, и Глаша, и Саша, и Соня, и Дуня, и все кричат:

— Барышня, чай кушать! Барышня, дорогая, чай простыл!..

Солнце спряталось за тучки. Серенький туманный денек; но такой теплый, ласковый. Нет шума, крика, как вчера, но Гулли кажется, что все травки так сильно любят птичек, а птички и бабочки так нежно, любовно ластятся к нарядным цветам. И цветы от радости и любви так нежно, любовно пахнут. И аромат их носится во всем воздухе. Все напоено их чудным сладким запахом.

— Муттерхен, — говорит Гулли баронессе, — ведь все и цветы, и кусты, и бабочки, и птички любят друг друга, и все радуются жизни, потому что жизнь и есть благо.

— Да, — говорит баронесса. — Только злые и недовольные не любят жизни. Только для них она тяжела и неприятна.

Целый день бродит Гулли тихая и радостная. И за что она ни возьмется — все у ней валится из рук. Так бы все она сидела и слушала тихую любовную песню целой природы.

VI

И с этой тихой песней в душе она провела весь день и вечером так сладко молилась Богу и так мирно, тихо уснула. И во сне ее встретила та же тихая, любовная песня.

Все ее мысли кружатся около Божьего дерева, и она снова носится над ним, носится, порхает над его вершиной, которая высоко—высоко над землей и ушла в небо. И все легкие порхающие созданья, все мальчики и девочки также носятся вместе с ней. Господи! сколько их в ветвях самого дерева! Они смеются и прячутся в его листьях, густых и зеленых. Вон, вон сколько их! и какая громадная вершина! Конца нет. — Все это блаженные, небесные, Божьи птицы и все они укрываются в ветвях Божьего дерева.

И вся вершина освещена каким—то дивным прекрасным, ласковым светом. О! с какою любовью греет и нежит этот свет, и как дороги были Гулли все эти Божьи небесные птицы. Сердце трепещет и сладко бьется, и кажется Гулли, что нигде на земле, в целом мире нет ничего, ничего выше этого чувства, нет блаженнее любви ко всем и к этому дивному свету.

О! она теперь знает, что такое это горчичное зерно — это желанное Божье дерево. Труд дает довольство, довольство создает свободу. Но нет ничего в целом мире выше, желанней любви, потому что в ней и свет, и жизнь, и свобода, и довольство жизнью и светом.

О! как она любит всех этих чудных мальчиков и девочек! Она не знает, как их зовут, но все равно — они такие милые, добрые, — такие дорогие, любящие птички небесные.

— Гулли, — говорят они, — мы все и вместе с тобой выросли из одного Божьего дерева, из одного горчичного зерна. Везде сеется слабое, а вырастает сильное, сеется презренное, вырастает славное. — И они целуют, ласкают ее, и сердцу Гулли так сладко, так легко, с такой полнотой и наслаждением оно бьется и трепещет. И кажется ей, что целый век она пробыла бы с этим чувством и никогда—никогда не пожелала бы ничего другого.

И вдруг все эти созданьица вылезли из листьев, из ветвей Божьего дерева, все встали кругами, кругами. И кажется Гулли, что этим кругам нет ни счета, ни конца. И все они из всех кругов общим хором запели чудную песню, и эта песня была сама любовь. Как из громадного органа неслась она то замирая, то снова поднимаясь, как великая волна.

Гулли, вся трепещущая, радостная смотрела наверх — туда, где ярко горел и освещал всех чудный ласковый свет. И ей казалось, что и песнь, и свет, и любовь — все одно и то же, и чем торжественней, нежней звучала песнь, тем ярче, сильней сиял чудный свет. И еще казалось Гулли, что вся она превратилась в любящую певучую струнку, и вся душа ее трепетала и нежилась в общем согласном хоре, который пел славу свету, свободе, любви!.. Она пела и не чувствовала, как из ее глаз катились, катились крупные слезы. Она понимала, что источник их был в самом ее любящем, восторженном сердце.

И чувствует она, что вся проникается светом и этот свет так томительно сладко обхватывает ее всю. На него больно смотреть глазам, отяжелевшим от сна. Она силится открыть их... и наконец раскрывает.

Ее всю окружает свет радостного светлого утра, а песнь звучит, звучит в ее ушах. Она звучит под окном в саду, и видит Гулли, что опять все работают, трудятся — все разбирают ягоды и груши, и все поют так радостно, согласно. Это — песнь труда, песнь довольства. Но когда же она будет песней свободы и любви!..

VII

С тех пор прошло много лет. Муттерхен совсем состарилась. Гулли выросла, и всю свою короткую молодую жизнь она вспоминала то, что видела во сне, когда она была маленькой девочкой, — то, что ей снилось в памятные три летние ночи ее детской жизни. Она уже не верила, что горчичное семечко может вырасти в большое дерево, но она верила, она была убеждена, что Божье дерево растет, развивается и что в вершине его укрываются божьи небесные птицы.

Вся жизнь ее, недолгая жизнь была полна тоски и ожидания. Что бы она ни делала и где бы ни была, вдруг ей почудится, что где—то вдалеке зазвучит родная песнь этих небесных птиц, к которым она стремилась так жадно, которых любила так крепко, и все встрепенется в ней, сердце забьется, затрепещет и тотчас сожмется с такой грустью, и на глазах выступят слезки.

13

И здесь на земле томилась она,
Желанием чудным полна.

Она любила труд и трудилась настолько, насколько ей позволяла ее добрая муттерхен, которая больше собственной жизни берегла жизнь ее милой Гулли. Она жила в довольстве, роскоши и всем была недовольна, и все, что было у ней, с радостью отдавала бедным. Она любила музыку. Но музыка наводила на нее неисходную тоску.

И звуков небес заменить не могли
Ей скучные песни земли.

Бледная, скучная, худая, она постоянно томилась, и к пятнадцатой весне ее тихой жизни захирела и умерла.

Муттерхен похоронила ее и осталась одна, совсем одна, без детей, без внучек и без своей дорогой милой Гулли!..

ДВА ИВАНА

Жило—было два Ивана, два родных брата. Старший брат был совсем умник. Младший Иван был совсем дурак, так что все соседи говорили: "Ну, брат! видно у тебя в голове—то слепая баба помелом вымела, да песочком посыпала!"

Впрочем, все соседи любили Ивашку. "Он дурашный да покладистый! — говорили они, — положишь — лежит, поставишь — стоит". И, правду сказать, был наш Ивашка покладистый. Добреющая душа: всем со всяким делится, всякому поможет. Только не всякий пойдет к нему за помощью, потому что, известное дело, заставь дурака Богу молиться — он лоб прошибет.

Казалось бы, такому дураку с голоду надо помереть или по миру побираться, а у него все шло так, что загляденье: изба новая, крепкая; две лошадки здоровых породистых; своя коровушка, двадцать голов овечек... Одним словом, живет Ивашка, как заправский мужик. Только вот жены Бог не дал. Женился—было Ивашка, да жена его бросила: больно уж глуп был. Так он и жил — не то парень, не то вдовец.

— Что это Ивашке за счастье, — дивятся соседи, — лошадь у него каждый год жеребится, корова каждый год телится, овцы нанесут ему ягнят! Горох ли засеет, — горох выйдет такой крупный да ядреный. Репу ли посадит — просто, репа врозь лезет. У соседей неурожай, у Ивашки нет неурожая. Точно на его ниву полосой дождь идет, углом солнце светит. Видно, правду пословица говорит: "Не родись богат, а родись удачлив".

Совсем другая история с другим Иваном, с умным. Такого умного пойти да поискать — наверно, не найдешь. Каких только он штук и хитростей не придумает. Были у него на полях мочежинки, — все осушил: понаделал канавок и отвел воду. Чем только он не удобрял поля?! Весной, когда снег сходит, он всякую дрянь со двора тащит на поле: старый лапоть, тряпицу, дохлую кошку, крапиву, что по пустырям росла, словом, все, что попадется. В огороде сад развел; на капустных грядах желтофиоли рассадил, да махровые розы. На пчельнике у него разъемные ульи, складные; на крыше у него мельница вертится, для домашнего обихода муку мелет. В хлеве у него холмогорская корова по два ведра в день доит; да сорок штук мериносов шпанских, да свиньи чухонские!.. Только все у него не в прок идет. Посадит ли он пшеницу—белотурку, глядь, ее градом побьет. Разведет ли гусей голландских — все гуси переколеют. То морозом гречу положит, то червь хлеб подточит, то дождем сено сгноит. Со всех сторон беды да напасти. Нет ни в чем ему ни счастья, ни удачи.

И вот завел он кур шпанских. Отличные были куры, черные, белобородые, а петух — так просто загляденье, точно конь вороной: хвост словно генеральский султан, а гребень так и пышет, как платок кумачный... И что ж?! Всех этих кур в одну ночь лиса передавила. Осталась только одна, маленькая да юркая.

— Постой! — думает Иван, — я тебя, проклятая кума, изловлю; я с тебя сдеру шкуру твою поганую барыне на шубку! И вот смастерил он крепкий капкан и поставил подле лазейки. В ту же ночь попалась кумушка, да еще какая лиса—то — пушистая, чернобурая, краснолапая.

— А, разбойница, добыл я тебя! — радуется Иван. — Рубля два, чай, дадут за твою шкуру, а может быть и больше. А тушку я отдам Кудлашке. — А Кудлашка визжит, лает и радуется, что ей тушка достанется.

Дерет с кумушки шкуру Иван. а сам песню поет. Только приходит и Иван—дурак, глядит и дивуется, какую это брат такую лису достал.

— Братай милый, — говорит, — подари мне тушку.

— На что, — говорит, — тебе?

— Да так, — говорит, — больно она мила мне.

— Есть, что ли, ее станешь? Ее, дурак, не едят люди, а Кудлашка съест.

— Подари, братай, пожалуйста. Я Кудлашке мясца дам.

— На, возьми! — И подарил Иван дураку тушку.

Схватил дурак тушку и унес к себе.

На другой день собрался Иван—умный в город, на рынок. Повезу, думает, продам шкуру, а на два рубля опять кур куплю.

Выехал он со двора, глядь, а Ивашка дурашный за ним катит, лисью тушку везет.

— Куда ты, дурашный?

— А я, братец, тушку продавать; хорошая тушка: коль за шкуру деньги дают, так за тушку и подавно.

— Ах ты, дурак, дурак! — хохочет над ним братай, потешается. — Ты бы еще крысьих тушек набрал, авось, такой же дурак и купил бы.

— Крысья тушка, братай, поганая, ее грешно есть. А это, ишь ты какая!.. Мы с тобой в ней скуса не знаем, а баре все едят.

Приехали братья, вышли на базар, ходят, продают.

— Лисью тушку, братцы, эй, лисью тушку, народ честной, — кричал Иван—дурак, и хохочет над ним народ честной.

Только в ту пору заболей царевна тяжкою немочью. а главный лекарь прописал ей лекарство мудреное: "Надо, говорит, поймать лису чернобурую, да не собаками, а капканом, и у той лисы вынуть сердце и печенку, с наговором, да запечь ту печенку и сердце в пресном пироге и дать царевне съесть рано на заре, с молитвою и приговором, — и всю болезнь как рукой снимет".

И вот принялись искать чернобурую лису. Ищут, ищут по лесам, по горам, да видно, в недобрый час: где ее найдешь, да еще капканом возьмешь. Главный ловчий совсем голову потерял, ибо объявлен ему царский приказ: "Коли в два дня лису не представит, так быть ему самому в капкане, в петле глухой, что на перекладине качается". Разослал он всех доезжачих: "Ищите, дескать, лису, а то быть мне без головы". И вот рыщут, ищут. Один доезжачий и на базар пошел, а на базаре Иван дурашный орет на все горло:

— Лисья тушка, по тушку, по тушку лисы чернобурой!

Уцепился за него доезжачий обеими руками:

— Что просишь за тушку?

— Пятьдесят рубликов, да пять алтын на чай.

— Ах ты дурак!.. Это за лисью тушку—то; протри глаза—то, проснись. Что ты, разве есть ее будешь?

— Нет, я, друг, ее не ем, а твое здоровье на нее, верно, ластится. Коли тебе бы она была не надобна, ты бы не торговал, а я не просил бы пятьдесят рублей. Нечего делать, повели Ивашку к главному ловчему: "Вот, дескать, пятьдесят рублей просит да пять алтын на чай". А главный ловчий: "Давайте, давайте, кричит, царская казна все заплатит".

И вот отсчитали Ивану—дураку пятьдесят рубликов, да пять алтын на чай, да легонького подзатыльника вдогонку: "вот, дескать, дурак, проси впредь, да с оглядкой!"

А Иван—умный целый день проходил со шкуркой; к вечеру наконец напал на купца, дал он ему за лису рубль с гривной, да и то на пятак обсчитал.

— Вот, — говорит Иван—дурак брату, — я говорил, братай, что баре и лису едят...

— Молчи, дурак, — говорит братай, — да Бога благодари за твое дурацкое счастье.

Вот к концу лета стал Иван—умный мед ломать. Наломал он его из своих разборных ульев гибель, наложил он его в кадки, разобрал как следует и приготовился в город продавать везти. Только приходит к нему Ивашка—дурашный и дивуется, сколько братай меду наломал; а братай на это лето последнюю колоду в разъемный улей перегнал и свалил он эту колоду подле омшаника; а колода большущая, старая—престарая, трухлявая, гнилая, вся так и сыплется.

— Ах, братай, — говорит Иван—дурак, — отдай ты мне эту колоду, пожалуйста, отдай.

— На что тебе, дурашный, колоду. Ведь она гнилье, в огне не горит, врозь ползет, как прах сыплется. — И пнул он ногой колоду так, что она крякнула.

— Ничего, братай, мне пригодится! отдай, пожалуйста!

— Возьми, — говорит, — мне она даром не нужна.

И вот собрался Иван—умный мед продавать везти. Глядь, а за ним Иван—дурак едет и колоду везет, рогожей ее покрыл. Запряг своего бурко, — а бурко, лошадь здоровенная, — и насилу он эту колоду прет.

— Куда ты это, дурашный?

— А я, братай, колоду продавать; колода большущая, может, кому—нибудь и спонадобится.

— Ах ты, дурак, дурак!.. Лошадь—то только ты, дурень, измучаешь. Родятся же на свете такие олухи!

Приехали братья на базар, а в тот год, как нарочно, на мед урожай приключился. Целый базар медом завален. По рублю за пуд дают, да и то за первый сорт.

Ходит по базару купчина—брюхан, старый—престарый, седой—расседой, а с ним приказчик, парень степенный. Подходят они к Ивану—дураку.

— Что, добрый человек, продаешь?

А добрый человек вытаращил свои большущие дурацкие глаза и рот открыл, дивуется на брюхана—купца!

— А я, — говорит, — гляжу на тя, да дивуюсь, ровно ты моя колода!.. — И показал он купцу колоду. — Это, говорит, мне братай подарил, я и продаю.

— Ах ты, дурень, дурень!.. да и брат—то твой дурак: как это можно колоду продавать, все пчелы изведутся...

А сам купчина думает: "Семка, возьму я у него колоду — вот счастье—то мне привалит. Он же этакой дурашный, должно быть блажной". И глаза у купчины разгорелись.

— А что, — говорит, — друг, за колоду просишь?

— Да сто рублей!

— Ха! ха! ха!.. Ах ты, дурак! Да вся ей цена полтина без гривны!..

Прикрыл опять дурак колоду рогожей и шапкой тряхнул, отвернулся от купца.

— Мы, дескать, знаем цену; нас не надуешь.

18

Отвернулся от него купчина, пошел по базару, а сам все на колоду зарится. "Экой дурень, — думает. — А была бы та колода мне очень способна. Чай в первый же год она бы дала вод пчелам. А то воду им нет, все неурожай да неурожай..."

Подходит опять купец к Ивану—дураку.

— Ну что, — говорит, — друг, надумался ли; а я тебе, так и быть, за колоду—то дам рубль да еще поднесу тебе на купле.

Молчит Иван—дурак, только знай, что за обе щеки каравай уминает.

— Сто рублев! — говорит. — Коли тебе колода способна, то сто рублев не жалей: на счастье купишь.

Ничего не сказал купец, отвернулся и пошел.

— Что, — спрашивает он приказчика, — купить нам на счастье колоду—то или нет?..

— Отчего не купить? — гудит приказчик. Известно, счастье да удача от Бога; ну, однако, стары люди говорят, что и хорошая колода из чужой пасеки счастье приносит, а эта не из простой пасеки, — у его брата, слышишь, пчелам вод хороший.

Повернулся опять купец, подошел к Ивану.

— Ну, — говорит, — облюбилась мне колода, да и ты хороший человек — даю тебе десять рублей. Тащи ко мне колоду.

Молчит Иван—дурак, только знай каравай уписывает.

— Давай, — говорит, — сто рублев, — а то полтораста запрошу!

— Ах ты, дурак, дурак! — вскинулся на него купчина. — Да ты очнись, дурашник ты, бестолочь чухонская: ведь ты за простую колоду экую цену ломишь, ведь я только так, для счастья, по нраву моему хочу купить ее!

— А коли для счастья, по нраву своему хочешь купить, так ты, милый человек, ста рублев не жалей. Пожалеешь сто рублев, тысячу потеряешь. Вот что!

Делать нечего... Распоясался купчина, отсчитал Иван—дураку сто рублев, да не просто, а с наговором: уж он честил, честил его на все корки, инда до тошноты.

— Да ты умеешь ли, дурень, считать—то? — говорит.

— Об этом не хлопочи, — говорит, — милый человек, отлично сосчитаю.

И подлинно, считать был горазд Иван—дурак. А с другим братом другая история: в силу к вечеру продал он мед за двадцать рублей, да и то наполовину в долг.

Едет он домой, думу думает: отчего ему во всем неудача; а Иван—дурак за ним катит, и сто рублев в кошеле брянчат.

— Вот, — говорит, — братай, колоду—то ты мне подарил, — спонадобилась она: за сто рублев купцу сбыл!

Посмотрел на него братай...

— Плюнул бы, — говорит, — на тебя, дурака, да плевка жалко.

Проходит год или два, и слух прошел по земле: говорят, царь свою волю объявляет, вызывает досужих людей, кто во что горазд, чтобы показали царю свое досужество.

И точно, едут глашатаи по всей земле, царский указ объявляют: "Сведомо нам, гласит указ, что в земле есть досужие люди, кои всякие художества измышляют. Занятно нам о том ведать, дабы не одна штука, к чему ли способная, не могла даром сгибнуть. В силу сего объявляем о том воеводам и губным старостам, дабы они тех досужих людей к нам препровождали, того ради для, дабы сии люди нам свой талант показали. А для сего назначаем через три года Юрьев день, в него же будет большой сбор со всей земли и будет наше царское смотрение!"

И вот прослушали царскую волю Иван—умный и Ивашка—дурашный. Задумался Иван—умный.

"Что же, — думает, — недаром мне Бог ум дал. Подумаю, авось что—нибудь и надумаю". Думал он два года, на третий придумал. Смастерил он машину большую, хитрую, прехитрую: сама веет, сама мелет, сама выгребает. Дивуется весь народ на эту машину и говорит, что в ней нечистый сидит и всем делом заправляет.

Настал наконец Юрьев день, царское смотрение. Собрались со всех сторон досужие люди, весь царский двор битком набили. На высоком крыльце сидят все бояре да думные дьяки, а вокруг них стоит почетная стража.

И вот загудели бубны и литавры, выходит царь на смотрение, а глашатаи кричат, вызывают:

— Эй, добрые люди, придите, покажите, кто во что горазд.

И стали выходить добрые люди, всякий свою сноровку и уменье показывает. Кто идет с новым гудком, кто с новой балалайкой, кто с сапогами немецкими, что носки врозь выворочены. Кто просто с пирогами, что жена напекла, да впрок насушила. Но больше всего идет народ честной со всякими машинами да струментами. И было тут столько этих машин, что Иванова машина исчезла в них как капля в море, точно ее и не бывало.

Только как кончилось смотрение, кто—то сзади кричит:

— Эй, люди, расступитесь, я еще свое досужество покажу!

И люди расступились. Идет Иван—дурак, и все на него

дивуются, что за пугало такое движется. И подлинно: вырядился он хуже пугала воронья. Все, что было у него в сундуке платья, все на себя навертел; была шубка заячья, и ту надел, да не просто, а шерстью вверх: "Вот, дескать, коли царю занятно мое досужество посмотреть, так я все ему покажу: на, мол, царская милость, смотри!" И несет Иван—дурак в руках не разберешь что: взял он жердь, согнул ее в дугу, стянул ее жилой, толстой и звонкой, а к дуге прицепил—подвесил сковороды, заслонки, колокола, ширкунцы, бубенчики.

Подошел Иван—дурак к царю, поклонился. Отставил одну ножку вперед, оперся на жердь, да как дернет за струну, — батюшки мои!

— Дз! бум, динь, динь, бум, бум! — такой звон пошел, что все собрание покатилось со смеху; даже сам царь засмеялся.

— Этакого досужества, — говорит, — мы еще не видали! Из какой ты волости, добрый человек?

— Волости я не ведаю, а зовут меня Ивашка—дурашный, — и опять как дернет за струну! — Бзз, бум, динь, динь!.. — такой опять звон пошел.

— Вот, дескать, — говорит, — царская милость, мое старание — любо тебе или нет?!

— Любо, любо! — говорит царь.

— А честный ты человек, или нет? — спрашивает царь.

— Честный, честный, — говорит народ честной.

— То—то и есть... лучше быть дураком да честным, чем умным да мошенником.

И посмотрел тут царь на многих, и многие при этом глаза потупили.

— А хочешь ли ты, — спрашивает опять царь, подумав немного, — хочешь ли ты, честный человек, быть моим казначеем?..

— Как не хотеть, вестимо, хочу, — говорит Ивашка, и поклонился царю в ноги.

— А умеешь ли ты считать?

— О! считать—то он горазд, всякого плута обочтет!.. — кричит народ честной.

И взял царь Ивашку—дурака к себе в казначеи.

А умный Иван поехал с смотренья ни с чем. Едет он и злится—злится:

— Я, — говорит, — подожду, подожду, пока народ честной узнает, что за штука за такая счастье да удача, да пока дуракам счастья на свете не будет!

Ну, и ждет он до сих пор, все еще не дождался!

21

ЛЮЦИЙ КОМОЛО

(восточное предание)

I

В древних землях, на границе Азии и Европы, жил—был, в оно время, в одном городке мудрец Люций Комоло. Он был не очень стар годами, но очень мудр, и народ считал его магом.

И действительно, Люций узнал многое таинственное и наконец дошел до таких странных понятий, что дух, существующий в каждом человеке, сильнее во сто крат его хрупкого, бренного тела.

Дойдя до этого знания, он старался применять его к разным случаям жизни и прежде всего пользовался им как средством излечения.

— Дух наш, — говорил он, — сам должен лечить наше тело. Мы только должны стараться дать ему больше простора и освободить его, насколько возможно, от влияния нашего тела.

И он лечил хромоногих, слепых, сухоруких и всяких больных и недужных. С раннего утра вокруг его дома собирались целые толпы народа. Люций Комоло прикладывал к больным руки, и больные исцелялись. Исцелялись преимущественно те, которые верили в возможность исцеления.

Были и такие, которые верили в эту силу, но говорили, что эта сила бесовская и что в ней нет святости.

Другие говорили: что вам за дело — свята она или нет? Только бы помогала и лечила.

Но все эти другие сильно боялись бесов и уходили дальше от лечения Люция Комоло.

Слава о лечении Люция шла по всему свету, и с дальних сторон приходили странники или приезжали богачи на лошадях, осликах и верблюдах, даже на буйволах и зебрах, так как Люций Комоло жил как раз в том месте, где Азия связывается с Европой и Африкой. Это был общий узел, соединявший три больших материка.

Но Люций Комоло не остановился на лечении — он хотел доставить людям всякие удобства и наслаждения.

— Если дух излечивает тело, — говорил он, — то он должен и поднимать его. Если тело сильней духа, то оно должно держать его постоянно привязанным к земле, а если дух

22

сильнее тела, то он должен отрывать его от земли, поднимать и носить по воздуху.

Дойдя до этой мысли, он стал испытывать силу своего духа, и для того, чтобы этой силе было больше простора, чтобы она не была связана телом, он стал истощать, обессиливать это тело. Он спал очень мало и съедал в день только несколько зерен риса, запивая их чистой водой. По целым дням и ночам он стоял на большом камне, взобравшись на его вершину.

Проходили недели и месяцы. Тело его таяло, как тает зажженная свеча чистого, ярого воска. Он думал, что он наконец поднимется в воздух и сольется с ним всецело и нераздельно. Он не знал, поднимется ли он на воздух или нет, но он верил, крепко верил, что он полетит по воздуху, как летают птицы.

II

Слух об излечениях, которые производил Люций, дошел наконец до ассурского монарха Арамиза.

У этого могущественного и богатого царя была дочь Гамата — девушка 15 лет, болевшая чуть не с самого ее рождения болезнью, которую не могли вылечить никакие доктора, маги и чародеи.

И царь послал к Люцию целый караван под начальством своего любимого полководца Анизана. — Мертвого или живого, — наказал он Анизану, — но ты должен привести ко мне этого мудрого мага. — И Анизан отправился.

Посланные нашли Люция в глухом лесу стоящим неподвижно, как статуя, на камне и простиравшим руки и глаза к небу. Стали звать его, но он не слыхал зову. Он весь был погружен в созерцание неба и был как бы мертв.

Тогда начальник каравана сказал бывшим с ним:

— Влезьте на камень и спустите мудреца на землю.

Они влезли на камень, сняли с него Люция и бережно снесли его и положили на землю; а начальник каравана громко и величественно сказал ему:

— Меня прислал за тобой ассурский царь — Арамиз, и ты должен сейчас же отправиться вместе с нами, ибо дочь его — царевна Гамата — опасно больна.

Но Люций ничего не мог ответить ему. Он лежал, как мертвый, и глаза его были закрыты.

— А! — сказал Анизан, — ты не слушаешься своего

повелителя. Ей! Вылейте же на него целый ушат воды из холодного ключа.

Тотчас же стражники принялись исполнять приказание начальника. Они принесли воды из горного, как лед, холодного ключа и вылили эту воду на Люция. Но на него не попала ни одна капля, а вся вода разбрызгалась во все стороны и измочила тех, которые выливали ее на Люция; а он продолжал лежать, как мертвый, с закрытыми глазами.

— А! — сказал Анизан, рассерженный тем, что не может заставить Люция проснуться. — Вода на тебя не действует, так мы попробуем огонь.

И он велел разжечь железную полосу и приложить к пяткам Люция.

Тотчас же разложили тут же костер, накалили, разожгли докрасна железную полосу и начали прикладывать ее то к той, то к другой пятке Люция. Но каждый, кто брался за это дело, тотчас же чувствовал в собственных пятках нестерпимую боль, жжение, как будто к ним прикладывали накаленное железо.

Анизан совсем вышел из себя.

— Вы все только притворяетесь и морочите меня! — вскричал он. — Смотрите сюда!

— И он схватил раскаленную полосу и приложил ее к пятке Люция, но в ту же секунду страшно закричал и отбросил полосу.

Тогда один, уже седой стражник их каравана сказал:

— О! Могучий повелитель, зачем мы напрасно будем мучить себя. Посидим в молчании некоторое время, и он, наверное, очнется; будем все желать, чтобы он проснулся.

Анизан и все бывшие с ним послушались этого совета; уселись в кружок около Люция и стали молча ожидать пробуждения, и все желали, чтобы он пробудился.

Прошло полчаса, и Люций действительно проснулся, приподнялся, открыл глаза и, сидя, изумленно смотрел на всех присутствующих...

III

Когда ему объяснили, зачем послан к нему караван, то он, нимало не колеблясь, молча собрался и отправился с караваном к царю ассурскому Арамизу.

Царь тотчас же велел привести к нему Люция и сказал:

— Вот у меня дочь больна. Она с малолетства испорчена. Вылечи ее, и я дам тебе то, чего ты хочешь.

— О! Государь, — сказал Люций, — я ничего не хочу иметь, а чего я хотел бы иметь, ты не можешь мне дать.

Арамиз изумился.

— Чего же ты хочешь и чего я не могу тебе дать? — спросил он. — У меня много золота и драгоценных камней. Хочешь ли, я тебе отдам одну из богатейших моих провинций...

— А можешь ли ты мне дать простор и свободу? — спросил Люций.

Арамиз изумился еще сильнее.

— Какой же тебе нужен простор? — спросил он.

— Простор пространства и всего существующего.

Но Арамиз все еще не понимал, чего хочет мудрый мудрец, и смотрел на него с недоумением.

— О великий монарх! — сказал Люций. — Твои посланные нашли меня стоящим на камне, за великим подвигом. Я понял, что дух, обитающий в человеке, стеснен и связан его земным телом. Мы все прикованы к земле и к земным утехам. Чем меньше в нас будет желать и действовать тело, тем сильнее и свободнее будет наш дух. Я истощал, обессиливал тело, но до сих пор еще не дошел до того состояния, когда дух мой поднимет мое тело и будет носить его по воздуху, И мне будет отрадно. Я мечтал и о том, чтобы передать то, что я узнал, всем людям, моим братьям. Я мечтал, что можно будет наконец слиться со всем окружающим, с воздухом и светом... И вот на этой трудной задаче застали меня твои посланники... Когда я буду подниматься на воздух, то передо мной будут уменьшаться все поля, леса и горы — все представится мне мелким и ничтожным, и наконец сама земля представится мне в виде громадного шара, висящего в воздухе. Мой дух вознесет меня выше всего самого высокого на земле. Вот почему все земное мне представляется мелким, ничтожным, суетным и бренным.

— Ты ошибаешься, — сказал резко царь Арамиз. — Есть вещи на земле, которые драгоценны для сердца человеческого, и я теперь жажду, чтобы ты скорее возвратил драгоценное здоровье моей прекрасной дочери, царевне Гамате, которую я так люблю... Иди к ней. — И он указал ему на дверь.

И все придворные повели его к царевне Гамате.

IV

Она лежала на мягких, пушистых шкурах юл—барсов и лисиц. В ее комнате, с низкими сводами, было сильно накурено разными благовонными куреньями и было нестерпимо душно.

Бледная, исхудалая царевна мучилась злым недугом, который истощал ее силы.

Маленькая комната была полна ее прислужницами.

Люций велел всем оставить комнату, а двум стражам стоять у дверей и никого не впускать. Потом он подошел к ложу, на котором лежала царевна, и спросил ее:

— Веришь ли ты, царевна, в силу духа духов и в силу собственного духа? Если ты веришь, то мне будет нетрудно исцелить тебя. Если же не веришь, то мой собственный дух прежде всего должен побороть твое неверие.

— Я верю! — сказала Гамата.

Тогда Люций у ее ложа опустился на колени на шкуру нубийского льва и громким голосом, воздев руки кверху, начал читать такую молитву:

— О дух великий! Дух высший и вечный. Дух всех миров. Дух неба и земли! Дух, обитающий в небесных пространствах и в недрах земных. Дух, живущий в недосягаемых глубинах вселенной и в сердцах всех людей; дух, владеющий делами, волей и всеми помышлениями людей. К тебе прибегает всякая плоть, созданная тобою; к тебе обращаются мудрые и простые. К тебе стремится всякое дыхание, ибо в тебе начало и конец жизни, всего существующего и сущего в пределах земных и небесных. В тебе источник всякой жизни и блага. Оком милостивым, благим и премудрым взгляни на создание твое и исправь всю правду твою, ибо все исшедшее из тебя справедливо и верно. Темная сила и неразумие наше темнит свет твоей справедливости и покрывает пороками, бедами, несчастиями бессильную жизнь человека. Да привлечет милость твою вид страдающей юницы. Дух всех духов! сострадающий к страждущему, да умилосердится глубина твоя и исправит поврежденное...

И в то время, когда Люций воссылал к Духу духов это моление, неизведанная и непостижимая сила веры творила ее дело. Гамата приподнялась на ее ложе. Что—то сильное и крепкое проникло и разлилось по всему ее телу. Жар обхватил ее сердце, и крепость утвердила все ее члены. Сама не своя, как бы во сне, она встала с ложа, поднялась, шатаясь, сделала несколько шагов и пала на колени подле Люция.

— О! Дух духов! — говорила она, вместе с Люцием подняв дрожащие руки и стремясь и душой и сердцем к Тому, кого призывала... И слезы неудержимо лились из ее глаз.

Люций быстро поднялся с колен и, обернувшись к Гамате, все еще стоявшей на коленах, положил обе руки на ее голову.

— Да хранит тебя, — сказал он, — благодетель всего

26

живущего, всего доброго и любящего. Да отринет Он от тебя всякое зло и беды, всякое горе и несчастие. Гамата со слезами на глазах слушала это благословение. Ее сердце трепетало и наполнялось чувством, которое тянуло ее неодолимо куда—то вдаль, ввысь — к небу и звездам...

V

По дворцу Ассура быстро разнеслась весть, что царевна Гамата выздоровела. Все дивились ее быстрому выздоровлению. Все спешили поздравить ее — и все обратились с просьбой к Люцию, чтобы он вылечил их больных. Но Люций сказал, что излечивающая больных сила не в его власти, чем все просившие опечалились, а многие даже разгневались.

— Вот! — говорили они, — дочь царя, так он мог вылечить, а наших больных не хочет.

А царь Арамиз снова обратился к нему с предложением награды за излечение его дочери.

— Проси, — говорил он, — чего хочешь, ибо я все могу дать тебе.

И снова Люций сказал ему:

— Дай мне простора и свободу. В твоем дворце я связан. Мне нет нигде покоя. Одни кланяются и лебезят передо мной, другие смотрят на меня с завистью и готовы растерзать меня. Пусти меня в мою пустыню, а быть во дворце я не могу.

— Хочешь, я дам тебе богатую землю на правом берегу Ходжасана. Там ты построишь себе хороший дом—дворец и будешь жить в покое и довольстве. Тебе будут служить множество слуг. Я подарю тебе десять красивых невольниц и три больших золотых блюда.

— О государь! — сказал Люций. — Все земные богатства и утехи для меня ничтожны.

Я бегу от людей, бегу от мира. У меня одна надежда впереди — унестись из этого мира на невидимых крыльях моего духа.

Сурово посмотрел на него Арамиз и подумал: "Это просто безумный".

И ему было крайне неприятно, что этот убогий мудрец отверг его богатое предложение.

Между тем тучи собирались над головой Люция.

Придворные врачи нападали на лечение Люция. Они все

единогласно заявили Арамизу, что болезнь Гаматы неизлечима, а теперь какой—то чужеземец вдруг вылечил ее неизвестными им приемами, и они все кричали о нем, как об ужасном шарлатане. К ним присоединились жрецы. Они почуяли гибель в учении, которое проповедовал Люций.

— Как! — говорили они, — мы молимся нашим богам, а он проповедует какую—то ересь и молится какому—то Духу духов.

И они нашептывали Арамизу, что такое непочтение к богам может навлечь гнев их на все царство.

— И соберутся все окружающие его соседи, — говорили они, — и пойдут все войной на нас, и все жители царства должны будут погибнуть.

Арамиз испугался. Он посадил Люция в высокую башню и приставил крепкий караул к той комнате темницы, в которой он жил.

А в народе шли волнения, поддерживаемые жрецами.

Одни говорили: сила Люция нисходит с неба, потому что он излечивает больных, слепых и хромых.

А другие говорили: нет, он излечивает силой бесовской.

И составился большой заговор, чтобы его убить. Заговор шел от придворных и поддерживался жрецами.

Одни говорили, что Люций может летать по воздуху, а такая сила дается только с неба.

Другие говорили, что его носят невидимые бесы и что он летает с помощью бесовской силы. Но никто не видал, как он летает.

Около той башни, в которой он был заключен, постоянно толпился народ. Одни смотрели на маленькое окно его темницы, как на окно, из которого исходит святая, врачующая сила. Другие громко кричали, что его надо убить, казнить, уничтожить.

VI

Так прошло более месяца. Местами вспыхивали частые волнения. Одни говорили, что он, Люций, святой, другие ругали его имя.

Много раз ему в его пищу или питье тайно вливали яд, но он ничего не пил и не ел, и по целым дням и ночам, когда умолкали крики вокруг его башни и наступала ночная тишина, он молился не переставая Духу духов.

Пошел другой месяц. К Люцию привыкли — и ждали.

И всего больше волновалась, любя его, царевна Гамата.

Раз в глухую, темную ночь она, накрывшись фатой, отправилась в башню, где содержался Люций, в сопровождении одной из прислужниц. Оба стража были усыплены сонным зельем. Прислужница несла ключи от темницы Люция. Она отперла тяжелые двери, а Гамата вошла в крохотную комнату, в которой томился и молился Люций.

Когда Гамата вошла, то Люций поднялся с колен и низко поклонился ей, а Гамата упала на колена и поклонилась ему до земли.

— Святой мой и сильный силою духовною!.. — сказала она. — Научи, как мне спасти тебя. Стража твоя спит... Двери твоей темницы отворены... Иди на свободу... За оградой ждут тебя добрые кони и верный проводник... До света вы будете уже за гранью царства Ассура...

Но Люций покачал головой.

— Нет, царевна, — сказал он. — Это будет злое дело... Я спасусь, а погибнут те, которым повелено сторожить меня... Мы судим по нашим мелким, ограниченным понятиям о воле великого духа, и судим неверно и несправедливо. Если премудрый дух судил мне погибнуть, то я должен погибнуть...

Но Гамата, увлекая его за собой, так как она была гораздо сильнее его, вскричала:

— Идем! Идем! Желанный мой!.. Человек только тогда рассуждает правильно, когда ничто его не стесняет... Когда он рассуждает на свободе, а не в темнице.

Они спускались медленно, осторожно. Она увлекла его из душной каморки башни и начала опускаться по высоким и изломанным каменным ступеням.

И чем ниже спускались они, тем яснее и яснее разливался свет утра, так как солнце уже восходило и заря обхватила восток. А снизу доносились до них грозные крики. Народ уже толпился вокруг башни.

— А!? Вот он! — ревела толпа.— Вот он!.. Чего же еще надо?! Улики налицо... Он хотел бежать... Он хотел увезти царскую дочь Гамату...

И толпа окружила и схватила их.

— Ты видишь... — прошептал Люций, — какова воля великого духа!

А толпа волновалась... сверкали мечи и кинжалы. Подстрекали жрецы и все злые люди...

Они схватили Люция и Гамату и повлекли снова наверх, на самый верх башни, а в той башне было без малого 300 локтей вышины.

— Мы сбросим их с башни, — кричала толпа. — Он умеет, говорят, летать по воздуху. Пусть полетит с изменницей Гаматой, обманувшей ее отца. Пусть оба летят.

И они с криком и гамом влекли их выше и выше... Но в этой суматохе никто не заметил, как вдруг исчезла Гамата. Ее труп нашли на другой день у подножия башни.

"Люди, — думал Люций, когда толпа влекла его на казнь. — Я любил вас... я желал вам добра... больше... О! Гораздо больше, чем самому себе... Но да свершится воля великого Духа духов..."

Его привели на верхнюю платформу башни. Сильный ветер ревел и рвал со всех одежды.

— Бросай его!.. — кричала толпа. — Бросай, мы увидим, как он полетит.

Все бросились к парапету, толкая и тесня друг друга.

— Ну! — кричали одни. — Полетай теперь... Бесы тебе помогут. — И они раскачали его и бросили за парапет.

Но сила духа поддержала его тело и подняла его. Несколько секунд он оставался, вися неподвижно в воздухе. Затем медленно безостановочно начал подниматься с протянутыми кверху руками...

Взошло солнце и осветило эту сцену.

Все бывшие на башне как бы окаменели. Одни упали на колени, другие простирали к небу руки и били себя в грудь. Третьи обратились к жрецам, которые стояли тут же в белых одеждах. Они схватили их и с диким хохотом бросали с башни.

А Люций тихо, медленно, торжественно поднимался, — солнце освещало его фигуру, которая казалась в темно—синем небе маленькой, светлой звездочкой. Она как бы таяла, таяла в небе и наконец совсем исчезла из глаз...

ПЕСЕНКА ЗЕМЛИ

Солнце так сильно греет. От земли идет пар. Куда летит он выше и выше? Вон, смотри, ведь это он стал облачком белым, блестящим, и облачко уходит в глубь, тает в голубом небе. Оно совсем улетело далеко... Может быть, опять вернется.

А какая славная травка! Маленькая, чистая, зеленая, только всего три дня. Назад тому три дня везде была голая земля, но она вскормила, вспоила зерно. Она напоила все корешки всех травок, кустов, деревьев, вспоила их чистой водой из снега, из теплого весеннего дождичка, и все пошло расти, зеленеть — травка, кусты, деревья.

А птицы?! Посмотри, сколько прилетело больших птиц и маленьких птичек. Вот ходят по пашне грачи с белыми носами. Они кричат карр... карр... и роются в черной земле. Вот летит и щебечет ласточка, хорошенькая ласточка. Она прилетела к нам из далеких земель, из заморских стран. Везде по кустам и лугам налетело множество веселых маленьких птичек, зеленых чижей и желтых овсянок, красногрудых чечеток и пестрых скворцов. Ах, как все они свистят, пищат, чирикают! И все веселы, все радуются и порхают на солнце.

А там вон, высоко, высоко из самой синей глубины синего неба летят к нам журавли и звонко курлычут. А там, уж неизвестно откуда, как будто от самого солнца, несутся звонкие, веселые песни и трели.

Вон, посмотри, из домика вывели маленькую, хорошенькую девочку. Бедная девочка больная! Ее за руку ведет няня, ее прежняя кормилица, а подле нее идет мама. И садят маленькую девочку на теплый ковер, на лужайку.

— Мама, — говорит она, — как хорошо здесь мне, на чистом воздухе, под теплым солнышком. Как все здесь весело! Светлые облачка плывут в голубом небе. Везде такая отличная, бархатная зеленая травка и белые цветы. Ах! не рви их, милая мама. Они так весело смотрят на солнце и солнце на них. А сколько маленьких птичек! И как они все поют и щебечут! Милые птички! Но отчего это, скажи мне, милая мама, отчего я слышу, как будто отовсюду, и с неба, и с лугов, и с цветов, кто-то поет чудную песню?

И в моей больной груди так сильно раздается эта прекрасная песня.

— Это земля, — говорит мама, — это земля поет свою песенку!

И девочка наклоняется к земле и слушает, а маленькое сердце у ней бьется в груди. И слышит девочка, как говорит ей земля:

— Ты моя! маленькая хорошенькая девочка, ты моя! Я вскормила, вспоила тебя. Я дала твоей кормилице и трав, и кореньев, и хлеба, и мяса, и всяких плодов. Все, что она ела, все я дала ей, и все она отдала тебе в своем молоке. Я всех кормлю, когда солнце меня греет. И мне так тепло, так хорошо под теплым солнышком. Ты моя! маленькая, хорошенькая девочка!

Крепко задумалась девочка над тем, что сказала ей земля. Долго думала девочка. Наконец мама говорит ей:

— Пойдем в комнаты, тебе нельзя быть долго на воздухе: он вреден тебе — этот весенний воздух.

И увели маленькую девочку.

А дни шли за днями и становились все длиннее и длиннее. Только что смеркнется и не погаснет еще вечерняя зорька, а с другой стороны неба занимается уже новая зорька, и снова всходит красное солнышко.

И жарче, и ярче светит и греет оно, светлое солнце. Вся земля точно принарядилась и убралась зеленью и цветами.

Маленькая девочка как будто совсем выздоровела. Она бегает веселая, розовая по лугам и рощам. Она слушает, как громко поют соловьи и кукуют кукушки. Сколько всяких цветов цветет по полям и лугам! И высокая рожь качает свои колосья, точно кланяется маленькой девочке.

ВЕЛИКОЕ

Жил—был маленький мальчик, принц Гайдар, сын великого царя Аргелана, и этот маленький принц непременно хотел быть большим.

Он жил в большом дворце, в высоких комнатах, но ему казались они низкими. "Почему, — думал он, — комнаты строят только до потолка? Их нужно было бы строить выше потолка. Прямо до неба".

Когда за обедом или ужином подавали большую рыбу, то он думал: "Почему же она большая?! Если бы она не уместилась в эту залу, то она действительно была бы большая... Вот кит! Его скорей можно назвать большой рыбой, хотя кит вовсе не рыба... Он плавает в большом море—океане!"

Когда его возили по морю и говорили ему: "Видишь, какое оно большое, его берегов не видно", — то он думал: "Да. Оно кажется вам большим потому, что его берегов не видно. А если бы они были видны, то и море было бы для вас небольшое".

Когда он бывал на высоких горах, то смотрел на небо и все думал: "Ах! можно бы было их сделать еще выше... выше... выше — до самого неба".

Наконец, хотя не скоро, его желание исполнилось: он сделался большим; он вырос выше всех людей, которых он знал, но и этого ему было мало.

— Что же, — говорили ему, — ты хочешь быть великаном и показывать себя за деньги?

— Да, — говорил он, — я хотел бы быть великаном, но не таким, как вы думаете. Я вижу звезды, и мне хочется дорасти до них, чтобы они были перед моими глазами... и не только эти звезды, но и все другие солнца, чтобы они светили мне в глаза и от этого света я сделался бы таким большим, что меня нельзя было бы смерить никакой мерой. Понимаете ли вы? Я боюсь всяких мер, весов и стадий, и вот почему я желал бы вырасти настолько, чтобы они не могли меня нигде достать и... смерить.

Когда исполнилось ему совершеннолетие, то отец его, царь Аргелан, сказал ему:

— Ну, Гайдар, теперь ты большой, и надо тебе выбрать невесту. Возьми свиту и ступай в царство Коромандельское, к царю Баджрахану. У него дочь, царевна Гудана, — красавица. И пошел Гайдар со свитой в царство Коромандельское.

Увидал Гайдар Гудану и изумился. Такой красавицы он еще никогда не видывал.

И стал Гайдар разбирать и судить: где и в чем у Гуданы красота сидит? Думал, думал, ничего не решил. Пришел он к Гудане, встал перед ней на колени и говорит ей:

— Царевна прекрасная!.. Я без ума от твоего дивного образа, и думаю я: чем этот образ мне нравится? Глаза твои небольшие, но если бы они были больше, если бы они были громадные, то они были бы уродливы и безобразны. И лоб, и нос, и рот твой — все небольшое, но все мне нравится; и больше всего мне нравится взгляд твой открытый, глубокий и ласковый. Царевна Гудана! Красавица из всех красавиц! Если бы ты согласилась выйти за меня замуж, то я был бы без меры счастлив.

— Царевич Гайдар! — отвечает ему Гудана, — без меры может быть только великое. И тебе лишь кажется, что ты можешь быть счастлив без меры. Если же ты действительно хочешь быть счастливым, то узнай, что такое есть "великое", и тогда приходи ко мне и будешь женихом моим. Иди, ходи по свету белому! Ищи великого, ибо к нему постоянно стремилось и стремится сердце твое.

И пошел царевич Гайдар, пошел один, без свиты своей, пошел искать по всему свету "великого".

"Великое, — думал он, — скрыто в истине. Кто познал ее, тот познал великое, и сердце его не мучится, не трепещет, не боится ничего, а радуется".

И пошел он к мудрецам земным. Их же много по белу свету рассеяно, и все они ищут истину. Исходил он много всяких мер земных, исходил много всяких земель. И видел, и говорил со всякими мудрецами, но не могли мудрецы указать ему великое. Говорили они о мириадах миров небесных, о беспредельности всего мироздания, всей вселенной, но в этой беспредельности он видел только предел земной мудрости и не нашел он в ней "великого"...

Один раз идет он по дороге, которая ведет в небольшую деревушку, и видит: стоит на этой дороге седой дервиш, старый—престарый; и смотрит он на толпу детей, которые весело играют на лужайке. Подошел Гайдар к дервишу и стал смотреть на ту же толпу и при этом подумал: "На что же он смотрит? На малых ребят?!" И спросил Гайдар дервиша: на что он смотрит так пристально?

— На великое, — отвечал дервиш. — Великое скрыто в малом. В малом лежит великое сердце, которое может любить и любовью все победить.

Усмехнулся Гайдар и отошел от дервиша.

"Это сумасшедший, — подумал он. — Я слышал от земных

мудрецов, что дети любят только себя самих, а как они любят, это нельзя смерить никакой меркой".

И пошел он дальше, в ту самую деревушку, куда вела дорога.

В деревушке, на краю ее, была небольшая хижинка, и около этой хижинки сидела женщина, а около нее была целая дюжина ребят. Старшей девочке было лет 12 — 13. Младшего, годовалого младенца держала женщина на руках.

Мальчик был болен, умирал и, бледный, задыхающийся, лежал на ее руках. Женщина тихо плакала...

Гайдар подошел к ней и спросил:

— Что, он болен?

— Болен, — сказала женщина, — умирает. — И она вытерла глаза свои платком, которым была обвязана голова ее.

— Это сын твой? — спросил Гайдар.

— Сын.

— А это, кругом тебя, твои дети?

— Мои.

И все дети молча, серьезно, потупившись, толпились около нее.

— Чего же ты плачешь? — спросил Гайдар. — Смотри сколько у тебя детей... И тебе жаль одного...

— Если бы их и было не столько, а в десять раз столько, — сказала строго женщина, — если бы их было так много, как песку морского... все равно мне было бы жаль потерять хоть одного из них, ибо я любила бы всех их.

И при этих словах дети прижались к матери, а она еще сильнее заплакала.

И отошел от нее Гайдар, а отходя подумал: "Нельзя смерить эту любовь никакими мерами. Не в ней ли лежит "великое"?

И задумался Гайдар и не заметил, как подошел к большой высокой горе, а у подошвы ее росли большие деревья, и под одним деревом лежал человек, а другой сидел, наклонясь над ним.

Гайдар устал и невольно, не замечая, опустился на землю и сел подле человека.

— Что, он болен? — спросил Гайдар человека.

Но человек ничего не ответил ему. Он растирал грудь у того человека, который лежал и тихо, жалобно стонал.

— Это брат твой? — снова спросил Гайдар.

Человек обернулся к нему. Строго, пристально посмотрел на него и тихо вразумительно проговорил:

— Все мы братья... У всех у нас один отец... — И он снова

начал растирать грудь больному человеку. Больной стонал тише и тише. Он засыпал. Растиравший тихо отнял руку от его груди, медленно повернулся к Гайдару и, приставив палец к губам, тихо, чуть слышно прошептал:

— Он уснул! И да будет мир над тобой, брат мой!

Он сидел несколько минут молча, опустив голову. Гайдар смотрел на его худое, потемневшее лицо, с большими задумчивыми глазами, на его изношенную, изорванную одежду, на его бедную, заплатанную чалму и думал: "Он, наверное, беден и несчастен". И он тихо вынул из пояса кошелек и так же тихо положил его на руки своего собеседника. Но он отстранил его руку и сказал:

— Я не нуждаюсь!.. Отдай твое золото тому, кто не вкусил от даров нищеты и бедности... и кто думает купить на него продажные земные блага...

— Ты, верно, из одной деревни с этим больным? — спросил Гайдар.

— Нет, он из Иудеи, а я — самарянин. Меня зовут Рабель бен—Ад, а его — Самуилом из Хазрана.

Потом, помолчав немного, он пристально посмотрел на Гайдара своими черными глубокими глазами, и Гайдару показалось, что в этих глазах блестит тот же огонь, который он видел в глазах детей, игравших на лугу. И тот же самый блеск он видел в глазах женщины—матери, державшей на руках умирающего ребенка — ее сына. Рабель нагнулся к Гайдару и начал говорить ему тихо, поминутно оглядываясь на спящего Самуила.

— Лет пятнадцать тому назад, когда была, как и теперь, вражда между самарянами и иудеями, он пришел как вождь, с целым легионом наемных людей; он сжег нашу деревню, а отца и мать мою увел в плен.

— Что же ты ему сделал за это?! — вскричал в ужасе и негодовании Гайдар.

— Постой, — сказал тихо Рабель, — выслушай и потом суди, если имеешь право судить. Мне тогда было 17 лет... Я был молод. Кровь кипела во мне... Мне хотелось отмстить... Но у меня была сестра Агария, которую я любил больше отца и матери и больше всего на свете. Она была добра и красива. Ей было 12 лет. Когда Самуил напал на нашу деревню, я убежал с ней в горы Гаразимские и там скрывался в пещерах. Когда же через три дня я вернулся в нашу деревню, то не нашел ее. От нее остались одни развалины. Все было разорено и сожжено иудеями. Я взял сестру и снова увел ее в горы. Мы были прежде богаты, и у нас ничего не осталось. Мы питались подаянием от добрых людей. Ходили из селения в селение и собирали милостыню. Отца и мать мою увели и продали моавитам, и они умерли в плену. Так прошло года два или три. Один раз ночью на пещеру, в которой мы скрывались вместе с двумя другими семьями самарян, напали разбойники. Они вырезали почти всех, за исключением меня и Агарии, которую увели в плен и продали, как я потом узнал, Самуилу в невольницы. Тогда я дал клятву Богу всемогущему отмстить, отмстить за отца и за мать, за бедную сестру мою. Я стал издали скрытно следить за Самуилом. Много раз я видел, как он выходил из своего дома, но он выходил всегда окруженный свитой и своими друзьями, приятелями, и мысль, что мне могут помешать, что меня схватят и казнят, эта мысль останавливала меня.

Прошло немного времени. Один раз ночью, когда вся кровь волновалась во мне жаждой мщения и я не знал, где найти место вражде моей, я вышел за город. Ночь была душная, но ясная. Полная луна ярко освещала все предметы. Я, не помня и не замечая как, спустился в один из оврагов. На дне его лежал труп женщины, и при свете луны я узнал, что это был труп моей дорогой сестры, моей Агарии. Большая рана была в груди ее, прямо против сердца. Рана смертельная... Я лишился чувств и когда пришел в себя, то снова повторил страшную клятву об отмщении врагу моему. Я прочитал ее над трупом моей дорогой Агарии. Я омочил руку в крови ее и поднял ее к небу в знак того, что кровью моей дорогой сестры я клянусь исполнить клятву мою.

Рабель замолчал и на одну минуту закрыл лицо руками, как бы подавленный невыносимо жестокими воспоминаниями. Потом резко отнял руки и снова быстро заговорил:

— Ее убил Самуил. Это была последняя капля горечи, влитая в мою истерзанную душу. Я тогда жил одной мыслью отмстить... Мне казалось, что убить его будет мало, мало за все выстраданное моим бедным сердцем. С восходом солнца я просыпался с этой мыслью, она не расставалась со мной целый день. Я придумывал тысячи планов, как бы отплатить ему самым жестоким образом. У него не было ни отца, ни матери. Он был круглый сирота. Он был страшно богат и не любил никого... Я тогда не знал, что истинное сокровище скрыто в любви и что, не имея ее, он был беднее всякого нищего и беднее, о! гораздо беднее меня... Так прошло еще несколько лет. Один раз я потерял его из виду. Он уехал, но куда, я не знал и тогда... (при этом Рабель схватил руку Гайдара и крепко сжал ее) и тогда я узнал такие мучения, каких я не испытал во всю мою жизнь. Я желал смерти, я искал смерти. Несколько раз я порывался убить себя... Но меня останавливала страшная, данная мною клятва. Я думал, что для клятвопреступников нет прощения... Что же, думал я, ожидает меня за гробом? Гнев Господа и новые, более сильные мучения. А между тем мне постоянно мерещились тени отца моего, и матери моей, и моей милой и дорогой Агарии. Я видел их бледными, грустными и кивающими мне головами. Я видел их страшные кровавые раны, видел и днем и ночью, и мучился, и страдал невыносимо...

Тут голос его снова прервался... Он говорил с трудом, задыхался и, наконец, совсем остановился, помолчал несколько минут и затем снова начал тихим шепотом:

— Нет тяжелее страдания для человека, как стремиться отомстить и изнывать в бессилии... — Он помолчал и снова продолжал рассказ: — Все это прошло, давно прошло... все забылось... и за это я буду вечно благодарить Бога, если Он даст мне жизнь вечную. И еще больше, еще сильнее буду благодарить Его за то, что Он всю мою злобу, всю жажду мщения истребил и превратил в доброе великое чувство. Прошло много лет. И он, Самуил, снова возвратился... Я купил хороший нож. Я сам отточил его и не расставался с ним ни днем, ни ночью. Я почти не спал, и есть мне не хотелось. Днем и ночью я бродил около его дома. Но он был заперт, и Самуил никуда не выходил. На четвертый или на пятый день, не помню, я вышел на улицу поздно вечером, смотрю, впереди меня идет он. Я сразу узнал его по его широкому плащу, его абу — белому с красными полосами. Такие плащи продаются только в Дамаске. Он тихо шел и хромал, опираясь на высокий посох. Я ускорил шаг и опередил его. Луна светила прямо на его лицо, и я узнал его. Кровь бросилась мне в голову. Еще одно мгновенье, и я кинулся бы на него, но я переждал это мгновенье. Одно соображение быстро мелькнуло в моей голове. Он идет за город, в пустынное место. Он будет, может быть, около того оврага, в который он уложил труп моей бедной Агарии. Я пропустил его и тихо пошел за ним. Кровь моя клокотала. Адская злоба и радость кипели в моем сердце. Он шел тихо, почти поминутно останавливаясь и издавая тихие, жалобные стоны. Он, очевидно, был болен, страдал. Наконец мы вышли за город. Он прямо подошел к тому оврагу, в котором я нашел труп Агарии. Он опустился на краю его и со стоном припал лицом к земле. Он был теперь в моей власти. Я вынул мой нож. Я мог убить его безнаказанно и столкнуть в овраг. Где—то в глубине моей души раздалось: ты убьешь беззащитного. Но разве отец, мать моя и моя бедная, дорогая

Агария не были также беззащитными? Я, как безумец, в ярости взмахнул ножом над его спиной... Но в то же самое мгновенье кто—то остановил мою руку. Я обернулся. Позади меня никого не было, а в ушах моих громко и ясно раздались слова: "Мне отмщение и Аз воздам".

В глазах у меня потемнело. Точно какой—то белый туман заволок их. И когда этот туман рассеялся, то я увидел, что стою далеко от оврага и весь дрожу. И вдруг я вижу, что Самуил, тихо стеная, поднялся и, шатаясь, подошел или скорее подбежал ко мне. Он раскрыл передо мной грудь свою, и на этой груди была громадная кровавая язва.

— Кто бы ты ни был, — вскричал он, — сжалься надо мной — убей меня! — И он повалился мне в ноги. — Убей меня, потому что жизнь моя — одно непрестанное мученье. Я сам бы убил себя, но мне страшны мученья за гробом, вечные мученья самоубийцы. Я совершил ужасный грех. Я сжег и разорил целое селение самаритян, Я продал в плен отца и мать одного из них по имени Рабель бен—Ад; я увел у него его сестру Агарию, обесчестил и ее. Я совершил много злодеяний. Если бы я знал, где живет Рабель, я пришел бы к нему, и он, наверно, убил бы меня.

В эту минуту мне ужасно хотелось сказать ему: Рабель перед тобою, но я удержался. "Нет! — сказал я сам себе, — я откроюсь ему тогда, когда жизнь ему будет дорога, а не будет мучением". И с этой минуты мы стали неразлучны. Теперь прошло уже три года. Три года я, Рабель, постоянный свидетель невыносимых страданий, соединенных с ужасными мучениями совести. Один раз Самуил не спал целых три ночи сряду. Постоянная мучительная боль во всех костях не давала ему покоя ни минуты, и я тогда подумал: "Можно ли страдать еще больше, и недостаточно ли я отмщен? Отец, мать и сестра моя перестали страдать, а он, этот несчастный злодей, мучится и днем и ночью, мучится не переставая". И вспомнил я, что сказал Тот, кто остановил мою отмщающую руку: "Мне отмщение и Аз воздам".

И понял я, что никакие нож, и меч, и огонь не накажут и не отмстят так, как отмстил за меня Тот, кто управляет звездами и движет морями. В эти три года ненависть моя мало—помалу исчезла. Сначала, когда я слушал стоны Самуила, каждый стон и каждое его слово волновали мое сердце и оно просило его крови. Но когда он лежал беспомощно на моей груди, измученный и разбитый болью, когда он засыпал на этой груди, обессиленный страданьем, то чувство ненависти во мне смягчалось, стихало — и я чувствовал только одно сострадание.

Я жаждал так же, как и он, прекращения этих страданий... Но иногда мне приходила в голову злобная мысль: открыться ему, сказать ему: "Я Рабель бен—Ад; я тот, у которого ты убил отца, мать и сестру. Ты уничтожил мой дом, разорил его, ты лишил меня всего, всего, что дорого человеку, и вот видишь, я ухаживаю за тобой, как за моим добрым другом. Я отмстил. Я заплатил тебе добром за зло..." Но такое признание могло увеличить его страдания, к мучениям совести прибавилось бы еще одно ужаснейшее мученье, а между тем и тех, от которых он страдал, было довольно, слишком довольно. Зачем же я буду еще его мучить?.. Вот уже более двух лет он не может жить без меня. Ему становится легче, когда я кладу руку на грудь его и растираю ее. Я давно уж бросил в реку тот нож, которым я хотел убить его. Я давно уже не могу покинуть его... и... мне страшно и стыдно признаться даже самому себе... — и он закрыл лицо руками и прошептал тихо, так тихо, что Гайдар едва расслышал его слова: — Я... я... люблю его...

И из—под пальцев, прижатых к глазам, покатились слезы.

Гайдар смотрел на его тяжело подымавшуюся грудь, и ему ясно казалось, что в этой груди бьется "великое", человечное сердце.

Он тихо, задумчиво встал с земли и пошел прямо, прямо к той высокой горе, которая поднималась перед ним. Подъем был крутой, но ему казалось, что там, на этой высокой горе, он найдет "великое".

"Люди, — думал он, — всходили на эту гору, чтобы молиться, и, может быть, в этой молитве они находили великое!"

И он шел, поднимался, не замечая усталости. Его сердце как будто само поднималось, и ему становилось легко, свободно.

Он вспомнил Гудану, но это воспоминание как—то промелькнуло бесследно в его сердце, как далекая зарница среди жаркого лета. Он вспомнил детей, которых он видал там, на лугу, и это воспоминание осветило его, и сердце его забилось и как бы расширилось. Он вспомнил о матери, плачущей над ребенком, и его сердце наполнилось состраданием ко всем ее детям, и ко всем детям земли, и ко всем земным страданиям. Наконец, он вспомнил о Рабеле и Самуиле, и его сердце затрепетало свободно и радостно. Оно расширилось. Оно захватило все земное, все сотворенное "Великим" и Его — "Великого".

Но сердце человека не может обхватить и заключить в себе этого "Великого". Сердце Гайдара разорвалось.

Он упал.

Он был на вершине горы. Горный воздух был кругом него. Был простор, была свобода, и ясное, заходящее солнце освещало своими прощальными лучами лицо его, на котором была тихая, бесстрастная улыбка.

НОВЫЙ ГОД

I

С Новым годом! С Новым годом! И все веселы и рады его рождению.

Он родился ровно в полночь! Когда старый год — седой, дряхлый старикашка — укладывается спать в темный архив истории, тогда Новый год только, только что открывает свои младенческие глаза и на весь мир смотрит с улыбкой.

И все ему рады, веселы, счастливы и довольны. Все поздравляют друг друга, все говорят: "С Новым годом! С Новым годом!"

Он родится при громе музыки, при ярком свете ламп и канделябр. Пробки хлопают! Вино льется в бокалы, и всем весело, все чокаются бокалами и говорят:

— С Новым годом! С Новым годом!

А утром, когда румяное, морозное солнце Нового года заблестит миллионами бриллиантовых искорок на тротуарах, домах, лошадях, вывесках, деревьях; когда розовый нарядный дым полетит из всех труб, а розовый пар из всех морд и ртов, — тогда весь город засуетится, забегает. Заскрипят, покатятся кареты во все стороны, полетят санки, завизжат полозья на лощеном снегу. Все поедут, побегут друг к другу поздравлять с рождением Нового года.

Вот большая широкая улица! По тротуарам взад и вперед снует народ. Медленно, важно проходят теплые шубы с бобровыми воротниками. Бегут шинелишки и заплатанные пальтишки. Мерной, скорой поступью — в ногу: раз, два, раз, два — бегут, маршируют бравые солдатики.

Вот между народа бежит и старушоночка, а с ней трое деток. Старший сынок в маленьком обдерганном тулупчике без воротника и в протертых валенках бежит впереди, подпрыгивает, подплясывает и то и дело хватает за уши — бегут, бегут, скрип, скрип, скрип.

— Мороз лютой, погоняй не стой!.. Бежим, матка, бежим!

— Бежим, касатик, бежим, родной. Мороз лютой, погоняй не стой!.. Господи Иисусе! — Бежим, Гришутка, бежим, лапушка!..

И Гришутка торопится, пыхтит, семенит ножонками. Скрип, скрип, скрип... От земли чуть видно. Шубка длинная, не по нем, но его поддерживает сестренка Груша. Поддерживает, а сама все жмется, ёжится. — Похлопает, похлопает ручками в варежках и опять схватит Гришутку за ручку и — побежит, побежит!..

— Мороз лютой, погоняй не стой!..

Но Гришутка не чувствует мороза. Ему тепло, ему жарко. Пар легким облачком вьется около его личика.

И весь он там, еще там, где они были назад тому с полчаса. В больших палатах, где большая, большая лестница уставлена вся статуями и цветами. Там швейцар с большими черными баками, весь в золотых галунах, в треугольной шляпе и с большою палкой.

Там живет сам "его превосходительство", и они ходили поздравлять его с Новым годом.

Каждый Новый год приходит Петровна с детками поздравлять его превосходительство, и каждый раз его превосходительство высылает ей три рубля за верную и усердную службу ее покойного мужа Михеича.

И на этот раз швейцар доложил — и через час выслали с лакеем новенькую, не согнутую трехрублевую бумажку.

Петровна поклонилась, поблагодарила, перекрестилась, дала швейцару двугривенный, на который он посмотрел искоса, подбросил на руке и затем с важностью опустил в жилетный карман.

Все время, пока они стояли в сенях у его превосходительства, Гришутка на все дивовался, все осматривал своими большими черными глазами и поминутно теребил мать за рукав.

— А это, мама, лестница? — лепечет он чуть слышно.

— Лестница, касатик, — шепчет мама.

— А куда она идет?

— Наверх, в комнаты.

— Они тоже большущие?

— Большущие, касатик, большущие.

— А на лестнице это сады рассажены?

— Сады, родименький, сады.

— А между ними, что за куклы большущие, белые, стоят?

— Это для красы, лапушка, для красы.

— А это что, вон там, светлое такое — большущее?

— Это зеркило, касатик, зеркило.

— А это, посреди, из чашки вверх бежит, это что такое, мамонька?

— Это фантал, касатик, фантал... А ты нишкни, лапушка, сейчас прийдут... не хорошо болтатьто...

И Гришутка замолк, но не успокоился. Его черные глаза

словно хотели проникнуть насквозь и ковер на лестнице, и медные прутья, которыми он был пристегнут, и лепку на сводах высоких пилястр, и грациозную фигурку сирены, поддерживающей чашу фонтана.

"Вот бы туда посмотреть! — думал он, — в те большущие комнаты, что на верху этой лестницы с куклами. Там, чай, каких чудес нет?.."

И он бежал дорогой и все придумывал, воображая — какие должны быть чудеса на этой большущей лестнице?

— Бежим, бежим, лапушка, замерзнешь, — торопила Груня.

И Гришутка инстинктивно бежал скоро, скоро, скоро. Скрип, скрип, скрип, скрип, скрип!..

II

Прибежали в переулчишко, узенький, дрянненький, в двухэтажный серенький домишко и то на задний двор, чуть не в подвальный этаж; перед грязным, заплесканным крылечком целая гора намерзла грязных помоев. Скатились, точно в яму. Здравствуйте! домой пришли.

— Холодно! голодно!

— Погодите, ребятки, — говорит мать, — теперь у нас есть что поесть и чем погреться. Погодите, родненькие. Сейчас будем с Новым годом. Я духом слетаю, дровец куплю, того, сего.

И действительно, духом слетала. Только по дорожке, на самую чуточкуминуточку в питейный дом завернула и шкалик перепустила, — да тут же рядом в лавочке пряничков, орешков, леденчиков купила и три фунта колбасики вареной, да краюшку решотнаго, да полфунтика масла промерзлого — чтобы Новый год было масляно встречать.

— Ну! Пташечки—касаточки, вот вам! — И того, и сего, и этого... Груня, клади, матка, живей дровец в печь! Насилу, насилу все—то дотащила.

И Груня положила дровец, растопила печку. Зажарили вареную колбасу в масле. Мать суетилась без отдыха. Груня и Вася помогали ей с усердием. Вскипятили самоварчик, достали с полочки чайник с отбитым носком, с трещинами, чашки полинялые и побурелые. Из сундука вынули сахар в жестяной коробочке и щепотку чаю, бережно завернутую в бумажку. Чай давно уже пахнул кожей и сеном. Впрочем, он и свежий был с тем же самым ароматом.

Только Гришутка не принимал участия в общей хлопотне. Он как сел у замерзлого окошечка, так и не отходил от него. Он хмурился и скоблил ледяные узоры на разбитых оконцах. Но, очевидно, машинально скоблил, а его душа и мечты находились там, там — в этих большущих сенях с мраморной лестницей, усаженной садами, уставленной большими куклами...

— Гришутка, касатик, дай скину красну рубашечку — да в сундучок спрячу — до праздника. А то, не ровен час, касатик, запачкаешь, упаси Господи!

— Нет, мама, я в ней останусь...

— Запачкаешь, мол, говорю, касатик. — И мать подходит к нему, обнимает и целует — в надежде, что касатик снимет драгоценную рубашечку из красного канауса и плисовые черные шаровары, подарок крестной матери; но касатик положительно возмущается...

— Отстань, мамонька! Говорю: не замай!.. От тебя вон водкой воняет...

— А это я для куражу, для праздничка, лапушка, выпила, — оправдывается мама, быстро вертя рукой около смеющегося, красного, истрескавшегося лица.

— Ну, ладно! Отстань, мамонька, я целый день буду в эвтом ходить, — вот что! И мамонька отстала. Пущай его, думает она, уснет младенец, я его, крошечку, раздену, а теперь пущай пощеголяет, душеньку для праздника потешит.

— На—ко, сахарный, леденчиков да пряничков! — предлагает она.

И сахарный машинально, задумчиво берет леденчики и прянички. Но, очевидно, думы его слаще ему леденчиков и пряничков.

Наелись, напились, — напраздничались. — Пришли гости: кум, да сват, да свояченица, принесли гостинцев.

— С Новым годом, с новым счастьем. Дай Бог благополучно!..

Послали Ваню за полуштофом. Опять поставили самовар, и пошли чаи да россказни без конца и начала...

Наконец, наговорились, разошлись по домам.

Стемнело. Гришутка припрятал пакет, что мать принесла с пряниками, и в нем с десяток пряничков и леденцов. Как ни тянуло его, он ни один не съел, все припрятал с пакетом, завернув его тщательно, и все держал за пазухой.

— Мамонька! — обратился Гришутка к матери, — а там, там, где мы были, — там долго спать не ложатся?..

— У его превосходительства?.. И—и, касатик медовой, ведь

они баре, — сказала она шепотом. — У них ночь заместо дня. Мы давно уже спим, а они до вторых петухов будут сидеть.

— Что ж это они делают, мамонька?!

— А вот что, касатик. Седни вечером у них елка. Большущу, большущу таку елку поставят и всю ее разуберут всякими гостинцами, конфектами, да всю как есть свеченьками уставят. Страсть хорошо! А на верху, на самом верху звезда Христова горит... Таки прелести — что и рассказать нельзя. Вот они, значит, около этой елки все соберутся и пируют.

И Гришутка еще больше задумался. — Большая елка, с Христовой звездой наверху, приняла в его детском все увеличивающем представлении сказочные, чудовищные размеры.

К вечеру матка стала совсем весела. Всех, и Ваню, и Груню, и Гришутку, заставляла плясать и сама прищелкивала и припевала:

Уж я млада, млада сады садила,

Ах! Я милого дружочка поджидала...

Наконец, она совсем стала сонная. Ходила покачиваясь. Все прибирала. Разбила две чашки, расплакалась, свалилась и захрапела.

— Ну, — сказал Ваня сестре. — Теперь матку до завтра не разбудишь. Пойдем за ворота поглазеем. И они, накинув тулупчик и пальтишко, вышли за ворота.

Гришутка остался один.

В комнате совсем стемнело. Он присел около печки в угол, прислонился к ней и думал упорно все об одном и том же. Темная комната перед ним вся освещалась, горела огнями. Чудовищная елка вся убиралась невиданными дивами, и все ярче горела на ней звезда Христова. Наконец воображение устало. Гришутка зевнул, съежился, прислонился ловчее к печке и крепко заснул...

Долго, долго прогуляли Груша с Ваней: бегали на большую улицу, смотрели в окна магазинов, наконец вернулись, и целые клубы пара ворвались с ними в комнату. Он обхватил, разбудил Гришутку.

Весело перешептываясь и смеясь, дети разделись и спать улеглись, — а об Гришутке забыли.

Он тихонько привстал, потянулся. Подождал, пока брат и сестра заснули. Тихо, на цыпочках подошел он к своей шубке. Кое—как надел ее. Надел шапку, варежки, натянул валенки — и тихонько вышел, притворив дверь как мог плотнее.

Черная ночь обхватила его морозным воздухом. В переулке тускло мерцали фонари.

III

Он помнил только, что "его превосходительство" живет на улице, которая называется Большой Проточной, и что в эту улицу надо свернуть с Заречного проспекта.

Вышел он из переулочка на улицу и у первого попавшего "дядюшки" спросил — как ему пройти в Большую Проточную.

— Эх ты, малыш! — сказал дядюшка. — Как же ты эку даль пойдешь? Ступай до угла, а там поверни налево... и все прямо, прямо иди, все так—таки прямо все иди, иди по проспекту—то, а там спроси — укажут, чай, добры люди... Ах ты, малыш, малыш!

Смотри через улицу не переходи! Задавят... Да тебя кто послал—то?!.

— Никто, дядюшка, я сам, к его пливосходительству иду...

— Сам! — удивился дядюшка и долго смотрел вслед Гришутке, — а он, подобрав шубку, бежал, бежал, как было указано. Пот давно уж капал с его раскрасневшегося личика. Он шатался. Ноги ему отказывались служить...

Наконец еле дыша, чуть не плача, подошел он к другому "дядюшке".

— Дяденька! Укажи мне, где Большая Проточная.

Дяденька поглядел на Гришутку, подумал. Нагнулся к нему.

— Считать умеешь?

— Нетути!..

— Нету—ти. Ну, вот что. Смотри, — и он растопырил пальцы. — Вот одна улица, другая, третья. И поверни ты в эту третью. Это и будет Большая Проточная... Понял?

— Понял! — прошептал Гришутка. — И с новыми силами, с новой бодростью в сердце побежал дальше.

Против первой улицы он загнул один пальчик, против второй — загнул другой, в третью повернул. Шел, шел и вот... Да! Действительно, это был он, дом "его превосходительства". Но отчего же перед ним стоят все кареты, кареты?

Гришутка вздохнул полной грудью и поднялся на крыльцо.

С трудом он чуть—чуть отворил и протиснулся в большие дубовые двери с зеркальными стеклами. Отворил он и вторые двери и очутился в сенях.

Газовые лампы ярко горели. В сенях никого не было. Зато в швейцарской направо слышались громкие голоса и смех.

Гришутка подумал, идти ли ему к швейцару, или не идти. Он боялся его большой палки с золотым шаром и больших черных бакенбард. На вешалке висело много шуб. Он скинул тулупчик, свернул его комочком и положил на пол в уголок. Затем вынул из—за пазухи гостинцы — пакетик с леденцами и пряниками — и бодро отправился вверх по мраморной лестнице.

Статуи точно смотрели на него с их пьедесталов; но он, не глядя на них, бойко всходил наверх. Маленькое его сердце колотилось в груди, голова шла кругом.

Наконец он поднялся на высокую лестницу. Там, наверху, все зеркала, зеркала — и он увидал в них себя, увидал свое раскрасневшееся личико — с большими черными глазами.

Потом он вошел в первую залу — всю красную, раззолоченную. Пол такой скользкий и блестит как "зеркало". А там, впереди, был шум, говор, детские голоса, детский смех.

Гришутка пошел туда. Он прошел всю длинную залу и подошел к двери. Перед ним была большая, большая белая зала, — и посреди ее большущая елка.

Вся она сверху донизу горела и сверкала огоньками! А на самом верху сияла большая, большая звезда Христова.

Кругом елки были дети, много детей в ярких нарядных платьицах. А кругом них стояли господа, барыни... Шум, говор, смех!..

У Гришутки потемнело в глазах. Вся зала покрылась словно туманом и закачалась. Но это было ненадолго. Он вытянул вперед ручонку с гостинцами, плотно прижал другую к груди, к колыхавшемуся сердцу и бодро пошел вперед.

Он подошел прямо к высокому седому господину.

Этот господин и был сам "его превосходительство".

— Ваше пливосходительство! — сказал внятно Гришутка, — вот я пришел с Новым годом вас поздравить. Вот—с и гостинцы!

— Это мне? — спросил его превосходительство.

— Вам, ваше пливосходительство... А мне можно будет поиграть здесь?

Его превосходительство удивленными глазами, не переставая улыбаться, посмотрел на Гришутку, на его доброе, красивое личико с умными большими глазами.

Он смотрел, а сам развертывал серый пакетик с леденцами и пряниками.

— Да кто же ты? — спросил он с недоумением, оглядываясь кругом.

— Я Гришутка... Мама, знаете, спать легла, и все спать легли. Я все сидел да думал, сидел да думал, как бы мне посмотреть на большую елку. Взял да и пошел один. Спросил сперва одного дяденьку, потом другого дяденьку, — а он растопырил этак руку — вот, говорит, одна улица, а вот другая улица, и там будет третья. Ты в третью—то и ступай...

Большие и малые обступили Гришутку. Нимало не смущаясь, он осматривал всех и продолжал рассказывать.

— Да кто же твоя мама? — спросил его хозяин дома.

— А Петровна... чай, знаете?

— Quel charmant enfant! (Какое прелестное дитя), — сказала одна молодая дама. — Dieu! Quels yeux! (Какие чудные глаза!)

— Где же живет Петровна? — спросил его превосходительство, обертываясь к дверям залы. У этих дверей стояли несколько слуг и один скоро, скоро подошел к его превосходительству.

— Узнайте, где живет Петровна? — сказал его превосходительство.

И слуга быстро побежал, узнал и доложил, что Петровна живет на Песках, в Глухом переулке.

— Боже мой! и этакую даль ты шел один! — вскричали дамы.

— Тссс! — произнес генерал, покачав головой.

— Ну, — сказал он, — Гришутка, теперь пойдем — я тебя, брат, представлю хозяйке дома, — и он повел Гришутку за руку в гостиную, в которой было не так светло и где сидели старые, почтенные дамы.

— Вот, — сказал он, входя в гостиную, — рекомендую вам джентльмена с Песков. Один ночью пришел с Песков сюда, пришел поздравить меня с Новым годом — и вот вам — гостинцы принес... не угодно ли. — Говоря это, он любезно предложил дамам — les bonbons de Piessky.

— Quel delicieus enfant! — вскричали дамы. — Прелестный ребенок: подойди, душечка, сюда... Ravissant... Как же это ты один шел... И не страшно тебе было?

— Нет, — сказал Гришутка. — Я, знаете, все бежал, бежал так шибко, шибко. Одного дяденьку спрашиваю, где, мол, Заречный проспект, а он говорит: тебя, мол, говорит, кто послал?..

— Да тебе сколько лет—то? Клоп ты с Песков!.. — спросил вдруг его превосходительство.

— Мне семой...

— Qu'est ce que ca...; сёмой — quel baragouin!

— Вот, княгиня, — обратилась хозяйка к старой, больной даме. — Вы искали воспитанника. Вот вам сирота, изволите видеть... один в одиннадцатом часу с Песков пришел. Можете вы себе представить... один, один... с Песков пришел.

Княгиня взяла Гришутку за ручку и притянула к себе... Она посмотрела в его личико. Гришутка пристально посмотрел на нее...

— Знаешь что, Гриша, — сказала она, — это не сам ты пришел, а Бог привел тебя... ты любишь Бога?..

— Для—че не любить. Я всех люблю, коли кто добрый. А вот у нас дворник Наумыч, чай, знаете, он злющий, все маму бранит. Я его не люблю.

— А меня будешь любить?

— Тебя—то?

Он пристально посмотрел на добрые, полусонные глаза княгини.

— Ладно. Для—че не любить.

Говоря это, он тщательно рассматривал вышитый ридикюль княгини и кисти его из стального бисера.

— Ну! Гришутка с Песков, — сказал генерал, — пойдем теперь в залу. За твои гостинцы я тебе сам дам гостинца. И, взявши опять Гришутку за ручку, он привел его к елке.

— Ну, чего хочешь? Выбирай!

Пред Гришуткой запестрели нарядные бонбоньерки, корзиночки, игрушки — все как жар золотом горело и рябило глаза. Но Гришутка твердо помнил одно то, что занимало его целый вечер.

— Мне, дяденька, ваше пливосходительство, — сказал он, — Христову звезду дайте.

— Какую Христову звезду? — спросил удивленно его превосходительство.

— Вон, вон, на самой вершинке—то — така, как жар горит!

— Ооо! чего захотел! Самой вершинки захотел. Ах ты, клоп с Песков!.. Да как же я достану до звезды—то Христовой. Видишь, видишь... я еще не дорос до нее...

— А вы, дяденька, ваше пливосходительство, велите лестницу принести. Такую большущу, у нас есть на Песках така лестница, что по крышам лазают.

— Ха! ха! ха! — засмеялся его превосходительство, и все дети дружно захохотали кругом.

— Ну, я велю принести лестницу, — сказал его превосходительство, — только, думаю, такая лестница и здесь найдется, за ней не надо на Пески ходить.

И он велел принести лестницу.

Принесли ее три лакея и подкатили как раз к елке.

— Ну, — сказал генерал, — Гришутка с Песков, вот тебе и лестница. Теперь, если хочешь, полезай сам и доставай Христову звезду.

И Гришутка бодро кинулся на лестницу. Бойко взошел он на нее. Но ручонка не доставала до звезды.

Не долго думая, он схватил ближайшую ветку и потянул к себе. Несколько свечек упало, несколько золоченых яблоков и орехов полетело вниз; но Гришутка крепко схватился за звезду, изо всех сил потянул ее, и звезда осталась у него в руке.

Высоко подняв звезду над головой, весь красный от волнения, весь дрожа, он начал спускаться с лестницы. Дети и барыни закричали "браво, браво!" и громко захлопали в ладоши.

Гришутка спустился с своим сокровищем.

— Ну, — сказал его превосходительство. — Молодец, Гришутка с Песков! Знаешь ли, что это за звезда?

Гришутка ничего не отвечал. Он тяжело дышал.

— Эта звезда будет твоей путеводной звездой, — понимаешь? — твоей путеводной звездой. Она тебя выведет на дорогу. Береги ее!

IV

Прошло много, много лет.

Давным—давно не стало матери Гриши. Не стало Груни и Васи. Умер его превосходительство и княгиня—воспитательница Гриши, а сам Гриша из Гришутки давно превратился в Григория Васильевича, и сам стал "его превосходительство".

Он даже поселился на Большой Проточной, недалеко от прежнего дома его превосходительства, от того самого дома, в котором он добыл когда—то свою "путеводную звезду".

Он жил в третьем этаже на большой лестнице; на ней также стояли статуи и большие растения. И эта лестница была общая для всех этажей и всех квартирантов.

В квартире была большая передняя и несколько комнат, светлых, чистых и просторных.

У него была добрая старушка жена, три взрослые дочери и две внучки.

Всю жизнь его вела "путеводная звезда" по светлой прямой дороге. Он всю жизнь хлопотал о том, как бы устроить для всех Гришуток приюты, где бы они воспитывались и выходили в люди не по прихоти случая или "путеводной звезды".

Он думал, что придет, наконец, то блаженное время, когда не будет глухих закоулков на разных "Песках" и люди не будут жить в подвальных этажах, подле помойных ям и мерзнуть от холода в зимние морозы.

Он много трудился над этим делом — и теперь почти пятьдесят лет прошло с тех пор, как он в первый раз выступил на эту дорогу.

Много было основано им всяких благотворительных обществ и учреждений, много построено всяких благодетельных зданий и заведений. Но чем более он их строил, тем дальше уходила от него цель, за которой он гонялся, как мальчик за тенью.

Пятьдесят лет тому назад он вышел на смертный бой с тем чудовищем, которое зовут людской бедностью.

Он бился с ним ровно полвека, и что же?.. Чем больше он бился, тем больше вырастало чудовище. Он строил новые учреждения, и новые головы вырастали у чудовища, как у гидры.

Город разросся. Но не исчезли его "Пески" и глухие закоулки. Они только отодвинулись на новые окраины, а в самом центре завелись углы и подвалы — грязные закоулки и разные помойные ямы. Завелись целые приюты нищеты и разврата...

Он чувствовал, как руки его опускались, — он, семидесятилетний старик, — чувствовал, что борьба кончилась, что победило его страшное чудовище.

Грустный, испуганный сидел он один в своем кабинете, накануне Нового года, опустив на руки свою седую голову.

А в зале раздавались веселые голоса, детский смех.

Но ничего не слышал он. Не сводя глаз, он смотрел прямо, упорно, и глаза его в ужасе раскрывались шире и шире.

Перед ним стояло отвратительное чудовище — грязное, худое. Оно дрожало от холоду и едва ворочало коснеющим языком. Его костлявое тело выглядывало из множества дыр обдерганного, обтрепанного рубища.

А сзади его, смеясь, самодовольно шло другое чудовище, еще более отвратительное, — чудовище, страшное своей бесчеловечностью и силой. Оно хохотало пронзительно — и при этом тряслись его длинные пейсы и остроконечная борода...

Оно шло на смену и было непобедимо...

Нестерпимый ужас охватывал сердце...

— "Путеводная звезда", — шептал он, — "путеводная звезда", куда ты меня привела?!!

И он смотрел с укором на эту "путеводную звезду", на это воспоминание из его далекого детства. Она висела перед ним на стене, обделанная в золотую рамочку.

Но в это время в соседней комнате раздались детские голоса, и в кабинет к нему ворвалась веселая компания.

Впереди всех бежали две его внучки с бокалами в руках, с букетами белых роз.

— С Новым годом, деда, с Новым годом!.. С новым счастьем, — и они обе обхватили его шею...

Подошли дочери, подошла и жена — и обняли его голову.

— С Новым годом, старик! — сказала она, целуя его.

Но старик ничего не ответил... Только горькие слезы тихо катились по его доброму старческому лицу...

РУФ И РУФИНА

I

В старые, древние годы, на родном месте, стоял дремучий лес — сосны да сосны, ели да ели — высокие, седые спали в дрёме дремучей и весь лес словно мохом серым оброс.

Давным—давно, когда был он молод, когда свежая, юная жизнь играла в каждом зеленом деревце — и солнце глядело в самую глубь его, на все молодые стволы берез, сосен и елей, когда оно ласкало и согревало траву и цветы, что росли вокруг этих стволов, — тогда все в лесу было полно жизни и свету.

Птички порхали по молодым деревцам и кусточкам; бабочки кружились над цветами, мышки бегали и резвились на лужайках. Они приходили пить воду из маленького озерка, и водяные брызги текли по их усам и бархатным мордочкам, играли на солнце мелкими бриллиантиками.

Тогда в лесу было весело, отрадно. Над озерком на маленькой полянке росло большое дерево, и под это дерево приходили играть двое детей, мальчик и девочка. Мальчика звали Руфом, девочку — Руфиной.

Они были чужие друг другу, сироты, но сердца их сжились и сроднились.

— Ты мой брат, мой милый Руф, — говорила девочка, — а я твоя Руфина.

Но Руф ничего не отвечал на этот теплый привет своей названой сестры. Он только брал ее крохотную, пухлую ручку и крепко сжимал в своих крепких, сильных ручонках.

— Руф! скажи мне, милый, отчего солнце светит и греет, отчего цветы цветут, зеленеет травка и поют и порхают птички и бабочки.

Но Руф не вдруг отвечал Руфине. Он посмотрел на солнце, на цветы и зеленые луга, на порхающих птичек и бабочек и тихо сказал:

— Оттого, что солнце горит и не сгорает. Это вечная лампада. Оно светит, и греет и землю, и вместе с ней все, что вертится вокруг него. Если бы солнце не грело и не светило, то не было бы и лесу, и бабочек, и птичек, и мышек.

Руфина крепко задумалась и потом встряхнула всеми своими русыми кудрями и, взглянув на Руфа своими любящими, ясными, светло—голубыми глазками, сказала:

— Нет, мой милый Руф! Мне кажется, это не так. Солнце

54

греет землю, потому что оно любит ее. Оно любит ее и убирает и зеленой травой, и лесом, и цветами. Оно зовет из земли и травку, и деревья, и кусты, и они идут к нему на его ласковый зов, любуются друг на друга и любуются на солнце, и солнце на них любуется. Бабочки льнут к цветам, ласкают цветы, а птички так любят лес, кусты и деревья. Слышишь! Слышишь! Как они весело чирикают?! Это они поют песню любимому солнцу, свету и воздуху.

Руф посмотрел на нее и улыбнулся.

— Крот не любит света! — сказал он. — И сова, и филин, и волк, и лиса, и рысь, и всякий хищник крадется ночью, — потому что ночью им лучше, удобнее ловить добычу. Они все не любят света.

— Да, они никого и ничего не любят, и их никто не любит, потому что они злые, — перебила его Руфина.

— Если бы не было злых и все были бы добрые, — сказал Руф, — то мы не знали бы, что они добрые.

— Ах! это не нужно знать... Мой милый Руф! Это надо чувствовать — и сердце сейчас чувствует, слышит, кто добрый и кто злой.

Руф опять усмехнулся.

— Если были бы одни добрые и солнце бы любило их, — то, наконец, их бы столько народилось, что всем бы на земле стало тесно, и корма бы им недостало, и они поневоле стали бы есть друг друга.

Но Руфина в ужасе зажала себе уши и вся вздрогнула. Руф искоса взглянул на нее, улыбнулся и сказал:

— На свете всюду борьба добра со злом. И если б не было этой борьбы, то все люди, птицы и звери и рыбы давно бы спали сном праведным и не дошли бы до того, до чего дошли теперь... Борьба не дает им спать покойно. Она постоянно их будит и заставляет быть добрыми и деятельными.

Руфина всплеснула своими маленькими ручками.

— Да разве борьба заставляет быть деятельными? Борьба есть зло, так же как и лень... и блажен тот, кому даны силы победить в себе косную неподвижность. Руф, мой милый, дорогой Руф! Я верю, что есть где—нибудь там... там далеко, куда не доходит свет солнца, там есть блаженная страна, где нет борьбы и где все добро и любовь.

— Да!.. Как бы не так! Ты вот всему веришь, а ничего не знаешь и никогда не будешь знать!

— О! Мой родной Руф! Если бы и в тебе было больше веры и меньше знания, то как бы легко тебе жилось на свете!

— Мне и теперь жить нетрудно. А будет больше знания у

меня и у людей, то будет еще легче жить. Гораздо, гораздо легче...

Но Руфина вздрогнула и вскрикнула, показывая на траву:

— Руф! Руф! Смотри... змея!.. Но Руф схватил эту змею за хвост, и она, шипя и извиваясь, обернулась двумя кольцами вокруг его руки.

— Руф! — вскричала Руфина. — Что ты делаешь!

И она бледная схватила его за руку и старалась оторвать змею от его руки.

Но он легким движением отстранил ее.

— Это не змея, а уж! Пойми и знай, что это безвредный, невинный уж... Ты даже этого не знаешь и не можешь отличить змею от ужа.

— Смотри, она выставляет жало!.. Она ужалит тебя!..

— И это вздор! Это не жало, а язык у него, и никакая змея не жалится, а кусается ядовитыми зубами... И этого ты не знаешь!

И он бросил ужа на землю. И уж быстро пополз к озерку и ушел в воду.

Руф и Руфина смотрели, как он полз и как скрылся в воде.

II

С тех пор прошло много лет. Руф вырос и стал крепким и сильным молодым человеком. Но всего сильнее и крепче была его голова. В ней был целый громадный склад знаний. Он знал, что было в далеких, беспредельных пространствах эфира. Он знал, что было в глубоких тайниках земли и на дне океанов. Он говорил, что нет тайн и нет пределов для его знаний. Он ходил гордо, подняв голову, с высоким огромным лбом. Его темные волосы вились вокруг этого лба, точно темная волнистая корона. Он смотрел своим острым всепроницающим взглядом в высокое небо, и этот взгляд видел тайны далеких миров, которые горели светлыми лампадами на темном ночном небе.

И этого мало. Он не только знал; он был силен этим знанием. Ему повиновались и воздух и море.

И Руфина никогда не разлучалась с ним, с ее милым Руфом. Она удивлялась его знаниям и силе. Но прежде и больше всего она любила его — и одного добивалась она, об одном молилась, чтобы ее Руф узнал великую силу любви и веры.

Но эту-то силу он не признавал. В нее он не верил.

Раз в темную осеннюю ночь Руф пошел в лес и Руфина пошла за ним.

Он говорил Руфине:

— Люди признают добро и зло, темные и светлые силы — но это заблуждение. Темные силы переходят в светлые, и нельзя отличить, где кончаются темные силы и где начинаются светлые. Где кончается зло и начинается добро. Всякий человек, имеющий знание, может победить все силы и встать выше их... Главная сила, сила всех сил, — это ум человека, и ты сейчас увидишь его силу.

Руфина вся похолодела и задрожала при этих словах.

А он протянул свою руку вперед. Все волосы на его голове разметались во все стороны.

Хрипло и глухо начал он произносить непонятные слова... И по мере того, как он выговаривал их, весь лес, весь воздух начал наполняться шумом. Точно сильный ветер налетал на землю и тихо качались и скрипели столетние деревья, а по земле шел топот множества копыт! Точно громадный табун скакал по ней. И весь лес, все деревья поклонились Руфу. Все они со страшным шумом нагнулись и прилегли к земле, а вся земля гудела громом подземным и тряслась от страха.

С ужасом оглянулась Руфина кругом, и всюду, со всех сторон света, склонялись деревья, кусты и травы, холмы и горы. Все лежало ниц... Один Руф стоял гордо и прямо и творил заклинанья. А Руфина, бледная от ужаса, склонилась к его ногам.

И вдруг он взмахнул руками и начал тихо приподниматься от земли к небу.

Руфина слабо вскрикнула и вся задрожала.

Она думала, что ее Руф, ее сильный Руф, покинет ее на земле, что он поднимется в небо и улетит от нее.

Но почти в то же мгновение страшный удар грома загремел в ясном небе, загремел в вышине, там, где сияли мириады звезд, и вслед за ним вдруг поднялись, вскочили все деревья, кусты и травы, холмы и горы; а Руф, ее сильный Руф, закричал страшным могучим голосом. Его руки, приподнятые гордо к небу, все застыли в их движении и превратились в громадные ветви. С боков тела во все стороны протянулись длинные сучья, а ноги ушли глубоко в землю толстыми корнями.

Не стало Руфа!.. На место его стояла громадная чудовищная ель, гордо поднимая к небу свою многоветвистую вершину!

Дико, безумно вскрикнула Руфина и без чувств упала на толстые корни ели.

III

Когда она очнулась, было уже утро — тихое, ясное утро. Лес был полон птичьих голосов. Мирно, угрюмо стояли сосны и ели, и выше их всех высилась чудовищная ель.

Руфина обхватила ее крепко руками. Горькие слезы лились из ее глаз. Они шли прямо из любящего сердца и поливали землю, в которую вросли могучие корни ели.

И целый день и целую ночь Руфина не отходила от ели. Она сидела, закрыв глаза, прислонясь головой к ее толстому, огромному стволу, и слезы бежали, струились из ее глаз.

По временам она со стоном отнимала голову, крепко обеими руками обнимала ель и начинала горячо целовать ее. Она думала, что этими поцелуями передаст живую человеческую душу ее милому Руфу.

"О! — думала она— если б я была птицей, я взлетела бы на самую вершину моего милого Руфа, я прошептала бы другу слово любви и утешения..."

И она молилась, жарко молилась светлым силам.

И светлые силы исполнили ее желание.

Рано утром на восходе солнца у ней выросли крылья. Она превратилась в кроткую, хорошенькую горлинку.

Радостно вскрикнула она, взлетела на вершину ели и хотела высказать Руфу свое теплое, сердечное слово... но вместо слов из ее сердца полились только жалобные, сердечные песни... и она грустно, невыносимо грустно ворковала над своим милым, дорогим Руфом.

И шли дни за днями.

В ясную, тихую погоду все ветви и сучья громадной ели тихо опускались вниз; но в дни бурливые и ненастные они злобно поднимались кверху и как будто грозили небу. И бедная Руфина при этом вся трепетала и ворковала так громко и жалобно, что у всех птиц сжималось сердце от жалости к несчастной горлинке Руфине.

Один раз после томительно—жаркого дня надвинулась страшная туча и заволокла почти все небо. Все потемнело на земле. Вся травка в ужасе припала к ней, деревья грустно качали вершинами и кланялись небу. Одна громадная ель не склонилась перед ним. Она гордо и злобно подняла к нему свои ветви и стояла неподвижно, гордая своей силой...

Страшный, оглушительный удар, от которого задрожали все деревья, потряс горы и скалы и воздух, и вершина Руфа, разбитая, расщепленная, полетела на землю.

Руфина оцепенела от ужаса. Долго лежала она, припав к земле, наконец встрепенулась, жалобно вскрикнула, вспорхнула и села на раздробленную, поверженную на землю вершину ели.

Это все, что осталось ей от милого, дорогого Руфа...

С тех пор прошло много, много лет. Старый, хмурый, седой лес обступил, оброс со всех сторон разбитую ель, ее вершина давно умерла, посохла; но, как и прежде, на этой вершине сидит неизменный друг, любящая горлинка Руфина и грустно воркует и поет тихие, сердечные песни — ее милому погибшему другу.

СКАЗКА

— Бабушка, что такое сказка? К чему она нужна; ведь это все неправда, выдумка? Разве были когда—нибудь скатерти—самобранки да ковры—самолеты, волшебники и волшебницы?

Бабушка посмотрела на внучку сквозь свои окошечки в томпаковой оправе, в которой каждое стекло было с добрый пятак, посмотрела, улыбнулась своей ласковой, доброй улыбкой, поправила чулок и платок, погладила Ваську и сказала:

— Ну, садись, слушай!

И внучка тотчас же уселась на скамеечку у ног бабушки, потому что слушать у ней всегда была охота смертная.

— За горами за долами, — так начала бабушка, — за морями—окианами, за реками быстрыми, за песками сыпучими, за болотами трясучими, за борами дремучими, в земле Трухтанской, в царстве Мурзаханском жил—поживал царь Альбазар с царицей Наяной и с дочкой Альмарой, ясной душой. В целом свете не было девушки краше Альмары—души. Встанет она — и все травки поднимутся, пойдет она — все птички летят за ней. За ней солнышко ходит, к ней ветерок ластится, и все люди на нее не налюбуются.

— Ну, Альмара моя милая, — говорит царь Альбазар, — исполнилось тебе шестнадцать лет, совершеннолетие, и надо справлять его, праздновать по всей земле.

И послал царь герольдов и вестников в царства дальние и ближние, всех звать, приглашать, чтобы все ехали справлять веселый пир, на всю землю Мурзаханскую.

И потянулись, поехали из ближних и дальних стран цари и царицы, царевичи и царевны, короли и королевы, принцы и принцессы, рыцари храбрые и витязи удалые. Все едут, спешат, скачут, летят, на конях и верблюдах, на оленях и страусах, на орлах и лебедях, пыль столбом, дым коромыслом.

Весь дворец царя Альбазара к празднику обновили, поправили. Все хрустальные башенки вымыли, вычистили.

Все серебряные крылечки кирпичиком вытерли. Все они сияют, светятся, а все главы и куполы золотые как жар блестят, горят—радуются.

И вот настал торжественный день. Все посели в полукруг на высоком крыльце и впереди всех, на высоком серебряном стульчике сидит Альмара—душа, и вся краса ее, словно солнце, играет и светится. Сидит она в серебряном платье, золотыми узорами затканном, жемчугом разукрашенном, камнями самоцветными обсыпанном.

А удалые витязи, храбрые рыцари, принцы, королевичи, князья и царевичи в сторонке на конях сидят, дивуются—любуются, и каждый готов за нее в огонь и в полымя.

А музыка играет—гремит, трубы трубят, знамена веют, разноцветные флаги вьются—развеваются.

Выезжают герольды, глашатаи, в трубы трубят, царскую волю вещают.

— Эй, вы, гой еси удалые витязи, славные рыцари благородные! Кто желает, выходи на бой за прекрасную царевну Альмару, утеху сердечную!

Затрубили герольды в первый раз, выехал славный витязь Ашур—Тур, Аксайский князь. Черный конь под ним словно буря косматая и вьет, и метет, по земле расстилается; из ноздрей пламя бьет, из ушей дым валит.

Вьются перья красные, словно пламя огненное, на черном высоком шишаке князя Аксайского, блестят его латы железные, седая борода вихрем разметалася, черные очи, словно угли, горят и жгут.

— Эй! — кричит он зычным голосом и махает копьем. — Эй, кто хочет моей силы испытать—отведать, побиться за прекрасную царевну Альмару!

Но никто не отвечает на этот зов, все молчат, прижимаются. Только царь с царицей грустно переглянулися, сердце у них упало, замерло, чует оно беду неминучую. Выехал на битву злой колдун—чернокнижник, выехал биться за их дочку милую, за свет Альмару прекрасную.

И дочка смутилась, сидит ни жива ни мертва.

Вдруг затрубили трубы кованые, выезжает из дальних рядов молодой князь Максютский, свет Елизар Альманзарыч. Белый кафтан на нем серебром блестит. Белый конь под ним гордо идет, прижимается; весь обвешан он цацами золотыми и гремит, и звенит колокольцами серебряными. А сам князь, словно ясный месяц, светит, улыбается. Золотые кудри по плечам вьются. Алая шапочка с белым пером набекрень перекошена. И сидит он молодцом, в правой руке держит копье булатное, в левой руке — крепкий кованый щит.

Побледнела, покраснела Альмара—душа, чуть не плачет; оглянулась она на отца, и хочется сказать ей:

— Родитель милый, отесинька родненький! не вели ты им биться, не хочу я чужой гибели за свою красоту нежеланную.

Но трубят трубы кованые. И скачет, летит конь Ашура—

Тура Аксайского, а белый конь Елизара Альманзарыча на месте стоит, уши приложил и бьет копытом, сторонится.

Словно вихорь, налетел колдун на князя, — так что белый конь нагнулся. Разогнал Ашур—Тур Аксайский копье булатное и ударил им. Но закрылся князь щитом крепким, и прямо в щит угодило копье. Раскололся щит — не выдержал. Ашур—Тур Аксайский пронесся мимо, и ударился конь о дощатый забор.

Пошатнулся колдун, побагровел, потемнел, ударил он со злобой вороного коня тяжелой булавой, и конь рассвирепел, распалился как бешеный, метнулся он на белого коня Елизара, и не выдержал белый конь: грянулся оземь, и вместе с ним полетел Елизар.

Но не успел долететь до земли, как перышко, вскочил он на ноги, обернулся он в пол—оборота, а Тур Аксайский закружил, закрутил и прямо налетел на копье Елизар Альманзарыча.

Зацепило копье панцирь колдуна и высоко к небу взметнуло Ашура—Тура Аксайского. Взлетел колдун и со свистом брякнулся о сыру землю, так что пыль столбом пошла и все витязи ахнули.

Повели Елизара Альманзарыча к трону царскому. Поднялась со стульчика Альмара прекрасная, поднялась краше солнца красного, поднялась, зарделась, словно маков цвет. На одно колено перед ней опустился Елизар, и повязала она ему на плечо серебряный шарф, а сама задрожала вся, обернулась, стрелой бросилась на грудь к отесиньке милому.

А трубы гудят, играют бубны, литавры гремят, звенят; барабаны заморские дробью рассыпаются.

И все гости, короли и князья, витязи удалые и рыцари храбрые встали с своих мест, кричат, руки подняли.

— Да здравствует Елизар, князь Максютский, и Альмара прекрасная!..

А слуги, кравчие несут уж, заготовили стопы меду столетнего, несут кубки шипучих, заморских вин...

А Елизар и Альмара подле царя Альбазара стоят.

У обоих радость в сердцах ключом бьет и пенится. У обоих очи горят—светятся, и не могут они их друг от друга отвести.

И пошли пиры да потехи. Пируют гости и день, и два, и целую неделю, жениха с невестой чествуют, а жених с невестой, как голубки сизые, воркуют и милуются.

Прошла неделя, словно день пролетел, и через три дня уже свадьба назначена. Примеривает Альмара платье подвенечное, самоцветными камнями разубранное, и в этом платье горит ее краса и краше самоцветных камней Елизару Максютскому кажется. Настал канун свадьбы, — все гости ждут, собираются, к венчальному пиру приготовляются. А на кухне сотня—другая поваров стряпают, готовят великий пир на весь честной мир. А кравчие царские выкатывают, приготовляют бочки с винами заморскими, с медами ставлеными.

Да, видно, в недобрый час свадьба началась. С вечера непогодушка разыгралась. Черные тучи понашли, надвинулись, покрыли небо ясное. Злые вихри налетели — все рвут и метут. Заблестели, засверкали частые молнии. Все небо словно огнем белым и блестит, и горит. И ударила молния в старый дуб, что стоял на царском дворе, изломала, ищепала старый дуб. А другая молния ударила в царскую рощу, и запылала вся роща, словно осенний лист. Выскочили гости на широкое крыльцо, ахают, дивуются, а царевны и королевны в теремки попрятались, уткнули головки в перины пуховые, молятся Перуну: пронеси, грозный бог, гром и бури бурливые, угаси свой огонь, утиши перуны громовые.

Выбежала и Альмара—душа со своим женихом. Жаль ей было старой отцовской рощи. С ужасом смотрит она, как горят липы столетние, дубы вековые, а Елизар зовет ее: пойдем, поедем, поглядим ближе — взойдем на вышку высокую!

И послушалась его Альмара—душа; пошли они по крыльчикам, переходчикам, а буря лютая рвет и метет. Сорвала она платочек с головы царевны Альмары. Засмеялась она и бойко побежала вперед. Сорвала буря лютая, закрутила, унесла теплую епанечку с белоснежных плеч Альмары—души. Засмеялись оба и еще бойчей побежали вперед. Обхватил, укрыл Елизар своей епанчей дорогую невесту свою. Прижалась она к его сердцу горячему; что мне бури, что мне громы, думает, ты мне свет и жизнь!

Взбежали они на вышку, — буря рвет и метет, с резвых ног валит; перед ними целое море огня, над ними огненные тучи, словно змеи, летят, дышат огнем и полымем, вспыхивают молниями горючими, гремят громами гремучими. И вдруг закрутила, загудела буря — налетела вихрем—вьюном, налетела страшная туча, завила, захватила и унесла Елизара...

Помертвела, вскрикнула Альмара—душа, и на жалобный крик разразилась туча страшным хохотом, и узнала она в этом хохоте голос злого колдуна Ашура—Тура Аксайского. Разразился гром, прогремел, раскатился по полям, по лесам, и замолк страшный хохот.

Упала Альмара—душа на колени, бьется о грязную землю, как голубка трепещется, стонет, плачет, разливается.

Собрались, сбежались гости дорогие. Прибежал и отесинька милый, упал он подле дочки ненаглядной, упал на колени, поднимает ее, расспрашивает, а сам побледнел как смерть, белее бороды своей, белее снегу белого.

Встрепенулись, зашумели гости, храбрые витязи и рыцари благородные, кричат, зовут слуг своих верных.

— Гой вы, слуги верные! седлайте вы скорей ретивых коней, готовьте оружие крепкое!

Через час, собравшись, выехали, скачут, летят прямо к замку высокому, к замку Ашура—Тура Аксайского, что стоит наверху, на круче крутой. Весь тучами черными замок закутался, и бьются из туч молнии, во все стороны мечутся, а громы гремят, рассыпаются. Ни подъехать, ни подступиться, сила не берет, руки опускаются, а из туч злой хохот гремит, расстилается, хохот злого колдуна Ашура—Тура Аксайского.

Вдруг загремел, загудел над замком, словно гром перекатный, голос Ашура—Тура Аксайского.

— Гой вы, витязи храбрые! Молодцы удалые! Рыцари благородные! Нет у вас силы Елизара, князя Максютского, у меня отнять. Идите с миром отколь пришли. Несите вы Альмаре—душе сказ—наказ: коли любит она жениха своего, пусть придет за ним в крепкий замок мой. Не изымет сила, изымет простота, доброта. А еще скажите ей, коли любит она жениха своего, пусть одна придет, не страшась, не боясь ни грому, ни молнии, ни темной ночи, ни бури злой.

Поехали витязи, опустив удалы головы, поехали вспять, повезли недобрую весть.

Услыхала Альмара злой наказ: взметнулась, встрепенулась вся, давай собираться скорей.

И снарядилась, пошла Альмара—душа; вывели ее батюшка с матушкой родимые; вывели, проводили в дорожный путь из терема; простились—прослезились, сами ей вслед глядят.

Идет по дороге Альмара—душа. Ночка темная, растемная. Злая буря ревмя ревет, с резвых ног валит, а злой дождик бьет—сечет. Гремят громы грозные, сверкают молнии, стрелы огневые.

Бодро идет Альмара—душа, бодро идет, не глядит ни на что. Одна у ней мысль, думка горячая: как она высвободит друга милого, Елизара ненаглядного. Идет и час и два, идет целую ночь. К утру зорька загорелася. Белый свет по низам ползет, по лугам расстилается. Подошла Альмара—душа к круче—горе крутой и пошла по дорожкам змеиным.

Скользят ножки по мокрым камням, оступаются, бегут— шумят потоки с горы, с резвых ног валят. Идет Альмара—душа, идет ни на что не глядит. Одна у ней в сердце думка горячая: освобожу я жениха своего, Елизара ненаглядного!

Стала подходить к вершине горы. Развернулась гора, раскуталась. Унеслись тучи черные, и весь замок перед ней, как на ладонке, стал. Унеслись громы, молнии, только вихорь рвет—гудит, с резвых ног валит.

Обошла Альмара весь замок три раза, обошла, перед воротами остановилась, а из—под ворот лезет—ползет страшный, престрашный змей—горыныч злой. На голове у него острый гребень торчит, изо рта у него пламя летит. Злые глаза блестят и горят, на спине крылья нетопырьи трепещутся, а хвост как змея вьется, ползет, извивается.

Протянул он к ней лапу когтистую, протянул, растопырил ее.

— Стой! — говорит, — красна девица. Стой, душа Альмара прекрасная! За пропуск выкуп дают. Даром на сем свете ничего не делают.

— Что же я тебе дам? — говорит Альмара—душа, — нет со мной казны—мошны. Хочешь взять монисто мое из зерна бурмицкого? Хочешь взять грецку перевязь?

— Не надо монисто и перевязи. Береги для себя, а мне дай твою девичью красу, русую косу: годится малым деткам на подстилышек.

Схватилась Альмара за головку свою, схватилась, ужаснулася. А из—под перевязи руса коса скатилась, руса коса, девичья краса, — по земле коса расстилается. Любил эту косу Елизар, ненаглядный свет, целовал, миловал, каждый день расплетал, заплетал, приговаривал: "Расти ты, коса милой девушки, расти ей на утеху сердечную!"

И подумала Альмара—душа: даю я, мол, выкуп дорогой за дорогого друга сердечного. Подумала, посмотрела на косу в последний раз, поцеловала она ее, промолвила:

"Прощай, моя краса девичья, милей мне тебя мой ненаглядный друг: душу отдам за него, не только мою косыньку!"

— На! — говорит змею—горынычу, — бери мою косу. Не жаль мне ее.

А змей—горыныч не заставил ждать—повторять: вскочил, подскочил, хамкнул зубами и отгрыз—откусил косу девичью.

Встряхнула волосами Альмара—душа, встряхнула, улыбнулася: "Легко и светло у меня на душе, — подумала она, — ближе я к другу ненаглядному".

Толкнул змей—горыныч ворота крепкие; широко ворота растворилися.

— Ну, ступай теперь, — кричит он, — девка стриженая, в замок Ашура—Тура Аксайского! выручай жениха ненаглядного!

Вступила—вошла Альмара—душа в проходы с переходцами. Высокие стены со всех сторон поднимаются, чуть видно вверху небо серое. Ползут у ней под ногами змеи лютые. Ползут, шипят, приговаривают:

— Отогрей нас, красная девица, отогрей на белой груди, дай поспать, полежать, теплой крови пососать!

Идет Альмара—душа, не глядит на них; идет длинным коридором и глубже, все глубже коридор в сырую землю опускается.

Сидят по сторонам на камнях больших жабы серые, глазищами зелеными ворочают и горят глазища, в темноте светятся. Пищат, порхают злые мыши летучие; вьются около Альмары, вцепиться хотят.

Остановилась Альмара—душа. Сердце у ней в белой груди трепещется. Слезы к сердцу подступают, белу грудь давят, за горло хватают, жмут. Остановилась Альмара, вскрикнула громким голосом:

— Гой ты! Где ты, мой жених дорогой! Где ты, свет души моей, Елизар Альманзарыч?

И слышит вдруг глубоко под землей, в сторонке, дал ответ Елизар Альманзарыч.

— Здесь я, моя голубка—душа, здесь я, моя Альмара ненаглядная!

Встрепенулось все сердце, всколыхнулась душа. Дух захватило в груди, потемнело в очах, помутилося, слезы из глаз в три ручья хлынули.

Бросилась Альмара на голос, но вдруг перед ней стала—выросла высокая стена, сырая, почернелая, а над ней раздался голос злой Ашура—Тура Аксайского.

— Погоди, Альмара—душа! Не уйдет от тебя твой Елизар. Коли пришла ты за ним в крепкий замок мой, то выкупи его из неволи злой, отдай мне, Ашуру, твою красу девичью, отдай розы, щечки румяные, белизну бела личика, алые губки, зубки жемчужные, отдай ясные звездочки, светлые глазыньки!

Ужаснулась Альмара—душа, покачнулась, о стену скользкую ухватилася. Слезы у ней в три ручья из ясных глазок покатилися.

— Ой, ты, злой колдун Тур, Аксайский князь! Как же я отдам тебе девичью красу мою? Та краса моя заповедная, жениху моему полюбилася, — не моя она, а моего друга ненаглядного.

Отвечает ей Ашур—Тур, Аксайский князь:

— Как хочешь, красавица, царевна белолицая, отдашь красу, — друга спасешь, не отдашь, без друга домой пойдешь.

Не буду я внакладе, останется мне твой Елизар Альманзарыч, моих змейков—сосунков — своей кровью поить—кормить. Посмотри на него, полюбуйся, девица—красавица!

И вдруг тихо—тихо стенка перед Альмарой расступилася. И видит Альмара: в темном подземелье, за решетками железными, сидит ее жених, крепкими цепями прикованный, сидит белей стены каменной. А на груди у него сосунки играют, ползают, копошатся, белую грудь грызут, сосут, алые струйки по белой груди катятся.

Потемнел белый свет у Альмары в очах, слезки застыли на глазах. Сердце в груди остановилося, — обмерла, упала Альмара—душа. Час и два пролежала она, себя не помнючи: очнулась, оглянулась, заплакала. Заплакавши, взмолилася:

— Ой! ты, гой еси, злой колдун Ашур—Тур, Аксайский князь! Ты возьми скорей мою красу заветную, — отдай мне моего друга ненаглядного. Не за мою красу девичью полюбил меня Елизар Альманзарыч. Что краса красной девицы? Сельный цвет пустой. Расцветет она алым цветиком, отцветет—пропадет, словно яблонный цветочек осыплется.

И засвистел Ашур—Тур громким посвистом. Набежали—налетели злые карлы, встали вокруг Альмары—души злые карлы черные. Впереди них самый злой — хромой, горбатый, с седой бородой. Поднес он Альмаре маленький горшечек полный воды.

— Смотри, — говорит, — в воду, будем твою красоту снимать! Взглянула в воду Альмара—душа — и вмиг сбежали с щек розы алые: все личико у ней пожелтело, головка закружилася. Отшатнулась она, ухватилась за белую грудь, — а злой карло говорит, приказывает:

— Смотри! смотри, красна девица, не вся еще снята твоя красота девичья.

Встряхнула волосами Альмара, снова начала смотреть. По личику побежали морщинки, складочки. Все личико посохло, съежилось, — побежала дрожь по рукам, ногам, по всем суставам, по белой груди, и вся белая грудь посохла, ввалилася. Побелели русы волосы, почернели белы зубки, в воду покатилися. Не стало сил у Альмары—души: отшатнулась, отвернулась она от горшечка, вся задрожала, затрепеталася, а злой карло пристает к ней, подступает, сверкает очами.

— Смотри! смотри! — говорит, — красна девица, не вся еще снята твоя краса девичья.

Остались у тебя еще глазыньки, что светят, блестят жизнью сердечною.

Отвернулась Альмара—душа, за седую головку ухватилася, отвернулась, заплакала.

— Ой, ты, гой еси, злой колдун! — взмолилась она, — злой колдун Тур, Аксайский князь, обманул ты меня, злой колдун; взял ты вместе с девичьей красой мою молодость! Оставь же ты мне, колдун, мои глазки ясные. По ним узнает меня мой ненаглядный друг, Елизар Альманзарыч.

Отвечает Ашур—Тур, Аксайский князь:

— Хорошо, красна девица, оставлю я тебе твои глазыньки. Не узнает тебя по ним твой ненаглядный друг, не узнает старуху старую.

И засвистел, загремел Ашур—Тур, Аксайский князь. Разбежались карлы черные. Расступились стены высокие, разомкнулись замки, затворы крепкие, распались цепи железные. И предстал перед Альмарой—душой князь Елизар Альманзарыч.

На дворе белый день блестит, светит ярко солнышко, у Альмары—души туман в очах.

Видит не видит она, идет, шатается бледная тень, и эта тень — ее ненаглядный друг, светел свет Елизар Альманзарыч.

Горе сжало сердце, обессилило: упала Альмара—душа, упала на колени. Хочет вымолвить:

— Ненаглядный мой, счастье мое! Взгляни ты на меня, старую старуху, взгляни на свою Альмару, друга верного! Отдала я за тебя красу—молодость, за твою свободу желанную. Взгляни ты на меня, силы мои явятся, — в хилом сердце заиграет кровь горячая, встрепенется сердце, оживет любовью, радостью!

Поглядел Елизар Альманзарович, — поглядел на старуху старую, ничего не сказал.

"О чем, — подумал, — бедная старушка убивается, горько плачет, как река журчит, и выйду ли я на свободу из замка крепкого, увижу ли я мою звездочку, увижу ли свет—Альмару, дорогую мою красну девицу?" Идет он по переходцам, узким коридорчикам.

Идет за Елизаром Альмара—душа, отгоняет злых летучих мышей, идет, от злого горя шатается.

Вышел за ворота замка Елизар и оглянулся кругом. Далеко с горы крутой даль раскинулась, зеленеют леса, луга зеленые, ходят, гуляют по ним тени, от облачков. Бегут серебряные змейки — речки серебряные, а на самом краю стоят, синеют горы высокие. Глядит Елизар на полуденну сторону. Там далеко, чуть видно, виднеется земля Альбазара—царя.

— Там, думается, там ждет меня моя звездочка ясная, там моя радость Альмара, утеха сердечная.

Сладко, ласково сердце встрепенулося. По душе истома прошла, голова закружилася. Потянулся Елизар, тихо на травку опустился, присел. Опустилась рядом с ним Альмара—душа.

Оглянулся Елизар, посмотрел на нее, видит, горько плачет старушка старая.

"О чем, — думает, — старушка разливается: кругом все светло и радостно, солнце светит и птички порхают, поют. Красен, светел божий мир радостный!"

— О чем, спрашивает, ты, старушка старая, убиваешься? Поведай мне твое горе, — авось вместе размыкаем.

Ничего Альмара—душа не ответила. Отняла она от глаз ручки старые: все морщинками ручки исчерчены; отняла, смотрит на Елизара прямо в глаза, ничего не видит. Бегут слезки, катятся из ясных глазок в три ручья, катятся, застилают все туманным пологом.

Вспомнил Елизар опять о своей Альмаре—душе, потянуло сердце вдаль. Тихо поднялся он с лужаечки и пошел.

Два часа шли, до первого поворота дошли. Ослаб, изнемог Елизар Альманзарыч, на камень придорожный опустился, присел, на плечо Альмары голову склонил. Поднесла ему к губам Альмара фляжку крепкого вина заморского, вина целебного, что взяла с собой из дому, и дала ему выпить три глотка.

Хмельное вино в голову ударило, окреп Елизар Альманзарыч. Встали, дальше пошли. Шли, шли и наконец с горы крутой спустилися, а солнце уже высоко стоит, с высоты небесной греет и палит. По лугам порхают бабочки легкокрылые, жужжат пчелки работницы, высоко—высоко в небе поет жаворонок, поет, щебечет, заливается.

Подошли к леску—рощице, на травку—муравку в тень—прохлад опустилися.

— Не знаю, — говорит Елизар Альманзарыч, — дойду ли я завтра до дому? Спасибо тебе, старушка старая, помогла ты мне дойти, молодцу. Довела ты меня до царства Альбазара царя Берендеича, награжу я тебя за это златом—серебром. Там в дому ждет меня невеста моя, Альмара—душа. Чай плачет, тоскует обо мне, голубка ненаглядная!..

Ничего Альмара—душа не ответила. Словно тисками железными сердце у нее сжалося. Пролетели мимо нее две ласточки—касатки сизокрылые. К тем ласточкам—касаткам с своим словом сердечным Альмара обратилася:

— Ласточки, вольные птички свободные! В вольном воздухе день—деньской вы купаетесь. Мила вам свобода, но милей ее — любовь сердечная: без нее и свобода хуже неволи злой. Отдала я любовь, утеху мою, любовь друга сердечного, за его свободу желанную. Выкупила я тою любовью моего друга из неволи злой. Видно, правду говорят люди: "Любовью свобода покупается..."

И вдруг замолкла бабушка, посмотрела сквозь окошечки, улыбнулася.

— Что же, бабушка, ты остановилась? Что же дальше было?.. Он узнал Альмару свою милую... Бедная Альмара! Ну, бабушка, рассказывай дальше, пожалуйста, рассказывай скорей.

— Что же я тебе буду рассказывать?.. Дальше все то же было... Тебе жаль Елизара Альманзарыча, жаль Альмару-душу, жаль все доброе, хорошее, — и не жаль все злое, дурное, не жаль Ашура—Тура Аксайского... Ну, значит, сказка и достигла цели! На это она годна. Этим она и красна и сильна. — Ведет она к добру, сеет отвращение к злу. Разве тебе этого мало?..

ЧУДНЫЙ МАЛЬЧИК

Говорят, что люди прежде не смеялись оттого, что на земле тогда ничего смешного не было. Другие говорят, что сами люди были прежде умнее и понимали, что ни над чем не надо смеяться, потому что сама природа никогда ни над чем не смеется и все в ней, точно так же, как и в человеке, который не больше, как только частица природы, полно глубокого и великого смысла. А кто смеется над чем бы то ни было, тот, значит, не понимает этого смысла и видит только то, что лежит сверху у него перед глазами.

Но вот раз, в одном большом городе, случилась очень странная вещь. В ясный день вдруг, неизвестно откуда, посреди самой большой площади и даже не прямо на ней, а над ней, просто на воздухе, появился хорошенький мальчик, и как только увидали его люди, так все разом, как будто сговорились, захохотали; и нельзя было не захохотать, потому что у мальчика было такое лицо, на которое нельзя было смотреть без смеху, а между тем это лицо было очень хорошенькое. У мальчика были отличные черные глазки, но такие лукавые, так они плутовски бегали из стороны в сторону, что каждого так и подмывало выкинуть какую—нибудь веселую штучку. Рот мальчика улыбался самым предательским образом, на щеках выступали веселые ямки, а маленький носик при этом так нахально подпрыгивал кверху, что решительно все помирали со смеху, и старый, и малый.

Но ведь и смеху приходит точно так же конец, как и горю. Нахохотавшись вдоволь, до слез и до колотья в боках, люди уже было принялись хладнокровно рассматривать чудного мальчика. Но тут он снял с головы шапочку, в виде горшочка, и вдруг прямо из головы у него брызнул фонтан самых блестящих искр. Эти искры полетели вверх, направо, налево, во все стороны. Они падали на деревья, на камни, на ослов, лошадей, коров, свиней, людей — везде. И куда бы ни упала искорка, люди начинали хохотать неистово. Падала искра на гнилой забор — люди смеялись, падала на кривое дерево — смеялись, падала на покачнувшуюся избушку — смеялись, падала на горбатого старичка — смеялись, на хромую старушку — смеялись, на гнилую воду — смеялись, на грязную дорогу — смеялись, летели искры в небо — и над небом люди смеялись. Так что, наконец, ничего не осталось на земле и на небе, над чем бы люди не посмеялись. Все было осмеяно. Но Чудному мальчику этого было мало. Он не только сам бросал во все искры, но научил и людей делать то же. И вот с тех пор люди и ходят и смотрят: не блестит ли где искорка, или нельзя ли в кого—нибудь пустить искру. Ведь это так весело!

И вот в том самом большом городе, где явился Чудный мальчик, у царя была дочь—красавица и такая добрая, что весь народ любил ее и не мог на нее надивиться. Все звали ее: наша добрая, прекрасная царевна Меллина. Пробовал и в нее бросать свои искры Чудный мальчик, но искры не долетали до нее или падали у ее ног и гасли. А все—таки Меллина боялась, и сильно боялась, этих злых искр. Прежде она, бывало, оденется как ни попало, что под руку попадет или что подадут ей. Все, думает, будет хорошо, потому что сама хороша. А тут вдруг начала оглядываться и осматриваться, так что зеркало ее, которое до тех пор стояло одинокое, в пыли, теперь все просияло от радости. Все, что ни надевала она, все оглядывала, не разорвано ли где, нет ли пятнышка, да не будет ли сидеть на ней коробом. Была у царевны Меллины старая толстая кормилица Марфа, которая ее вскормила и вынянчила, и жила эта кормилица далеко от дворца, в самом грязном дрянном квартале, который звали Свиные Закутки. Когда она совсем вынянчила царевну, то царь позвал ее к себе и сказал:

— Ты теперь будешь жить всю остальную свою жизнь и со всеми своими детьми во дворце на покое. Я жалую тебя с моего царского стола и плеча. Дарю тебе лисью шубу, багрянцем крытую, две нитки зерна бурмицкого и три золотые гривны. Живи себе с миром. — Но толстая Марфа поклонилась царю в ноги и говорит:

— Спасибо тебе, царь—государь, за слово ласковое, за жалованье царское; охотой пошла я в твои палаты твою царскую дочь кормить и пестовать, охотой жила я тут восемь лет, охотой пойду я теперь на волю в мою убогую хижину. Можешь ты меня, царь—государь, казнить и миловать, на то есть твоя царская власть и воля. Но коли по моему глупому желанию ты поступить изволишь, то пусти ты меня в мой домишко. В нем умер мой старый батюшка, в нем скончалась моя родная матушка, в нем мы жили любовно и простились навек с моим мужем, что ушел на войну в твое царское войско и убит на сраженьи. И еще прошу у тебя милости, — и снова поклонилась старая Марфа царю земным поклоном. — Не жалуй ты меня твоей царской казной, не дари ты мне шубу, багрянцем крытую, не дари ты меня бурмицким зерном. Жила я в палатах твоих, служила тебе верную службу, не корыствовалась, вскормила, вспоила я, выняньчила ненаглядную мою звездочку, царевну мою прекрасную, кормила, ростила я ее и все думала: созревай, наливайся, мое зернышко, ласточка моя сизокрылая; вырастешь ты, зацветешь алым цветиком; тогда полюбуюсь я на тебя, моя царевна прекрасная, и скажу тебе слово правдивое: живи, царская дочь, любовно и праведно, пусть твое сердце будет полным—полно любовью да кротостью, печалью да жалостью ко всякому горю людскому, горю народному, горю великому. И если то желание мое совершится да сбудется, то не будет для меня выше и краше той великой радости.

Посмотрел царь на мамку—кормилицу, посмотрел из—под седых бровей взглядом милостивым, ласковым и сказал ей:

— Спасибо тебе, слуга верная, усердная, что умела служить от сердца чистого, по правде, по совести. Будь все по твоему желанию, не жалаю я тебе подарка царского, а дарю я тебя подарком по сердцу: не царь тебе дарит его, а отец дарит, за свою дочь единородную, на память по нем добрую.

И встал старый царь, снял со своей груди ладонку, в которой был зашит великий секрет — запрет от ночного погрому и разорения, от лютой смерти безвременной, от лихого злодея—ворога.

— Завещал мне эту ладонку мой родитель, покойный царь. Передаю ее тебе, моя верная слуга, носи ее, меня поминаючи, да спасет она тебя от всякой лихой беды!

Упала на колени старая мамка—кормилица, упала и заплакала. Вся душа ее от великого счастья перевернулась. Все сердце ее взыграло, запрыгало, и ничего от радости не могла она вымолвить.

Крепко любила царевна мамку свою и рассталась с нею не без горьких слез. Она часто видалась с ней, и чем больше росла, тем крепче становилась эта любовь; потому что царевна сердцем понимала, что за добрая, чистая душа была у простой ее мамки.

И вдруг эта добрая, любимая и любящая мамка сильно захворала и только просит и молит, как бы повидать ей перед концом ее царевну родимую: "взгляну я, — говорит, — хоть одним глазком, на мою ненаглядную, взгляну в последний раз и умру, ее благословляючи!"

Встрепенулась царевна. Одеваться скорей да бежать к моей родимой старой мамке! Но только что взялась за дверную ручку, как вдруг вспомнила, что теперь уже все стало не то. Что нельзя теперь ей идти, как прежде было, попросту, что осмеют ее теперь, ошикают двадцать раз, прежде чем дойдет она до Свиных Закуток. Бросилась царевна наряжаться, но и тут беда:

что ни наденет, все не так: то ей кажется слишком парадно, и все скажут: "Вон, смотрите, как вырядилась царевна, это она идет к своей умирающей мамке!" То ей кажется, что все на ней и бедно, и гадко, так что все на нее уставятся, как только она выглянет на улицу, и все закричат: "Вон, смотрите, царская дочь какой шлюхой ходит!" Все она у себя перерыла, все перебросала, то наденет, то опять сбросит, вся измучилась, а часы летят себе, не дожидаются, и уже вечер на дворе, темный осенний вечер, и снег с дождем в окна колотит.

— Ах! я несчастная! — плачет царевна, — неужели я не увижу уж тебя, моя добрая, дорогая мама. Нет, нет, я должна тебя видеть и помочь тебе! Все вздор! Будь, что будет — пойду в чем есть; и, накинув шубейку, бросилась она к двери. Но прямо против нее на той стороне улицы мальчишки прыгали по лужам, и как только отворила она дверь, так все они разом завизжали и захохотали, точно увидели самого Чудного мальчика.

Зажала царевна уши, бросилась как угорелая, назад в свой терем.

— Что делать, ах, что делать! — схватилась она обеими руками за головку. А на дворе уже ночь темная, и вьюга так и злится. — Мама, дорогая моя, — стонет царевна, — умрешь ты, не видав своей дочки! Что же я буду делать, несчастная! — И ломая руки, упала она на перину пуховую, уткнулась головой в подушки и горько, горько зарыдала.

И вдруг слышит она, что кто—то дотронулся до ее плеча. Обернулась царевна и, при свете лампадки, видит она — стоит перед ней маленькая старая старушка. Прыгают у ней глазки, как свечи, косматая голова трясется, а беззубый рот и жует, и шамкает, и улыбается.

— Кто ты? — спрашивает в испуге царевна. А старушка хихикает.

— Ты колдунья? — спрашивает царевна, и в ужасе жмется к стене, прячется в подушки, и хочется ей кликнуть своих сенных девушек.

— Может быть, колдунья, может быть, вещунья, почем знать, а пришла я, — шамкает старуха, — помочь твоему горю, из злой беды выручить. — И царевна встрепенулась, даже страх прошел.

— Ты перенесешь меня, — говорит она, — к моей старой мамке, перенесешь сейчас же на крыльях ветра, на ковре самолете? Ведь это ты можешь сделать? Да!

— Хи—хи—хи! моя красавица, все я могу, только поспешишь — людей насмешишь, видишь ты какая прыткая. —

Зачем нам по ночи летать, когда можно днем и пешком дойти. Поживет твоя мамка и до утра, не умрет, до самых полден. А ты лучше скажи, моя ясочка, чем это ты собралась твою мамку от злой болести вылечить, от смерти лютой освободить, али так просто своими ясными глазыньками?

Схватила себя царевна за голову, вся покраснела. Тут только вспомнила она, что вместо того, чтобы подумать, чем своей мамке помочь, она только и заботилась о том, как бы не посмеялись над ней. Вскочила она, давай собираться к лекарю, какому—нибудь знахарю. А старушонка все хихикает и головой трясет.

— Не надо, моя радость, не надо, моя красавица, чего суетишься, все у меня есть, все, что надо тебе; а к знахарю не ходи, никакой знахарь не поможет. И старуха вытащила из—за пазухи сткляночку. Вот для твоей мамки зелье лекарственное, снадобье целительное, выпьет она его, вся болесть ее пройдет.

— Дай, дай! — говорит царевна и протягивает руки, а старуха хихикает и не дает стклянки.

— Погоди, красавица, царевна прекрасная, не все вдруг.

— Дай, — просит царевна, — я тебе все отдам, все, чего хочешь.

— Ничего мне не надо, все у меня есть. На тебе стклянцу, — сказала старуха и отдала царевне лекарство. — Только вот что, моя радость, душа ты моя прекрасная, лекарство это не простое, а волшебное, волшебное заговоренное, надо его давать умеючи, относить с почетом, да с оглядкою. Пойди ты с ним завтра утром, как только на башне сторожевой пробьет царский колокол, пойдешь, на восток поклонишься, и неси ты его бережно, к сердечку своему прижимаючи. Слышишь ли, моя красавица?

— Слышу, — говорит царевна.

— Ну, и пойдешь ты, приоденешься, не в простое платье, а в заморское, — а я тебе и платьице принесла. И без этого платьица лучше и не ходи. Никакое лекарство не поможет.

И старуха вынула из—под мышки узелок, развязала его.

— Вот тебе, моя красавица, перво—наперво шапочка; шапочка парадная, нарядная. — И старуха вытащила большой красный колпак, весь он был испачканный, весь обшит бубенчиками, а на самой макушке был пришит целый пук кудели нечесаной. Всплеснула ручками царевна и побледнела, говорит:

— Как, я должна идти в этом колпаке!?

— Должна, моя радость, должна, свет мой писанный, так уж по обычаю следует. А вот тебе к нему и душегреечка.

И старуха опять вытащила из узла коротенький, нагольный полушубочек, издерганный, засаленный, вывороченный шерстью кверху, и весь полушубочек был обшит волчьими хвостами.

— Вот тебе, мое сокровище; надень, прирядись, моя радостная, будешь красавица писанная, рисованная; наденешь, пойдешь, все на тебя люди будут дивиться да ахать. Покраснела царевна, ножкой топнула:

— Как, — говорит, — ты смеешь мне, царской дочери, такой наряд шутовской предлагать!

— У! у! моя красавица! Не сердись, моя родная. Хочешь — надевай, хочешь — нет, твоя воля: наденешь — мамку свою спасешь, не наденешь — свою царскую спесь спасешь; что дороже тебе, то и выбирай; а я тебе ничего не предлагаю, я говорю тебе, что надо сделать.

Стоит царевна, закусив губку, то ее в жар, то в озноб бросает. И стыдно ей, и гадко, и жалко мамки любимой, и себя жалко, и если б могла она убить старуху, непременно убила бы ее; а старуха все хихикает.

— Не забудь только, моя красавица, — и старуха нагнулась ей к уху — завтра утром будет великий смотр: соберутся тебя смотреть, сватать женихи со всех земель, из заморских стран. Приедет также и твой возлюбленный царевич Алексей. Вот тебе и все, моя радость белая! А теперь, прощай, меня не забывай и лихом не поминай! — И старуха вдруг исчезла, пропала, как будто и вовсе ее не бывало.

Стоит царевна ни жива, ни мертва, белые ручки ломает, из глаз слезы катятся, ротик открыт, зубы стиснуты. — И чувствует она чутким сердцем, что ей надо идти. Нельзя ей бросить свою мамку, нельзя ее добрую, честную, отдать смерти неминучей. Нельзя! И вспоминает она, как всегда была эта мамка до нее добра да ласкова, как не спала она с ней по целым ночам. Как, раз, ходила она в метель и вьюгу за двадцать верст, только за тем, что царевне захотелось посмотреть, каким цветом волчье лыко цветет. — "Пойду я к тебе, моя добрая мамка, пойду я в шутовском наряде". — Но как подошла она к этому наряду, как посмотрела на него да вспомнила, что путь ей до Свиных Закуток лежит, задрожало ее сердце, замерло, все туманом в глазах у нее подернуло, белее полотна белого, словно мертвая, она как сноп на постелю повалилась. Долго лежала она, себя не помня и ничего не чувствуя, и наконец очнулася, кругом осмотрелась. "Где я, что со мной?" — думает.

На столе перед ней стклянка стоит, на скамье перед ней дурацкий наряд разостлан лежит, а в окно чуть—чуть светит, белый день занимается. Встала царевна, словно охмелела от хмельного вина, подошла она шатаючись к окну, подошла, села у него, на сердце у нее словно тяжелый камень лежит, в голове у нее словно холодный свинец налит. А над окном уже проснулась, нос очищает любимая птица царевны — на шестке сидит ловчий Сокол, серебряными путцами прикованный, сидит, на все гордо озирается. Проходит целый час. Смотрит царевна в окно и не видит ничего, и ничего не думает. Чувствует только, как сдавило ей всю ее грудь белую, в голове, словно колесо, вертится и прыгает. Прошел еще час, показалось солнце красное, а царевна все сидит, как во сне каком. Заскрипела дверь, вошла в терем небольшая собака, старая престарая, Вовком звали эту собаку простую, дворовую, и царевна каждый день кормила, поила ее. Не мог уж он, Вовок, лаять от старости, а только хрипел и тявкал. И это тявканье понимала царевна Меллина: в нем она слова человечьи слышала. Вошел Вовок, визжит, к царевне ласкается:

— Что, — говорит, — царевна, ты рано поднялась, о чем задумалась, задумавшись, пригорюнилась?

— Как не горевать мне, Вовок, когда горе мне большое приключилося. — И рассказывает царевна Вовку свою беду тяжелую.

— Что ж, — говорит Вовок, — ты поди! Это ничего, что над тобой будут смеяться. Теперь над всеми смеются, а когда все над всеми смеются, тогда никому ни завидно, ни обидно. Я тебе про себя расскажу. Я стар, сед и кудлат. Шерсть на мне торчит вихрами, хвост и уши мои давно обрублены. Все надо мной смеются, кроме тебя, моя царевна добрая. Но никого я не виню, ни на кого не жалуюсь. Чем же виноваты люди, что я такой смешной уродился? Пусть смеются! Веселый смех лучше горького горя. Они смеются, а мне весело, значит, я не даром на свете живу.

Слушает царевна, слушает, думает, и как будто ей легче становится от простых слов доброго Вовка.

— Слушай, царевна, — сказал вдруг ловчий Сокол, — был я вольной птицей, летал по поднебесью, плавал я, купался в чистом воздухе, носился гордо, стрелой летал над лугами зелеными, над лесами высокими. Изловили меня злые люди; изловили, связали, насмеялись над вольной птицей. Надели они на меня шутовский наряд, шапку с перьями, приковали меня крепко—накрепко цепью серебряной. Что мне за дело, что эта цепь серебряная! Неволи не выкупишь ни золотом, ни серебром. Пусть надо мной, вольной птицей, издеваются, потешаются, я знаю, что я лучше их, не унизят они во мне честь соколиную, честь благородную, и в злой неволе все я буду птица вольная, честная, — и злая издевка не запятнает моего сердца чистого, сердца гордого, соколиного...

Обернулась царевна к Соколу, слушает его, не верит ушам. Вся она встрепенулася, вскочила, подошла к Соколу, отомкнула его путы серебряные, взяла его на белу руку. Крепко за белую ручку острыми когтями ухватился Сокол. Распахнула царевна окно косящато.

— Лети, мой Сокол, лети, мой хороший, на все четыре стороны, и спасибо тебе, что на прощанье ты меня уму—разуму выучил! — Вспорхнул Сокол, полетел с громким криком на все четыре стороны, себя от радости не помнючи. А царевна вся словно переродилася. Свалился у ней камень с белой груди. Все для ней светло и радостно.

— Я иду к тебе, — думает, — мамка моя добрая, пусть надо мной смеются, издеваются. Я теперь птица вольная, есть во мне сердце чистое, чистое, свободное, соколиное. Никто его не вынет, никто не коснется его. Выше оно всех насмешек, издевок людских.

И царевна подошла к шутовскому наряду, подошла, усмехнулася и, сбросив с себя царское платье, стала тот наряд примерять, на себя надевать.

Нарядилась царевна, посмотрела в зеркало, все на себе обдернула, оправила. В сердце у ней яркий день горит, от радостного чувства грудь колышется, на глазах светлые слезки блестят, словно ясные звездочки. Взяла она скляницу в руки, взяла, к сердцу своему прижала ее. Потом легкой, твердой поступью пошла она из своей светлицы—терема. И как только взялася она за ручку дверную, пробил—прогудел с башни колокол, созывая на работу весь рабочий народ.

Вышла царевна на улицу. Кто только шел по улице, — увидав ее, останавливался: что за шутиха такая идет? Все на нее уставились. Мальчишки, как только ее завидели, так все от радости даже перевернулися. Ведь известно, что мальчишек пряниками не корми, дай только посмотреть какую—нибудь диковинку. И вот все они побежали за царевной, бегут толпой—гурьбой, впереди, позади, визжат, укают, а кто посмелей, тот и комком грязи в нее запустит или камешком: ведь и это очень весело. А царевна идет, усмехается; все светло в ней и радостно. Не слышит она ни гаму, ни хохоту, не видит она ни мальчишек, ни народу, что идет за ней, не слышит она земли под собой. Несет она к своей дорогой мамке с лекарством скляницу, крепко к сердцу ее прижимаючи.

Надивился, нахохотался над царевной народ, мало—помалу каждый оставил ее, а она идет, все идет своим путем—дорогою, дошла до Свиных Закуток и чуть не бегом к избушке своей бедной мамки бросилась. Вбежала она в избушку, видит, лежит ее мамка без памяти. В три ручья у царевны слезы брызнули. Бросилась она к постели, приставила к губам мамки сткляницу, и выпила мамка все зелье целебное, выпила, вздохнула глубоко, вздохнувши, опомнилась. Встала с постели, оглядела царевну, признала ее, к ней кинулась. Целует она ее, целует руки ее, глядит на нее, не насмотрится, только слезы застилают ее глаза старые, мешают смотреть.

— Дорогая моя, — говорит, — родная, ненаглядная, не чаяла, не гадала больше я видеть тебя, все мое сердце встосковалось по тебе, моя звездочка радостная. — И теперь только мамка разглядела—увидела, во что царевна наряжена. Всплеснула она руками, удивилася. Стала царевна ей все рассказывать, рассказала царевна, а мамка пригорюнилась.

— Вскормила—вспоила я тебя, — говорит она, — дитя мое милое, забыла я тебе одно указать: не бойся ты, не страшись ни хулы, ни людского говору, не бойся насмешки—издевки злой, а бойся ты своей совести, своего судьи сердечного, неподкупного!

А царевна свою милую мамку и слушает, и не слушает, все у ней в сердце от радости прыгает; словно на волнах великого счастья всю качает ее, убаюкивает, словно десять лет с белых плеч у нее свалилося, и стала она ребенком маленьким, так ей смеяться, играть и прыгать хочется. — Посидела она у мамки, с нею простилася, за ворота ее мамка вывела. А у ворот толпой стоит народ, втихомолку гудит—шушукает. Как только царевна из ворот показалася, все сняли шапки, упали ниц, до земли поклонилися. — Узнал народ, зачем пришла царевна к мамке своей больной, немощной, узнал, зачем она в шутовской наряд нарядилася: ведь от народа ничего не скроется; вспомнил народ все добро, что царевна ему делала, и ему жаль и досадно стало на себя.

А царевна пошла назад своим путем—дорогою, и вся толпа за ней без шапок молча идет. Не успела царевна и полдороги пройти, как летят, скачут вершники—приспешники, в золотые трубы трубят. Едет сам царь в колымаге с царицею. Поравнялись они с царевной, колымага остановилась. Вышел из нее царь, навстречу царевне идет, к ней дрожащие руки протягивает.

— Спасибо тебе, — говорит, — моя родная дочь, что ты не забыла долгу—совести, что ты свою старую, добрую мамку в смертной беде не оставила. А вот тебе, дорогая моя, и жених, коли тебе он люб и по сердцу: просит он руки твоей, тебя сватает. Коли любишь, скажи, а не любишь, откажи ему.

Оглянулася царевна, и теперь только заметила, что стоит в стороне королевич Алексей, стоит, глаза в землю опустил и ждет ответа, словно вести о жизни и смерти своей. Вспыхнула царевна, вся зарделася, ничего не сказала она, только протянула ручку свою к Алексею королевичу.

Схватил эту ручку Алексей, крепко поцеловал ее, себя от радости не помнючи, потом взглянул на царевну, и глаза их встретились, и показалось царевне, что в этих глазах тихим светом светится все, что есть на свете дорогого и радостного.

А царь их за руки берет, к колымаге ведет; садятся они в колымагу и едут в обратный путь. А народ гудит—ревет:

— Да здравствует, — кричит он, — наша добрая царевна на многие лета, да здравствует ее суженый, королевич Алексей!

СТАРЫЙ ГОРШОК

Вы наверное знаете, что на свете существует с незапамятных времен старый горшок. Его всегда вечером ставят на стол. Хорош он бывает в тихий ясный вечер, когда вокруг стола собираются все, старые и малые семьи, собираются отдохнуть от тяжелых дневных трудов, весело поболтать и посмеяться вволю, и при этом, может быть, никогда никто из них не подумал, что лучше этого горшка нет ничего в целом здешнем мире. Если в этом горшке нет той курицы, о которой когда—то мечтал один добрый французский король, то, наверное, в нем есть добрый кусок мяса, — того самого мяса, которое всю свою жизнь работало в каком—нибудь воле, а теперь снова пойдет работать в человеке.

Да, этот горшок — вещь великая!.. Но ведь он не падает с неба, а вырастает из земли.

И вот, ради этого горшка, старая бабушка Марта из всех сил хлопотала и стряпала. Дело шло о большом пире на всю деревню, и как же было не устроить этого пира, когда бабушка выдавала замуж свою единственную внучку, милую Розхен? А если бы вы знали, что эта была за чудная девушка — Розхен! О! Вы, наверное, помогли бы старой бабушке Марте.

Чудная Розхен была — сама прелесть. Вы только вообразите себе доброе личико, которого добрее нельзя придумать. И все это личико, свежее, розовое, со вздернутым носиком и пухлыми щечками, постоянно улыбалось, улыбалось как есть — все, начиная с милых голубых глазок и розовых, пухленьких губок до кругленького подбородка с хорошенькой ямкой.

И как же было не любить старой бабушке Марте такую чудную внучку, которую все любили во всей деревне, и даже не в одной, а в целом околотке? Зато и внучка любила свою бабушку, которая тоже была хотя и старая, но очень хорошая бабушка.

При том она была похожа, очень похожа на свою внучку, так что вся разница между ними была только такая, какая бывает обыкновенно между румяными яблоками: свежим и испеченным. И когда Розхен сидела подле своей бабушки, уже старой, но крепкой, здоровой и бодрой, то ее глазки всем как бы невольно говорили: смотрите, разве я буду дурная, когда буду старухой? У меня будут такие же голубые глаза, как у бабушки, такие же румяные щеки, и улыбающиеся губы, и ямка на подбородке. Я буду только седая и вся в морщинах, но зато я буду еще добрее, потому что каждая морщинка будет складкой, которую мне оставит на память доброе старое время.

Но, разумеется, никто не любил так крепко добрую, милую Розхен, как ее жених, славный малый, Жан. Ведь он любил ее не только потому, что она была хороша, мила и добра, но еще и потому, что он вырос с ней. А как является эта любовь? — об этом, пожалуйста, спросите у тех двойчаток, которые вырастают на орешнике, ранней весной, под теплым солнцем, и потом уже не могут отделиться друг от друга даже поздней осенью.

Говорили, что добрая бабушка приколдовала их друг к другу, и даже обстоятельно рассказывали, как и чем, — но мало ли что говорят люди!

Верно было только одно: бабушка смотрела на многое так, как могут смотреть только немногие. Она понимала, например, что вся сила в хорошем куске земли, а этот кусок земли был у Жана, а что всего лучше, он сам купил его на собственные, трудовые деньги.

Деньги эти были немалые, потому что все, имеющие землю, очень хорошо знают ее силу, и, чтобы добыть эти деньги, Жану было хлопот тоже немало... Но ведь у него были отличные, здоровые руки, а в голове, вместо знания, был толк да уменье, что порой бывает лучше всякого знания. Если прибавить ко всему этому доброе сердце и честное лицо, то можно, кажется, без особого труда понять, почему Розхен согласилась выйти за Жана и почему бабушка Марта была рада этой свадьбе.

И, наконец, свадьба Жана и Розхен была сыграна, а как это все произошло, пусть каждый представит себе, как может.

Когда, на другой день свадьбы, Розхен чуть ли не в третий раз подумала: "Ну! теперь Жан мой, и я счастлива", — и только что собралась, принарядившись, идти вместе с Жаном к бабушке Марте, как сама бабушка постучалась к ним в дверь.

Розхен хотела тотчас же броситься к ней на шею и сказать: "Я счастлива!" — но бабушка таким таинственным шепотом три раза проговорила: "Не подходи, не подходи, не подходи!" — что Розхен остановилась как вкопанная. А бабушка торжественной походкой направилась прямо к большому шкафу. Она несла обеими руками горшок, — простой старый глиняный горшок, покрытый полотенцем и завязанный черной лентой.

— Отвори! — сказала бабушка, подойдя к шкафу.

Розхен отворила его, и бабушка сама, приподнявшись на цыпочки, поставила горшок на верхнюю полку.

— Вот вам, — сказала она, поправив платок на седой голове. — Вот вам! Будьте счастливы!

— Что же это такое? — вскричала Розхен, — что это ты нам принесла?

— Это... это — ваше счастье. Верьте в него и не разбейте его. Оно очень непрочно, как и все в бренном мире.

Жан посмотрел на бабушку как—то двусмысленно. А Розхен?.. Но она уже верила прежде, чем бабушка сказала верьте! Она уже обнимала, и целовала, и благодарила свою милую бабушку. И если кому—нибудь покажется странна эта вера в счастье, которое лежит в глиняном горшке, то его можно спросить: а разве он никогда не верил в леших, домовых и просыпанную соль?.. Нет! Пусть каждый верит во что хочет, только бы не мешал никому жить на свете!..

Прошло шесть лет, целых шесть лет постоянного семейного счастья. И все это благодаря простому глиняному горшку. Вот так горшок! Золотая, завидная вещь!

Что же лежало в нем? Неужели он был пустой? Нет, лежало в нем очень много, много всего, что бывает везде в целом свете, но ведь он был завязан крепко—накрепко, и если Розхен не решилась его открыть, то, разумеется, узнать — что в нем лежало — можно было только по прихоти случая. Такова уж судьба многих великих открытий.

И случай явился, — как и всегда некстати и не вовремя, все равно что гость, который хуже татарина.

У Розхен был сын, единственный сын за все шесть лет замужества. Розхен любила своего единственного маленького Луллу, любила так, как она, понятно, не могла бы любить, если бы вместо одного Луллу у ней было их четверо или шестеро. Впрочем, едва ли в целом мире была хотя одна вещь, которую Розхен не любила бы хоть немножко или, по крайней мере, не относилась бы к ней с состраданием.

Она любила свой домик, и даже ревновала его ко всякой пылинке, которая садилась на него. Любила простые деревянные стулья, скамьи и столы, потому что они были просты, и не давала их в обиду ничему, что могло бы их запачкать. Любила каждую вещь, каждую плошку, которую убирала и переставляла чуть ли не по пяти раз на день, — любила свой маленький садик с тощими яблонями, гнездо аиста на соломенной крыше, — и все это любила потому, что сам этот домик и садик были гнездом, свитым любовью для тихого, простого семейного счастья.

Иногда по этому гнезду проносились разные невзгоды, как проносятся тени от летних облаков по светлому зеркалу спокойного пруда. Розхен встречала и провожала их с улыбкой, а если улыбка не выходила и подступали слезы к сердцу, то ей стоило только взглянуть на старый горшок, в котором лежало ее счастье, и слезы утихали.

— Все это пройдет! — говорила она с твердой верой, — и все это действительно проходило, как проходит все на свете, в ту неизведанную даль, которая называется вечностью.

И вдруг, в одно ненастное утро, все это, вся любовь и вера Розхен исчезли. Слепой случай явился и раскрыл горшок с счастьем, раскрыл очень просто и основательно.

До этого горшка давно добирался Луллу, точно так же, как добирался до всего, что было ему неизвестно.

— Что это там в горшке? — допрашивал он мать.

— Это наше счастье...

— Это сладкое?..

— Очень, очень сладкое! — И в доказательство Розхен крепко поцеловала Луллу.

Ну, и этого было вполне достаточно, чтобы Луллу, улучив удобную минутку, отправился на охоту за горшком.

Он подмостил к шкафу скамейку, на нее стул, на стул влез сам. Все это совершилось очень благополучно, но все—таки до горшка со сладким счастьем оставалось добрых пол—аршина... Луллу не долго думал; он схватился одной сильной ручонкой за верхнюю полку, а другой за горшок. В это время стул под ним покачнулся, под стулом покачнулась скамейка, и все это, со всем величием, полетело на пол.

Луллу ушибся довольно сильно; но его занимал горшок, который не только ушибся, но даже расшибся на несколько черепков. Он подполз к нему с твердой верой в сладкое — и что же?.. Он нашел в нем то, чего вовсе не ожидал, он нашел — просто ничего или почти ничего... Всякий сор, хлам, старые щепки, старую подошву, соль, которую он принял за сахар, но она оказалась солью! Луллу горько заплакал — разочарование было полное.

На плач прибежала Розхен; что вспыхнуло при этой картине у ней в сердце — это может каждый себе представить. Счастье ее было на полу, разбито. Разбил его ее родной сын, ее милый Луллу... Но когда собственное счастье разбито — тут не до родного сына.

Луллу она наградила доброй затрещиной, а так как он никогда ни от кого не получал такого милого подарка во все пять лет своей жизни, то тотчас же перестал плакать и задумался.

Потом Розхен наклонилась к горшку — любопытство

пересилило горе: она начала жадно рыться в сору... Сор был самый простой и обыкновенный. В нем она нашла длинную, большую булавку, простую, бронзовую, позеленевшую, с большой стразой. Где же счастье? Неужели в этом сору или в этой старой подошве от изношенного башмака? Или в этих щепках? Или в этой соли, которая была смешана с сором? Нет, все это было из рук вон. Это все была очевидная, злая насмешка, и Розхен расплакалась, а Луллу исподлобья смотрел на нее. В первый раз в жизни он со злобой смотрел на мать и думал:

— А могу я ей дать затрещину или нет?..

И вот все теперь для Розхен стало совсем другое. Домик, который прежде был так хорош, теперь стал тесен. Стены его оказались кривыми, пол в щелях, столы и скамьи тяжелыми, стулья неуклюжими. Маленький садик стал похож на огород с дрянными яблоньками, и потом этот несносный аист, который постоянно кричит на крыше и не дает спать по ночам!

— И этот Луллу, гадкий, своенравный, избалованный мальчишка, которому и на свет не следовало бы родиться... И зачем я родила его, и все на свете так гадко! — И Розхен горько плакала... А этот Жан!..

И с ним она должна жить до самой смерти!.. Увалень, мужик, который только и знает, что работает, да лезет целоваться с нею и говорит так противно: "Милая Роза моей жизни!.."

А Жан как раз вошел в это время, совсем некстати. Видно, был тяжел на помине. Разумеется, он тотчас же бросился к милой, доброй Розхен, начал расспрашивать... но она так взглянула на него и так толкнула, эта постоянно милая и добрая Розхен, что Жан отошел от нее, сам не свой...

И все это наделал старый разбитый горшок! Ну, не глупо ли устроено все на свете? Сами посудите!..

Разумеется, во всем была виновата бабушка, и уж ей—то всего более досталось от Розхен, — этой коварной, хитрой бабушке, которая посмеялась над ней, как над маленьким ребенком... О! если бы только она ее увидала.

И бабушка не заставила долго ждать себя.

Она пришла и застала свою милую Розхен в слезах над разбитым горшком. Она посмотрела на нее и... расхохоталась.

Это превосходило всякое терпенье. Розхен вскочила. Она всхлипывала и только могла сказать: "Горшок... счастье мое... все дрянь!.."

Бабушка очень храбро обняла ее, поцеловала, и Розхен

точно обрадовалась этому случаю. Она припала к груди старой бабушки и долго рыдала, как ребенок...

— Ну! — сказала, наконец бабушка, — теперь будет. Поплакала, и будет. Послушай, что я тебе скажу. Ведь ты была счастлива целых шесть лет?

— Да, была, благодаря твоему гадкому горшку!

— Ну! благодаря моему гадкому горшку и всей дряни, которая в нем была. Но если этот горшок разбился, разве что-нибудь изменилось от этого?

— Жить в таком тесном, дрянном домишке!.. — говорила сквозь слезы Розхен.

— Да! Но ведь ты жила в нем вместе с твоим милым Жаном.

— Хорош милый! Нечего сказать. Глупый увалень!

— А! а! Но ведь ты вышла за этого глупого увальня. Ты любила его?.. А теперь больше не любишь, потому что старый горшок разбился... Ну, хорошо! И Жан тебя не любит. Он найдет добрую, умную жену, которая его оценит...

— Кого это?! — вскричала Розхен и выпрямилась. А слезы ее и все горе совсем улетели...

— Что тебе за дело? Ты его не любишь, а без любви нельзя жить... Пусть же он будет счастлив!

А Жан стоял тут же, опустив голову и сложив руки. Он смотрел на Розхен такими грустными, растерянными глазами, как будто хотел сказать: что мне за дело до всех старых горшков, пусть их всех черт перебьет, только бы цела и крепка была наша любовь.

И Розхен вдруг стало совестно перед Жаном и досадно на себя, и жаль его, этого доброго Жана.

А бабушка еще более подтолкнула ее.

— Ведь он добр, — сказала она, — этот твой глупый увалень Жан.

Розхен взглянула на него, как маленький ребенок, который капризничает.

— Добр, — призналась она шепотом и сама улыбнулась доброй улыбкой.

— Потом, он честен и правдив, твой Жан, — продолжала бабушка. — Он никогда не солжет и никого ни в чем не обманет... этот глупый увалень. А главное, он любил тебя с детства и будет любить до старости... и чего бы он только для тебя ни сделал, на что бы ни решился, чтобы только ты была счастлива... Еще и то рассуди...

Но Розхен уже больше ни о чем не хотела и не могла рассуждать; она бросилась как сумасшедшая, так что стул, который попался ей на дороге, полетел на пол, она бросилась на шею к Жану, и они обнялись крепко, поцеловались, как после свадьбы, и слезы их смешались.

И для Розхен вдруг стало все ясно: он добр, честен, любит меня... Что мне за дело до всего на свете... все это мелочь... И все хорошо, когда есть любовь: она лучше всего на свете!

— Что же это такое, бабушка?.. — вскричала она.

— Что такое!

— Да твой горшок... ведь это глупость! Зачем ты мне его принесла?

— А зачем же ты верила в эту глупость, и притом целых шесть лет? Или у тебя ума недоставало сразу понять, в чем лежит твое счастье?

И Розхен засмеялась — и еще раз поцеловала Жана.

— А может быть, ты захочешь знать, — спросила бабушка, — что лежало в разбитом горшке? Это я могу тебе рассказать, и может быть, ты найдешь в этом что—нибудь поучительное, хотя там и лежали дрянные мелочи, но ведь из мелочей складываются все крупные вещи.

— Бабушка! это сказка? — спросил Луллу, который был охотник до всех бабушкиных сказок.

— Сказка, старая, глупая сказка.

— Ну, послушаем! — сказал он и подмостился на стул.

— Послушаем, — сказала и Розхен и уселась вместе с Жаном на один стул. — Какие славные, удобные, широкие стулья! — сказала она и крепко обняла Жана.

А бабушка вытащила толстый шерстяной чулок, надела большие очки и принялась вязать и рассказывать.

— "Давно еще, — начала она, — при моей прабабке жили муж с женой, и очень хорошо жили. Раз мужу вздумалось подарить жене очень хорошенькую булавку с красивой стразой.

— Как! — вскричала жена. — Разве ты не знаешь, что булавку нельзя дарить, что мы наверное поссоримся?!

— Охота тебе верить во всякие глупые предрассудки.

— А?! ты это знал, ты нарочно хотел со мной поссориться, ты нарочно подарил мне эту гадкую булавку... — И она бросила ее на пол.

— Как! ты бросаешь на пол мой подарок, тебе дороже глупый предрассудок! Ты после этого дура!

И они поссорились, да так основательно, что всю жизнь грызлись, как кошка с собакой".

— Вот тебе одна история. Теперь слушай другую. "Жили—были двое друзей. Раз они протянули друг другу руки через порог. Один сказал: я верю, а другой сказал: а я не верю! И тотчас же между ними поднялся такой порог, которого уж никакими судьбами нельзя было перешагнуть. Только после их смерти этот порог сгнил и рассыпался в мелкие щепочки. Ну, эти щепочки я собрала и положила к тебе в горшок. Ведь это очень любопытно!"

Третья история очень длинна и похожа на сказку. "Жили-были два башмака, и прескверно жили. Когда башмачник сделал один из них, то башмак сказал:

— Вот я первый, значит, я старше.

— Ну, нет! — сказал другой башмак. — Ты левый, а я правый, значит, я старше, — и они поссорились, да так основательно, что всю жизнь свою не могли смотреть друг на друга, а смотрели в разные стороны. При том оба башмака попали к очень злой женщине, которая имела привычку вставать левой ногой с постели. Она каждый день бранилась и колотила своего мужа как раз левым башмаком по правой щеке. Поэтому самому башмак скоро износился. Подошва его отпала, и выбросили ее на задний двор. "Вот это отличная вещь", — сказал маленький мальчишка и схватил эту подошву.

— "Да! — это хорошая вещь, — закричал другой мальчик, — потому что она моя!" — И они вцепились сперва в старую подошву, а потом друг другу в волоса. На крик их прибежали матери разнимать их и тоже вцепились друг другу в волоса. Прибежали отцы, тетки, шурины, свояки, сбежалась вся деревня. Начался шум и гам. Только к вечеру догадались идти в мировой суд. В мировом суде все перессорились, и пришлось всем жаловаться в главный суд. Но когда и в главном суде все перессорились, то советники донесли об этом деле, "о старой подошве", королю. Он рассказал о нем своей жене, старой королеве.

— Вот видишь, — сказал он, — правая сторона всегда будет права!..

— А! — вскричала она. — Это ты намекаешь на то, что я сижу на троне по левую руку и держусь левой стороны... — Помилуй! — вскричал король. — Я просто говорю о старой подошве! — Как! ты меня называешь старой подошвой?!.. — Помилуй!.. — Нечего миловать. Я довольно от тебя натерпелась. Это выше всякого терпения! — И она тотчас же отправилась в другое королевство, к другому королю, своему брату. Брат тотчас же принял сторону сестры, и два короля подрались, да так крепко, что в полгода оба перебили полкоролевства. И все это из—за старой подошвы, которая лежала в каком—то старом архиве за тридевятью печатями. Но все—таки я ее добыла оттуда и положила тебе в горшок... Да, это очень интересная сказка, а впрочем, загляни в историю, может быть, ты найдешь там что—нибудь похожее. Ведь мы ее плохо знаем, нашу отечественную историю!

— Наконец, — сказала бабушка, — если ты хочешь знать, что за соль и всякий сор лежит в горшке, то это очень простая вещь. Соль — простая соль, которую ты можешь, сколько хочешь, просыпать на стол. Наверное, из—за этого никогда не выйдет у вас ссоры с Жаном. А сор — тоже простой и самый дрянной сор, которого никогда не следует выносить из избы. Ну вот вам и весь рассказ! Теперь вы знаете, что лежало в горшке; знаете, что когда в сердце теплый свет любви, то во всем свете кажется тепло и светло и всякая мелочь смотрит великой вещью. А главное, вы больше не верьте в старый горшок, потому что зачем же и вера, когда есть знание! Стало быть, старый горшок можно просто выбросить вон со всем, что в нем есть, и делу конец!

— Ну, нет! — вскричала Розхен и вскочила со стула. — Если ты, бабушка, так долго хранила весь этот старый хлам, то и мы его сохраним. Пусть он лежит у нас. как воспоминанье... о нашей глупости.

Бабушка пожала плечами и ничего не ответила.

А Розхен тотчас же нашла старый коробок, уложила в него все черепки старого горшка, уложила все, что в нем лежало, весь сор, весь хлам, обернула коробок тем же полотенцем, которым был закрыт старый горшок, и завязала его крест—накрест той же черной лентой. Потом поставила коробок опять на верхнюю полку.

— Ну! — сказала она, — все похоронено.

Неужели же она все еще верила в силу старого горшка?

Кто ее знает! Ведь со всякой верой трудно расстаться.

ФАННИ

I

Один большой господин захотел дать большой бал, и притом детский. А детским балом называется такой бал, на который большие привозят маленьких детей, одев их как можно лучше, и всем показывают, какие у них хорошие дети и как хорошо они одеты.

На этот бал пригласили также и маленькую Нину, очень хорошенькую, веселую девочку. Мать Нины почти целую ночь не спала: все думала, какое платье сделать Нине и как вообще одеть ее, и наконец придумала и порешила. Платье будет белое кисейное, но поперек юбки и лифа с большими складками a la grecque и поперек коротких рукавов буфами везде пройдут прошивки из кружев, сквозь которые будут проглядывать серые атласные ленты. К этому платью Нина наденет широкий синий пояс, также из ленты, и на рукавах приколет такие же ленты бантами, а в середине каждого банта заблестят коричневые листья с серебряными блестками. Венок из таких же листьев Нина наденет на головку, а все черные волосы ее мама сама заплетет в мелкие косы; все они будут подобраны петлями, и от них от всех назади спустятся, целым каскадом, синие ленты. На ножки Нина наденет синие высокие полусапожки с серебряными пуговками. Когда мама придумала весь этот наряд, она от умиления чуть не заплакала. Долго улыбалась она, щурилась, крестилась, наконец зевнула и заснула.

А на другой день она едва могла дождаться, чтобы отперли магазины, и бранила всех магазинщиков "глупыми, ленивыми сонями".

Наконец магазины были отперты, мама отправилась в один магазин: там за платье, именно такое платье, которое она хотела сделать, запросили с нее страшно дорого.

Она поехала в другой магазин, там запросили еще дороже. Она объездила чуть не все магазины, и везде просили дорого.

— Торгаши поганые! — бранила она сквозь слезы магазинщиков, — если бы они знали, как хороша будет моя Нина в этом платье, они, наверно, сделали бы его даром!

Но торгаши никогда ничего не делают даром, и это очень хорошо, потому что они никогда не умрут с голоду. Они очень хорошо понимали, что маме сильно хотелось иметь это платье, а потому просили за него дорого, по крайней мере гораздо дороже, чем стоило самое желание мамы одеть в это платье свою Нину, и вот почему она не заказала им платья. А вспомнила она, что есть в городе швея, простая швея, которая шила на нее с год тому назад.

— Хоть не так хорошо, как в магазине, а все—таки она сошьет, — подумала мама. — А на балу я всем буду рассказывать, что платье сделано в самом лучшем магазине. И все магазинщики будут с носом.

И вот послала она к швее очень хорошего лакея, который носил платье, все обшитое золотыми галунами. Лакей нашел швею как раз в том месте, где она жила. А она жила выше всех самых больших господ, в самом верхнем этаже, так что выше его были только крыша да трубы; такое помещение называют: belle—vue, "хороший вид", потому что из него можно видеть далеко все улицы, крыши, трубы, башни, купола, горы и даже горькую бедность.

Но только большие господа редко поднимаются на это belle—vue, потому что для этого нужно взойти по лестнице в сто тридцать пять ступенек, что тяжело и неприятно, зато они всходят с длинными палками на высокие горы, что гораздо тяжелее, но зато доставляет много удовольствия.

Швея была молоденькая, хорошенькая девушка, и звали ее Фанни. Она была слаба и больна, но все—таки явилась к маме Нины.

— Здравствуйте, моя милая! — сказала мама. — Как вы переменились! Вы, верно, больны?

— Да, больна, — сказала хорошенькая швея и закашляла. Ее румяные и впалые щеки стали еще румянее, блестящие черные глаза еще блестящее. На лбу выступили жилки, на горле выкатилась шишка, и вся грудь затрепетала.

— Вы полечились бы, — сказала мама и при этом с ужасом подумала: а что если она не возьмет работы? Но швея взяла работу.

— Вы, пожалуйста, к завтрашнему дню. Если что не так, то завтра можно еще будет поправить... А что вы возьмете за работу? Весь материал будет мой.

Швея запросила как раз половину того, что просили за работу платья в магазинах, но мама все—таки поторговалась с нею, хотя очень немного, — поторговалась, потому что все—таки это была простая швея, а там были хорошие магазины.

— Вы, пожалуйста, к завтрашнему дню, — упрашивала мама.

— Хорошо, непременно постараюсь, — хотела сказать швея

и ничего не сказала, а только кивнула головой, потому что чувствовала, как кашель подступает ей снова к горлу.

— Пожалуйста, сшейте, — попросила ее и Нина. — Вы представьте себе, как же я буду на балу без нового, хорошенького платья? Ведь это будет ужасно!

Да, это действительно было бы ужасно, потому что Нина была такая хорошенькая.

II

И вот швея пошла домой, а так как ее belle—vue был очень далеко от того дома, где жили мама и Нина, и притом она шла очень тихо и часто останавливалась, когда душил ее кашель, то ей было очень много времени подумать о многом.

И она думала прежде всего о том, что работа была ей очень кстати. Положим, она просрочит один день перед магазином, на который она постоянно шьет, но в этом магазине ей дадут денег еще через десять дней, а она уже другой день ничего не ела и в долге ей никто не верил. Да! вся вина в том, что была она больна. Ведь когда она была здорова, то она ух как быстро работала! Потом думала она, что и деньги, которые она получит за платье, хорошие деньги, не то что платят в магазинах. Да ведь этим магазинам нельзя и платить много бедным швеям. Надо подумать, что каждый магазинщик живет хорошо; да зачем же ему и жить дурно, когда он может жить хорошо? У него есть хорошенькие дочери, которых он любит, а бедных швей он не любит, хотя бы они и были хорошенькие. Притом и магазин ему стоит дорого. Ведь этот магазин на самой большой улице, по которой ездят все большие господа в маленьких каретах. И в этом магазине все прилавки из красного дерева, такого красивого, и все покупатели там смотрятся в большие зеркала. И много приказчиков и приказчиц, таких красивых и любезных, говорят с покупателями так ласково, с таким чувством. Надо же чем—нибудь жить этим приказчикам и тем столярам, которые делают те красивые прилавки из красного дерева.

И когда, наконец, дошла Фанни до своего дома, т. е. до того дома, в котором жила, потому что этот большой дом был вовсе не ее, то она совсем измучилась и задохнулась, но все—таки дошла, и это хорошо, потому что была как раз половина дороги. Другую же половину ей надо было сделать теперь, поднимаясь на сто тридцать пять ступенек, потому что ходить по ровной дороге гораздо легче, чем идти на лестницу, в особенности тем, у кого болит грудь и сердце сильно бьется в этой больной груди.

И вот, отдохнув, Фанни начала считать ступени. Она сочла их пятнадцать и поднялась в первый этаж, где жила хозяйка дома. Она чуть—чуть вздохнула и пошла дальше, потому что боялась, как бы дверь перед ней не отворилась и не вышла вдруг ее хозяйка, которой она должна за квартиру. Она отсчитала еще двадцать ступеней и взошла на второй этаж. Но и тут ей нельзя было долго останавливаться, потому что тут жила одна барыня, которой она должна была целых 3 франка за работу, еще не конченную. "Сегодня же покончу ее", порешила Фанни и пошла выше. Но не успела она подняться и на десять ступеней, как наконец кашель одолел ее. И, схватив себя за грудь обеими руками, она, спотыкаясь, поднялась еще на 10 ступеней и тут уже не могла больше удерживать этот надоедливый кашель.

Она остановилась прямо против двери, где прежде жил ее Адольф, которого она любила. Он жил тут целый год, и этот год был ее, но потом он женился на богатой невесте, потому что нельзя же ему было жениться на какой—нибудь бедной швее. Целый год она жила так хорошо, счастливо — ведь и это много; другие всю жизнь не были счастливы и говорили: зато мы будем счастливы там, в другой жизни.

Простилась Фанни со своим Адольфом так хорошо.

— Ты не виноват, — сказала она, — в том, что ты бросаешь меня: в этом надо винить твоих родных, воспитание, натуру, все то, почему, может быть, ты и понравился мне Ведь ты мог умереть, и мне тогда не на кого было бы жаловаться. Ну! я и теперь не жалуюсь. Ты и теперь для меня умер. Я буду жить с тобой, как с моей мечтой, как с тем Адольфом, который из—за любви ко мне готов был сделать все хорошее. Будь счастлив и не вспоминай меня потому что воспоминание — глупая и совсем ненужная вещь. Я не эгоистка. Не надо быть эгоисткой.

И она его поцеловала, как мертвого.

А он плакал и целовал ее руки, ноги и все—таки женился на другой. Зато он никогда и не вспоминал о Фанни. Только она о нем вспоминала очень часто, каждый день, каждый раз, как проходила мимо двери его прежней квартиры или всходила по той лестнице, по которой он поднимался к ней. Да! она была немножко сумасшедшая, но ведь у ней не было денег, чтобы купить ими себе счастие, и она покупала его своим сумасшествием. Другие и этого не умеют сделать.

И вот поднялась она еще на 20 ступеней, и потом на 15, и

потом на 10, и еще на 10, и еще на 10. И тут, на последней ступеньке перед своей дверью, присела она и опустилась головой на грязный пол, потому что и на грязном полу хорошо отдохнуть, когда вся грудь точно изорвана кашлем, и голова кружится, и руки и ноги не двигаются. Прямо над ней было синее небо, которое светило сквозь окно в крыше, и чистый воздух спускался из этого окна на ее горячую голову. Только в ушах у нее был постоянный глухой шум, и не могла она хорошенько разобрать: шумели ли постоянным гулом там на улице разные колеса, которые катились по мостовой, или все это катились в ее собственной больной груди большие господа в маленьких каретах.

III

И она отдохнула, наконец, и вошла к себе в маленькую комнату, в которой стояли стул, стол и кровать, одним словом, в ней было все, необходимое для человека. Правда, какой—нибудь калмык нашел бы все это излишним. Но разве калмык не человек?

В комнате у Фанни был не простой земляной пол, а выстланный гладкими кирпичиками в узор, так что на него было очень приятно смотреть, разумеется, тому, кто не видал ничего лучшего.

Там был дубовый точеный стул с плетеным сиденьем, почти точно такой, какие бывали, хотя и очень давно, у очень больших господ в самых лучших комнатах. И если принять в расчет ту вышину, на которой жила Фанни, то можно наверное сказать, что цивилизация хотя и медленно, но поднимается.

Войдя в комнатку, Фанни сильно захотелось лечь на ее маленькую, жесткую постель, но отдыхать было нельзя.

На столе стоял картон, и в этом картоне было старое платье Нины и кисея, вместе с лентами, кружевами и цветами для нового платья.

Все это привез лакей в то самое время, когда Фанни шла к себе домой: хотя у ней с лакеем была одна дорога, но лакей приехал в омнибусе, то есть в такой большой карете, которую зовут "для всех", что вовсе несправедливо, потому что на свете нет ни одной вещи, которая была бы для всех. Даже тот воздух, которым дышат многие в Италии, и тот не для всех. Вот этого воздуху и нужно было для больной груди Фанни, чтобы она хоть немного поправилась, но за такой воздух она должна была бы заплатить очень дорого.

И вот Фанни принялась за кройку. Она развернула футлярчик, в котором были все ее инструменты; этот футлярчик Фанни всегда тщательно завертывала в бумажку, и он был как новенький. В нем были ножницы с фигурными ручками, наперсток, настоящий серебряный игольник, который блестел, точно сейчас его отполировали, игла для вышиванья, игла для продеванья и еще разные мелкие вещи.

Этот футлярчик был единственная вещица из всех подаренных ей Адольфом. Она продала бы и эту вещицу, но за нее очень мало давали, и притом в нем, в этом футлярчике, были все те инструменты, которыми она добывала себе хлеб насущный. Может быть, потому и самый футлярчик со всеми этими вещами назывался "необходимым", или "несессером". А в больших магазинах, сквозь зеркальные стекла, можно видеть, как блестят большие, очень красивые футляры с разными щеточками, пилочками, банками и баночками для всяких мыл, духов и помад. Эти приборы тоже зовут "необходимыми", разумеется, для тех господ, которые никак не могут без них обойтись.

За платьем было очень много работы, но у Фанни было еще много времени до поздней ночи. Притом у ней еще оставался целый большой огарок свечи, следовательно, и освещением она была обеспечена.

И вот она вынула из столика маленький портрет Адольфа и, поставив его на окошко, села перед ним за работу. Ведь хорошо сидеть и с портретом, когда нет того, кто лучше портрета. Стоит только уверить себя, что в этом портрете все — и будешь доволен. И Фанни до того уверила себя, что даже привыкла разговаривать с портретом, точно перед ней и в самом деле сидел живой Адольф.

— Ну, — говорила она, — друг мой, моя жизнь, завтра твоя Фанни будет пировать. Добудет она купилок и купит картошек, а может быть, и маслица, и немного молочка... Нет! Это уж много!

И она живо вспомнила те три картофелинки, которые она съела третьего дня. Ах, какие они были вкусные, даже без масла! Она дала за них последние два су, последние из тех денег, которые получила за маленький медальон. Этот медальон в виде альбомчика подарил ей Адольф в день рождения. Она два дня не ела, прежде чем решилась заложить этот альбом, а на третий день поплакала над ним и заложила. "Что ж, — подумала она, — ведь волосы, которые лежали в этом альбомчике, я буду так же носить на груди, хоть и в простом мешочке". И она пошла к одному ростовщику, который давал

95

за вещи дороже, чем в закладной конторе (Mont de piete). Правда, он зато и брал дороже за выкуп этих вещей. Она застала ростовщика за завтраком. В его конторе все было так чисто прибрано. По стенам висели разные объявления и извещения в рамках красного дерева. Высокая конторка смотрела на всех так храбро, точно батарея, с которой хозяин ее стрелял по всем, кто к нему приходил за своими деньгами. Нельзя сказать, чтобы все, в которых он стрелял, были убиты наповал, но многих он ранил очень тяжело. А подле конторки лежали большие счеты — и в этих счетах, вероятно, сидела душа хозяина, потому что без них он никак не мог обойтись, и, вероятно, потому же и звали его г. Считало.

Когда пришла к нему Фанни и подала ему альбомчик, он тщательно осмотрел его, взвесил на весах, потом сосчитал на счетах и предложил ей за него целых 20 франков, что было немного больше половины того, что он стоил...

Фанни не хотелось отдавать его так дешево, притом через месяц она должна была принести 25 франков или проститься с альбомчиком навсегда. Она взглянула на длинцое лицо г. Считало, на его нос крючком и острый подбородок, на его волосы, которые свешивались длинными локонами из—под бархатной шапочки; она посмотрела, с каким аппетитом он ел жирный пирожок с луком, и ей так страшно захотелось есть, что она отдала свой дорогой медальончик за 20 франков.

И вот теперь уже почти три дня, как от этих 20 франков ничего не осталось. Но завтра, о, завтра у ней будут опять деньги! И она работала так весело изо всех сил, не замечая, что этих сил было немного.

По временам у ней кружилась голова. "Это от голода, — думала Фанни, пристально вглядываясь в свою худую руку, которой придерживала шитье. — И зачем это нужно непременно моим рукам, чтобы желудок был сыт? Надо бы было так сделать, чтобы меня вовсе не было, а были бы одни руки и они шили бы на всех и деньги бы брали... Но зачем же им понадобились бы деньги?.. Ах, какие мне все глупости приходят в голову!.."

А работа все—таки шла вперед и притом быстро. Лиф со строчками начал уже выходить как раз по талии маленькой Нины... Фанни шила и любовалась этим лифом. Он, действительно, был очень хорош. Притом каждому приятно полюбоваться на свою работу. Когда были готовы рукава, Фанни приделала к ним синие банты и даже приколола к ним коричневые листья с серебряными блестками... Да! это было удивительно красиво. Так красиво, что Фанни забыла свой голод. Очевидно, платье было лучше всякого кушанья.

Но как только положила она его в сторону, так сейчас ей опять представились те три картофелинки, которые она съела третьего дня. Ах! какие они были вкусные! "Но мне и без еды теперь так хорошо, легко! — думала Фанни. — Так весело, голова не кружится, грудь не болит, я не кашляю. И притом главное дело сделано. Лиф сшит. Теперь надо приняться за юбку".

И она зажгла свечку и принялась за юбку. — Ну, мой дорогой! — сказала она, снова садясь к окну и смотря на портретик. — Твоя Фанни умница. Платье будет к завтрашнему дню кончено, непременно будет кончено, и будет мне пир.

И она шила. Вечер становился темнее, переходил в ночь. Повсюду на улицах блестели газовые огоньки, они блестели там внизу, точно звездочки. И гул, постоянный гул, несся вверх, в комнату Фанни.

— Ах, как хорошо, весело, — думала она, — какой славный теплый вечер — точно праздник, все это движется, блестит! Верно, все это едут сытые люди из тех ресторанов, в которых все блестят зеркала и золото. И они ели там такой вкусный картофель. Они едут в оперу слушать музыку или смотреть драму. Они, наверное, будут много плакать, и от этих слез им потом будет еще лучше и веселее. А мне и так весело, хотя я и голодна и не видала драмы. Говорят, сытым бывает часто тяжело, а мне так легко, легко теперь!.. — И она шила. Полотнище за полотнищем сшивала она. Нашивала ленты и кружева, и юбка с широкими красивыми складками начинала выходить такая пышная, нарядная... Фанни щурилась и любовалась на нее.

IV

Порой казалось, что весь этот гул, который там шумел на улице, глубоко внизу, вдруг поднимался, взлетал наверх и шумел у ней в груди, в ушах, в голове. Ей казалось, что это не гул, а какой—то большой оркестр играет чудную музыку. В этой музыке точно что—то льется, танцует, вертится, и под такт ей прыгают вокруг Фанни все огоньки, огоньки, огоньки без конца...

— Ах! я вздремнула, — говорит Фанни. — Но так хорошо танцевать на бале, под хорошую музыку. — И она потягивается и снова шьет, так быстро, точно машинка, раз, раз, раз, раз... И юбка почти кончена.

И снова поднимается опять та же музыка, и сверкают, кружатся кругом Фанни веселые огоньки.

— Я опять вздремнула!.. — шепчет Фанни и опять шьет. Еще несколько стежков — и все кончено. Ах! как весело. Легко и весело!

И снова гремит музыка и блестят огоньки. Но Фанни уже ясно видит, что она не спит, что это не может быть во сне. "Какая же я бестолковая, — думает она, — я просто на балу, а мне кажется, что я шью платье. Не отличишь иной раз того, что кажется, от того, что есть на самом деле".

И она осматривается. На ней точь—в—точь такое платье, какое она сшила для маленькой Нины. "Вот как это красиво, — думает она, — и никто не узнает, что я сама его сшила".

И она оглядывается. Перед ней много зал, больших зал, все они блестят, горят огнями. А музыка! Она гремит, гремит без конца и так легко, и так хорошо! Так приятно пахнет чем—то сладким, вкусным.

К Фанни подходит толстый, низенький господин, весь рябой. Фрак его точно простеган мелкими клеточками, но это не клеточки, а такие же маленькие ямки, как и на лице его.

— Позвольте, мадемуазель, — говорит господин в ямках, — просить вас на кадриль.

— Ах! Да это вы, г. Наперсток! Скажите, пожалуйста, я вас не узнала...

— Да! это понятно, — говорит Наперсток. — Кого часто видишь, к тому приглядишься и забудешь его отличия. Но я вас очень хорошо знаю...

И они идут по зале и начинают танцевать так легко, хорошо, весело. Музыка гремит. Огни сверкают.

— Я защищаю вас, — говорит Наперсток, — это моя прямая обязанность; защищаю от уколов, чтобы вам не было больно. И знаете ли, это так приятно защищать других!

— Но согласитесь, г. Наперсток, — возражает Фанни, — что иногда не мешает, чтобы нам было больно. Иначе мы не будем знать, как больно тем, которых никто не защищает...

— Ах! это вы говорите о чувствительности? Я в этом не знаток. Я солиден, у меня толстая кожа, я должен защищать, и я защищаю. Я думаю, что чувствительность везде вредна. Спросите об этом хоть наших vis—a—vis.

Фанни смотрит на пару, которая танцует с ними, и еще больше удивляется.

— Скажите, пожалуйста, — говорит она, — ведь это моя иголка танцует с игольником!

— Совершенно справедливо, — говорит Наперсток, — не правда ли, она очень блестяща, ваша иголка? Тонкая, стройная... и такой прямой, острый взгляд. Только с таким взглядом можно сшить из лоскутков что—нибудь общее. Для этого нужно погружаться в каждую материю, так, чтобы можно было видеть ее с обеих сторон.

— Да! но без ниток нельзя ничего сшить, — возражает Фанни.

— Я с вами совершенно согласен. Но нитка — это только материал, факт. Им руководит иголка.

— Я вижу, что вы философ, — говорит Фанни, улыбаясь.

— Я только углубляюсь в самого себя, — возражает любезно Наперсток, — а потому могу быть надет на ваш хорошенький пальчик. Впрочем, я считаю настоящим философом игольник. Он снаружи совершенно гладок, блестящ, но загляните внутрь — и сколько острот посыплется из него! Надо только уметь открыть его.

— Да, но я не люблю скрытных людей.

— Это напрасно, — заметил Наперсток. — Все на свете скрывается. Посмотрите на природу, и она скрывается. Без этого нельзя. Что же было бы хорошего, если бы все всегда было наружу? Взгляните, например, на вашего соседа: он тоже раскрывается только тогда, когда это необходимо.

Фанни взглянула и увидала, что подле нее танцевали ножницы со вздевальной иголкой.

— Скажите, пожалуйста, — удивилась Фанни, — как они фигурно одеты!

— Да! это по моде. Но я сознаюсь откровенно, я не видел другого такого смелого господина, как эти ножницы. Притом его род очень старинный. Один из его предков был в руках у Парки и постоянно перерезывал нить человеческой жизни.

— Ах! это ужасно, — вскричала Фанни. — Жизнь так хороша, зачем ее перерезывать? Мне, например, теперь так хорошо, легко, весело. Зачем же перерезывать мою жизнь?

Наперсток пожал плечами.

— Это именно самый лучший момент, — сказал он, — для того, чтобы перерезать жизнь. Многие умирают с отчаянья. Что же в том хорошего? Или живут какой—то сомнительной жизнью. Вот хоть бы эта вздевальная иголка. Она, сознаюсь откровенно, очень тупа, то есть ограниченна, хотел я сказать. А между тем она думает о себе чрезвычайно много, держит себя так прямо и подымает кверху свою маленькую головку. Она воображает себе, что она, собственно, она проводит всегда всякие толстые шнурки и широкие тесемки. Жить постоянно таким самообольщением я не считаю рациональным; это сомнительная жизнь.

— Напрасно вы так думаете, — возражает Фанни. — Мне кажется, что мы все живем, обманывая себя, одни больше, другие меньше. Мне кажется, что люди, живущие самообольщением, бывают очень счастливы, а счастье — задача жизни.

Наперсток улыбнулся.

— По—вашему, — сказал он, — жизнь должна быть балом, на котором постоянно гремит музыка?

Но Фанни не слушала его: она почувствовала, что все вспыхнуло, задрожало у ней в груди. Она увидала, да, она ясно увидала, что в стороне от нее, прямо против ножниц с вздевальной иголкой, танцевал ее Адольф. Да, это был действительно он, ее Адольф, в хорошенькой золоченой рамке. Но с кем танцевал он? Фанни вглядывалась долго, пристально и наконец разглядела, что это была сама она! Не та Фанни, молоденькая, свежая, розовая, чуть не девочка, в платье маленькой Нины, которая танцевала с наперстком, но Фанни больная, исхудалая, постаревшая до времени, в своем старом, изношенном платье, одним словом, настоящая Фанни...

— Зачем же он танцует с ней? — думает Фанни. — Ведь она такая дурная, нехорошая... Но у ней такое доброе лицо, такие кроткие, любящие глаза. Да! Я понимаю, почему он любит ее. Я не буду эгоисткой.

К ним подходят ножницы и, танцуя, перерезывают то, что связывало их.

— Ах! Как это ужасно! — думает Фанни с замираньем сердца и закрывает глаза.

Когда же она открыла их, то увидала, что перед ней, прямо перед ней стоит ее Адольф.

— Адольф, мой Адольф, — хочет она сказать и не может. Она только чувствует, как слезы выступают у ней на глазах, слезы глубокого, восторженного счастья. Она чувствует, что в груди у ней нет сердца. Там пусто. "Это сердце у него, — думает она, — а в ее груди все так легко, свободно, так хорошо!"

— Адольф! — спрашивает она, — ведь выше, полнее этого счастья не бывает, не может быть?..

Музыка так быстро играет, свечи так весело горят. Адольф обнял ее. Они кружатся, несутся, все выше и выше.

Мимо них летят звуки, порхают огоньки. Вон несут все такие вкусные блюда. Сколько на них картофеля! Даже смешно! Все это несут большим господам, которые едут в маленьких каретах. Вон идет лакей в галунах, и г. Считало ест картофель... Ах, как весело! Выше, выше!

Порхают звуки, мелькают огоньки. Выше, выше!

— Адольф! Мне так хорошо, что даже... больно... Милый мой! Все кружится, кружится, все мимо... мимо, Адольф!.. Я задыхаюсь... Га!..

V

Одно мгновенье промелькнуло, только одно мгновенье, неуловимое, страшное, и все струны оборвались. Замолкла музыка. Погасли огни. Бал кончился.

На другой день хозяйка Фанни пришла к ней. Она поднялась на все 135 ступенек с твердой решимостью объявить Фанни, чтобы та съезжала с квартиры на следующей же неделе. Расплатилась бы и съезжала, потому что она, хозяйка, нашла другую жилицу, хорошую, аккуратную и здоровую, от которой ей не будет никаких неприятностей.

И она вошла к Фанни.

— Смотрите, пожалуйста, какая неряха, — проворчала она, — не раздевшись, как есть в платье, так и спит на своем дрянном стуле. Свечка вон вся догорела. Пожалуй, еще этак она у меня пожару наделает. Нет, просто вон ее без рассужденья! — И она подошла к Фанни.

Она полулежала на своем стуле, слегка свесив голову. Исхудалое, осунувшееся лицо ее было бледно, желто и на полураскрытых губах замерла горькая улыбка. Тусклые глаза были полуоткрыты. На правой руке был надет наперсток, а у ног лежала юбка от платья Нины, совсем готовая, и в ней иголка с ниткой.

— Что это, как она странно спит и какая бледная, — подумала хозяйка и тут же сердито и громко закричала:

— M—elle Фанни, m—elle Фанни! Эй! Я вам говорю! — Она даже толкнула ее, но Фанни не пошевельнулась.

И тут только хозяйка разглядела, что Фанни не могла откликнуться, что она была мертвая. Хозяйка испугалась и выбежала вон, но тотчас же оправилась, одумалась и снова вернулась к Фанни. Она осмотрела все ее имущество, перешарила все шкафы, что были в стенах, все ящики, но денег у Фанни нигде не было и все ее вещи были — сущая дрянь. Только "несессер" еще мог чего—нибудь стоить, притом он был такой новенький, и хозяйка собрала все, что в нем было: ножницы, игольник, даже наперсток сняла с мертвого пальчика Фанни, и весь несессер положила к себе в карман, проворчав: "С лихой собаки хоть шерсти клок!"

Потом она посмотрела на портрет Адольфа, посмотрела на его рамку и, решив, что она гроша не стоит, тоже опустила портрет вместе с рамкой в карман. В эту рамку вставила она потом портретик другого господина, толстого и усатого, который был вовсе не похож на Адольфа, а портретик Адольфа отдала своему маленькому сынку. Сынок был очень доволен. Он тотчас же нарисовал на лице Адольфа очень замысловатые каракули, а погодя немного даже разорвал портретик, и притом как раз пополам.

Платья маленькой Нины и лент и цветов хозяйка не тронула. Она догадалась, что все это, должно быть, чужое и что хлопот с этим не оберешься. И действительно, в 12 часов за всем за этим пришел все тот же лакей в золотых галунах, уложил все в картонку, даже с иголкой, которой шила Фанни, и отнес куда следовало. И как были рады и Нина и ее мама, что платье было кончено и как раз впору. Нина была в нем просто прелесть. Мама от радости чуть не заплакала. Впрочем, она пожалела о Фанни, сказала: "Бедняжка!" Только денег за шитье не заплатила. Да и кому же было их платить? Не хозяйке же Фанниной? А родных у Фанни не было, кроме одной старой бабушки, про которую никто ничего не знал, и жила она где—то далеко, в деревне.

Фанни похоронили даром. Правда, ее зарыли вместе с другими такими же бедными, как она, в одной общей могиле, но где тесно, там и весело!

А Нина была на балу, и ей тоже было весело. Музыка гремела, огни сверкали. Она смеялась, танцевала, ела вкусные конфекты, сливы, персики, ананасы, а картофель, который подавали за ужином вместе с ростбифом, не ела, потому что она вообще не любила картофеля. И так она была хороша в платьице, которое сшила Фанни, что все ею восхищались. Даже старые, важные старики вставали из—за карт, чтобы на нее полюбоваться, а один поэт, смотря на нее, пришел в такой восторг, что тут же написал стихи:

Вокруг тебя все блестит и сверкает
И музыка громко гремит;
Твое детское сердце заботы не знает,
И жизнь тебе радость сулит.
Пусть же она промелькнет в упоенье,

В блеске, восторге и сладостных снах...
Верь, что цель жизни — есть наслажденье:
Одни его ищут в земных обольщеньях,
Другие найдут его — там в небесах!

И все хвалили эти стихи. Только многие спорили. Одни говорили, что наслажденье там нельзя сравнивать с наслажденьем здесь. Другие говорили, что никакого наслажденья там нет, не было и не будет. Третьи доказывали, что и здесь наслажденье наслажденью рознь. Нельзя же назвать наслажденьем какую—нибудь пьяную пирушку в грязном кабаке; нельзя ее сравнивать с изящным балом, где все так хорошо, возвышенно, где все — поэзия и гармония. Четвертые соглашались с этим и говорили: доведите же всех до того, чтобы они могли понимать и пользоваться этим наслаждением, всех бедных Фанни, которые теперь умирают от труда и голода, — и тогда жизнь всех будет одно наслажденье. Наконец, пятые кричали, что этого никогда не может быть, что не припасено еще столько средств, чтобы доставлять всем Фанни какое—нибудь высшее, изящное наслаждение. При этом все пятые горячились и выходили из себя.

— Мы не хотим, — кричали они, — жертвовать для ваших Фанни ни одной каплей нашего наслажденья!

И мама Нины кричала громче всех:

— Пусть платье на моей Нине стоит еще дороже, — кричала она, — только бы оно было изящно, чтобы она была хороша в этом платье, восхищала бы всех и вдохновляла поэтов. А! я вижу, чего вы хотите: вы хотите лишить нас самих наслаждений, отнять у нас музыку, поэзию, все возвышенное, изящное. Вы желали бы весь мир превратить в кабачок с грубыми наслаждениями. И вы думаете, что мы будем счастливы, веселы, довольны? Нет, наше горе будет сильнее, чем горе всех ваших Фанни, потому что наши чувства развитее, восприимчивее.

— Нет! — кричала на это противная сторона, — попробуйте только отказаться от половины ваших наслаждений, и вы увидите, что другую половину вам доставит сознанье, что вы каждым вашим шагом не отнимаете чего—нибудь у других или не убиваете кого—нибудь!

— Это вздор! — кричала снова мама Нины, — никто не взвесил еще наших чувств, никто не рассчитал, насколько нам доставит наслаждения общее благо.

И действительно, этого еще никто не рассчитал.

Вот что! Поди ты к г—ну Считало и попроси его, чтобы он

103

все это рассчитал на своих больших счетах. Что ж? Может быть, он это и сделает, хотя, разумеется, не без выгоды для себя.

БЕЗ СВЕТА

I

Вы, вероятно, встречали их — этих бедных, маленьких бездомников, шляющихся из дома в дом, в дождь и холод по улицам нашей цивилизованной столицы. Вас, вероятно, поражало страдальческое, кроткое личико слепой девочки, которую водил маленький брат ее, а впереди них всегда бежала кудлатая хромая собачка. Когда маленький братишка запевал под вашими окнами:

— Подайте л—л—ю—ди Бо—о—жии, по—о—дайте Хлиста лади, убогоньким на хлебец! — то в то же самое время собачка садилась на землю и начинала жалобно выть и визжать.

— Какая наглая эксплуатация! — говорили вы, отходя от окна, которое холодный ветер, словно дробью, обсыпал дождем.

И вам представлялась правильно организованная система обирания ваших карманов. Вы винили полицию за то, что она пускает по городу этих "детей разврата и лени". Вы вспоминали те отвратительные, грязные вертепы, в которых живут эти бедные дети. Ваша осенняя хандра еще более увеличивалась от раздражения. Вас сердил этот надоедный тоненький детский голосок, доносившийся со двора, и звяканье медных копеечек, которые кидали бедным детям сытые, праздные и сострадальные люди.

II

Это было давно.

В глухом лесном углу, в небольшой деревеньке, в новой крепкой избе родились маленькие бездомники. Девочку звали Машуткой, мальчика — Васеной. Когда девочке минуло три года, а Васена еще сосал грудь матери, мать их, Акулина Любариха, проводила своего мужа в солдаты, голосила и причитала над ним. Наплакала глаза, которые и без того были больные, и осталась в своем родимом опустелом гнездышке век вековать бобылем одиноким, "царской вдовой", солдатской сиротой.

Жили они с мужем всегда в миру и ладу; оба тихие да молчаливые, ясные.

105

И детки уродились такие же. Васена еще по временам расшалится, развозится, но его дикая веселость тотчас же разобьется о тихую, кроткую улыбку сестренки. Да при том на обоих тяготела та грусть безысходная, которая, как тихая струйка, сочилась в целом доме из постоянно тоскующего сердца матери.

В долгие зимние вечера мать прядет мочку кудели. Горит и дымится, потрескивая, светец—лучина. Тихо шурчит и жужжит веретено; тихо мурлычет седой Васюк на печи, тихо спит Кудлашка, свернувшись клубком на полу, и только по временам встрепенется, когда долетит до нее далекий лай деревенских собак, приподнимет голову, насторожит уши, поворчит, повизжит и снова уляжется.

— Мамонька, голубынька, — говорит Машутка. — Расскажи нам, как ты в голодный год нуду принимала.

— Э! детоньки, что горе вспоминать? Благо было, да прошло!

— Нет, мамонька, расскажи. Сделай милость! Вспомним горе, и жизнь слаще покажется...

Любариха посмотрела на них с грустной улыбкой, поправила девочке белые волосики, что выбились из—под платка, и начала плавно, неторопливо.

III

У нас здесь хлеб плохо родится. Земля плохая — все больше камень да щебень, либо песок. Тот год Васене пошел третий годок — осень припоздала, теплая была да бесснежная. Все озими—то червячок подъел, а что весной из корня пошло, то летом жары спалили. Така была засуха, что старики сродясь не запомнят. Цело лето леса горели и мгла стояла.

Осень настала сырая, студеная, да мокрая; от стужи да мокрети, известное дело, пуще тоска на сердце ложится.

В сентябре снежок запорошил. Вышла я на крылечко, а снег так и сеет, ровно сквозь сито, а сердце—то у меня так и стынет.

— Господи! — думаю я, — чем—то я вас, деточек малых, прокормлю зимушку лютую, в бескормицу?

Одначе, правду сказать, что у меня припасено на всякий случай три мешка крупки. В амбарушке, над погребцом, на вышке лежали. Авось, думаю, не отощаем.

Тот же вечер дождь полил и весь снежочек смыл. Грязь

невылазная. Сиверко гудет, дождь так и льет, ни зги не видно. Только вдруг слышу, кто—то в оконце: тук, тук, тук!

— Господи, — думаю, — кому бы это? Перепугалась шибко.

— Кто, мол, тут? — Не отвечают.

Засветила фонарь, накинулась шубенкой, выходку. А под окном мужичонка—дедушка сидит, древний, надревний, совсем седой да весь мокрый.

— Откуда, — говорю, — странствуешь, божий человек?

А он бормочет, бормочет, жует, чавкает, машет руками, а ничего не разберешь.

Подумала я тогда: пустить его, аль не пустить в избу? Старче древний, еле дышит. Как бы, мол, беды не нажить. Пустишь его, а он в ночь—то помрет!

А он оперся на подожок—то, да как заплачет, таково жалобно, ровно ребеночек махонький, а слезы так и капают на бородку сеоденькую.

Ввела я его в избу, положила на печь, напоила мяткой да шипишным цветиком. Наутро старче совсем окреп.

Пожил старче денек—другой. Подумала я, поглядела. Вижу — тихонький да простенький, больше спит, да богу молится.

— Пущай, — думаю, — живет в избе, куда, мол, его погоню, старца древнего? Словно он ребеночек махонький. А тут стужа такая лютая настала. Куда, мол, его на мороз погоню? Авось не объест. Как—нибудь зиму проживем. И мне будет спокойнее вдвоем в избе жить. Все как будто я не одна.

— Голод у нас, — говорю ему. — Не знаю, чего есть будем.

А он вытащил котомочку, развязал. Полна котомочка лепешками.

— Вот, — говорит, — лепешечки. Господь не оставит. Будем сыты. Проживем.

И поселился он у меня до весны, зиму коротать.

IV

А зима все лютей да лютей становится. Каждый день такие морозы стоят, просто — страсть. Измаялись мы совсем. Стужа да голод — вконец изморили.

Стала и у меня крупка подбираться. Остался один мешочек.

— Ну! — говорю старику, — мучки мы деткам оставим, а сами будем голодно месиво есть.

Вот натолчем мы сушеных грибков, да с мякиной намешаем, да чуточку, саму малость, с наперстка два, подсыпим мучки, замесим и лепешечек напечем.

Ну, и ничего, питались мы этими лепешечками вплоть до масляной.

А признаться сказать, мы и масляну, кака—така, забыли. Кака уж масляна, когда ни у кого и мучки, почитай, нет!

Каждый день народ собирался за гумном, знаешь, там тако место есть, кругом прозывается.

Помирать—то одному в избе неохотно, ну, и ползут все на круг. Испитые такие да желтые, страсть смотреть!

Кажинный день кого—нибудь везут хоронить.

Каждый день десяцкий обходил избы: не вымерли ли где?

А то с семьей Антипа Касмарева беда приключилась. Три бабы, да два парня, да мальчонок — все перемерли. А нам это и невдомек: почему, мол, никто из них на круг не приходит? — Да через неделю кто—то в избу к ним заглянул; а они все мертвые! — Ребеночек — вон с Васену — так тот на порожке, голубчик, свернулся, ручки к животику поджал, да так и застыл — ровно спит...

Дух от них из избы—то несет такой самый противный. Знамо дело — мертвечина, все равно, что падаль.

Ну, после этого мы уж и доглядывали друг за дружкой. Как если что... так сейчас и убираем.

V

Святая была поздняя. К Святой мы все прибрались. Чистые рубахи понадевали, друг с дружкой попрощались. Как есть к отходу изготовились.

На последних днях Святой говорю я старичку:

— Мучки—то у нас почти ничего не осталось. Чем мы деточек—то прокормим?

Старичок мой полез на печку, добыл свой кошель — развязал. Глядь!.. а у него почитай все лепешечки—то целы, да и те, что мы напекли из грибков, почитай, не съедены лежат.

— Как это ты, — говорю, — божий человек, чем питался?

— А я, — говорит, — половиночками. Ты съешь целую лепешку, а я, — говорит, — половиночку — вот оно и накопилось.

Отобрал он лепешки с грибами.

— Вот это, — говорит, — мы будем есть, а это будем деточек кормить, а там — что бог даст.

Только не привел бог долго держать вас на лепешечках.

Настало воскресенье. День был такой ладный. Тепло;

солнышко светит. На полях травка зазеленела. Собрались мы все на кругу; ни живы, ни мертвы... Спасенья не чаем.

А с круга, знаешь, дорога — вся видна.

И видим мы, что как будто словно обоз идет.

Диву дались мы.

Что ж думаешь?—хлебушка из губернии прислали!

Наперво мы сгоряча не поверили, а как въехали возы, да разглядел народ, так и — и батюшки! Такая оказия случилась! Бросились это на возы, словно звери голодные, кули все сронили, расшили, — да муку—то горстями за пазуху, в подол, в рот.

Кричат им: "Погодите, зря, мол, нельзя!" Так куда—а! Галдят, рычат, дерутся, друг у дружки рвут. Просто собаки голодные!

Оначе с этой муки—то, с непривычки—то — сами себе смерть причинили.

Померло тогда нас без малого два десятка, — всего—то во все голодное время — померло сотни две. Мало кто жив остался.

Ну, мы тут отдохнули!.. А там и еще мучки нагнали.

А урожай в тот год был такой, что просто никто не запомнит!.."

Любариха замолкла.

— А куда же, мама, старичок—то девался? — спросила Машутка.

— А старичок—то ушел. После Святой вскоре и ушел. Посидели молча немного.

Любариха поглядела в оконце, который, мол, час, не светает ли?

А Васена спал во всю ивановскую, прикорнув на коленки у сестры.

— Отнеси его, Машутка, да уложи, — сказала Любариха, — да и сама ложись: время не раннее. Видишь, как мы с тобой, доченька, заболтались!

VI

Полегла Машутка, но вместо сна пришла бессонница.

Не в первый раз приводилось ей поворочаться всю ночь напролет и глаз не сомкнуть. Грезы и страхи ночные овладеют детской головкой, охватят сердце и мучат всю ночь, вплоть до вторых петухов.

Сперва пойдут думы: как все на свете делается? Отчего бог голод посылает? Отчего земля не родит? Но все эти вопросы почти тотчас же развертываются в грезы и образы, которые тянутся бесконечною вереницею.

Силится, старается Машутка заснуть и не может. Все сильнее и сильнее томят ее думы и грезы.

Солнышко высоко взошло, когда поднялась Машутка. Поднялась и не может глаз раскрыть. Отяжелели веки, словно слиплись, а раскроет их через силу, то словно тысячи ножей разрежут глаза.

И целый день не могла она ими на свет божий взглянуть, все на печи сидела, в темном углу. Только к вечеру легче сделалось. Любариха все время ей студеной водой со льдом примачивала, да льняное семя сварила, процедила сквозь тряпочку и отваром густым и слизистым промывала.

— Ничего, радостная моя, — приговаривала она. — Потерпи! это пройдет. У меня, у махонькой, тоже этак глаза болели. Господь помиловал. Прошло!

И неправду говорит Любариха. Совсем не прошло. И теперь глаза у ней по временам болят и ноют. Да, впрочем, Машутка знает это и сама, но не хочет сказать только она маме, голубушке своей.

"Пущай! — думает, — родимая моя меня тешит и сама утешается. Все сердцу легче"...

В деревушке у них мало у кого были совсем здоровые глаза, в особенности у детей.

Летом еще ничего. Так или этак можно справляться, а зимой так совсем плохо приходится. В ясный день, когда снег блестит на солнышке, а в избе дымно от печки, из которой ветер дым выбивает, тогда просто беги со свету божьего. Деваться некуда.

Впрочем, припадки боли не часто являлись. Пройдет боль и Машутка ничего — весела и здорова.

В весеннее время, когда в лесах зацветают белокрылка и волчье лыко, пойдут Машутка с Васеной в дальний лес. Воздух легкий да пахучий, словно ясному дню радуется. С пригорков бегут, пенятся ручьи, точно всем твердят:

Весна пришла,
Весна красна.
Цветочкам свет,
Траве привет.

110

— Васена, — говорит Машутка, — слышишь, что ручьи поют?

И Васена слушает, слушает и не может ничего расслышать. А у Машутки глазки горят и светятся, тихо поднимает она пальчик и начнет подпевать:

Весна пришла,
Весна красна.
Цветочкам свет,
Траве привет.

Слушает, слушает Васена, нахмурится и действительно начинает слышать и подпевать вслед за Машуткой:

Весна пришла,
Весна красна.

А тут птичка махонькая, крапивничек, прилетит и так радостно зачиликает на кустике с голыми ветками. Смотрит на Машутку и Васену, головкой вертит. Точно хочет им сказать:

— И я слышу! И я слышу весеннюю песенку!

Пойдут детки дальше, и кажется Машутке, что вся весна у ней в сердце, там и ручьи бегут, и цветки цветут, и мурава зеленая, и солнце тихой, тихой радостью светит без конца, без заката.

VII

И не только весна, но весь божий мир вдруг замкнулся в сердце Машутки, а снаружи настали для нее вечные, непроглядные потемки.

Случилось это вот как.

Один раз Любариха с обоими детками в ясный, морозный, зимний день поехала на дровнях в лес за хворостом.

Кудлашка с лаем бежит впереди, Бурко бодро топочет и головой мотает; деткам хорошо, весело; даром что мороз пощипывает им носы и щеки.

— Смотри, Васена! — говорит Машутка, — видишь, как на деревьях кружевца развешаны, а на них все огоньки, огоньки прыгают разносветные! Видишь, видишь, как светики блестят.

И у Машутки сердце переполнилось восторгом. Она любовалась и не могла налюбоваться на светики разносветные.

Больно глазам Машутки смотреть на них, а все не может расстаться с ними: такая "божья краса неописанная!"

Вернулись домой.

К вечеру глаза девочки разболелись не на шутку. Целую ночку она не могла заснуть. Как закроет глаза, тотчас же в них начинают прыгать светики разносветные, прыгают, кружатся. Все их больше и больше прибывает, и с резкой, жгучей болью они начинают вертеться, как будто в самой голове.

Целую ночку Любариха не спала, возилась, ухаживала за Машуткой. К утру сон сломил, наконец, бедную девочку.

Любариха с Васеной копошились чуть слышно, говорили шепотом, чтоб не разбудить больную Машуточку.

Солнце светило так же ярко, как вчера, и позднее утро настало, когда проснулась Машута.

— Мамонька! — спрашивает она с полатей. — Не рассвело еще?

— Как не рассвело, доченька милая, день—деньской на дворе. Солнышко светит.

— Мамонька, помоги мне, голубушка, слезть с полаток.

Помогла Любариха.

Силится взглянуть на свет Машутка. С трудом разжимает глаза, режет их как ножами, а свету все нет.

— Мамонька, подведи ты меня к окошечку.

Подвела, поставила Любариха на солнышке. Туманный, красноватый, теплый свет чуть—чуть осветил глаза.

— Мамонька, — шепчет Машутка, — ничего я не вижу.

А у самой слезки бегут из глаз в три ручья.

А Любариха стоит над ней ни жива, ни мертва. Ноги трясутся. Мороз по спине ходит. Сердце через силу стучит.

— Мамонька! — шепчет Машутка, — лишил меня господь свету белого.

И тихо перекрестилась она большим крестом.

Тяжелое горе налегло на плечи Любарихи. Никак его не осилить.

Чего, чего только она ни пробовала, чтобы помочь дорогой Машутке, и ничего не помогло.

Свозила ее, слепенькую, в Соловки, к преподобным. Служила молебны... Молилась денно и нощно. Не было помощи!

Свозила ее в губернию. Шлялась по разным больницам и докторам. Все доктора наотрез отказались помочь.

Первое время Машутка сильно тосковала; сколько горьких слез выплакала, а затем помирилась с своей долей бесталанной.

— Во всем ведь власть господня!

А Васена ни на шаг не отходит от сестры. Водит ее повсюду, обо всем, что видит, говорит, рассказывает. Одним словом, превратился он совсем в Машуткины глаза, и весел, и доволен. Правду сказать: Машутка для него была не только надежным товарищем, но безграничным авторитетом и нескончаемым источником всяких сказок и рассказов.

У слепенькой Машутки этот источник стал еще глубже и плодотворнее. Целый мир закрылся перед ней, и все силы ее перешли на свой собственный чудный мир, который был спрятан от людей в ее сердце.

Никогда еще образы и представления не вставали перед ней с такой силой, с таким блеском, никогда она не любила их так сильно, как теперь.

Сказка за сказкой сами собой складываются в ее пылкой головке и текут они, как светлые волны, пропадая бесплодно и бесследно впотьмах темной, никем не знаемой жизни!..

Пошел Машутке тринадцатый годок.

Свыклась она с своей долей. Снова кроткая улыбка выступила на ее губках.

— Что ж, — думает она, — можно и так жить. Не всем быть зрячими. Кому—нибудь надо же быть слепенькому.

Она даже порой говорила:

— Ведь это уже было давно. Когда я еще зрячей была.

И стала Машутка весела и довольна по—прежнему.

Но горе, как кошка, крадется из—за угла, выглядывает, высматривает и вдруг, нежданно—негаданно, цап—царап, прямо за сердце! Очень уж оно лакомо до сердца человеческого — горе ехидное!

Любариха ясно сознавала, что с тех пор, как ослепла Машутка, на ее плечи весь дом налег. Она в поле, она и в доме. Но все бы ничего, только одна дума, страшная дума являлась к ней по временам.

— Что будет с деточками, если я помру? Куда они денутся, мои родненькие? Отберет у них дом Иван Михеич (ее двоюродный брат), и начнет над ними властвовать Марья Якимовна (жена его — баба свирепая и нелюдимая).

И при этой мысли сердце Любарихи сожмется, голова закружится, и она старается скорее не думать эту тяжелую, невыносимую думу, а она, неотвязная, днем и ночью сама в душу лезет.

VIII

Пришла осень.

Тучи, хмурые тучи налегли на землю. Плывут, клубятся, несутся. Холодный резкий ветер гонит их и летает по голым полям и лесам, рвет с них последние пожелтелые листья. Земля замерзла. Все лужицы застыли, и тонкий слой льда покрыл края речки, быстрой, каменистой, богатой перекатами.

Стоит Машутка за воротами и ничего этого не видит. Она чувствует только холодный, порывистый ветер, который чуть с ног не валит.

— Пойдем, Машутка, в избу, — говорит Васена. — Видишь, как сиверко!..

Машутка ничего не ответила. Она стояла, накрывшись тулупчиком, и повертывала лицо к ветру, стараясь узнать, с которой стороны он дует. Если с полуночной, то быть ясной погоде, если же с полуденной, то завтра будет дождь. Но, очевидно, она это делала от нечего делать.

Она ждала свою дорогую мамоньку, которая отправилась на речку сполоснуть белье.

Час за часом бежит, а она не ворочается назад.

Несколько раз уже Машутка выходит за ворота. Уже печка давно истопилась, уже хлебы давно осели, а ее все нет как нет.

— Машутка, — говорит Васена, — что мы все за ворота, да за ворота... Холодно!..

И не хочется сказать Машутке, отчего у ней сердце сжалось и ноет, отчего она вся, всей бы душой полетела бы туда, на речку.

Постоит, посмотрит Машутка, долго, пристально посмотрит в ту сторону, где за поворотом исчезла мать, как будто и видит что—нибудь своими слепенькими глазами; а Кудлашка жалобно визжит и лает на ветер, посматривая на Машутку. Словно чует сердце собачье, что у ней делается на душе.

— Пойдем, Машутка, в избу, — опять зовет Васена, прыгая на холодном ветру и защищая покрасневший нос и слезящиеся глаза рукавом полушубка.

И опять, понурив голову и опираясь на своего вожатого, ворочается Машутка в теплую избу.

Наконец, она не выдержала.

Укутала, чем могла, Васену, и пошли, побежали на речку, а Кудлашка, как бешеная, мчится впереди них. Визжит и лает.

Прошли улку, пришли к спуску, и Васена совсем вступил в

роль вожатого. Повернулся он спиной к Машутке, а она обеими руками оперлась ему о плечи, и он тихонько начал спускаться к речке. Спуск был крутой и грязный. Несколько раз Васена скользил и готов был оборваться. Наконец, на повороте тропочки выглянули мостки, и видит Васена, что кучка белья белеет на мостках и только одна доска осталась от них. Другую совсем в воду сшибло.

Видит он, что что—то краснеет подле камня, ровно мамонькин платок, а из воды торчит ровно палка или рука человечья.

Кудлашка присела, вся нахохлилась, насторожила уши, вглядывается, и визжит, и боится, и словно не может итти.

Ближе, ближе подходят детки.

Наконец, разглядел Васена. Весь задрожал и, не помня себя, с отчаянным криком бросился к мосткам.

Словно ножом резанул этот крик по сердцу Машутки.

Не зная как, очутилась она на мостках. Ползком, хватаясь дрожащими руками за скользкие бревна и доски, проваливаясь в холодную воду, добралась она до маменькиной головы.

Голова вся лежала в воде. Всю ее ощупала Машутка. Только конец красного платка плавал и сносило его бежавшей водой. Одна рука высоко торчала из воды, точно манила к себе деток. Да одна нога в лапте чуть—чуть кончиком лежала на мостках.

Не чувствуя холода, трясясь всем телом, Машутка снова через силу поползла по мосткам назад, хотела бежать в деревню, но тут силы изменили ей. Словно хмурые тучи спустились, заволокли голову, и она без чувств упала на грязную тропинку.

Васена с диким, пронзительным криком бросился бежать в деревню, а впереди него, визжа и отчаянно лая, летела Кудлашка.

Долго бегал и плакал Васена.

Наконец услыхали добрые люди его осипший голос и плач. Вышли, расспросили, побежали к мосткам, подняли Машутку и вытащили из воды мертвое тело бедной Любарихи.

Прошло три дня, и в них Машутка постарела на три года; да и Васена похудел и стал хмурый.

Угрюмо, с нестерпимой болью в сердце, похоронили они родимую, и боль эта у Машуты сложилась, разлилась в жалобе, которую голосила, причитала она над покойницей.

> На кого покинула
> Горьких сиротиночек,
> Мамонька родимая,

Ясен, светел свет в очах
Грела, словно солнышко.
Пташек своих малых,
Нежила, лелеяла...
Да пропала, скрылася,
Сгинула, покинула
На житье горючее,
Маюшку, суровую,
Доле злой невзгодьицу.

Вечером, когда вернулись с похорон, одна старушка перехожая, что по дворам в наймах жила, суетилась, тараторила, прибирала все в доме у сиротинок.

— Вам здесь не осилить... — говорила она, — где осилить, болезным!.. Ты — слепенькая, он — махонький; весь дом в раззор разорите!.. В Питер бы вам махнуть. Вот куда! Там авось в како ни на есть заведение возьмут.

Машутка с Васеной слушали ее, сидя на маминой постели, слушали бесконечную болтовню, покрывшись зипунчиком.

У обоих сердце ныло. Оба, широко раскрыв заплаканные глаза, испуганно смотрели в темную, тяжелую даль будущего...

Так маленькие птички смотрят из родимого гнезда в холодную даль, когда ветер свистит и дождь льет без конца, а матери родимой нет, как нет.

IX

Недолго сиротки пожили одинокими. Через два дня из ближней деревни нагрянули гости—наследнички, дядя, да тетка с детками.

С первых же разов пошел шум и гам, дым коромыслом. Вся изба ходуном, хоть вон беги.

Деток наехало семеро. Старшему пареньку десятый годок, младшему — другой пошел, и стало тесно всем в горницах.

Ночью на печке лег сам, на кровати тетка с малышом. На полатях все детки приезжие. А Машутку с Васеной уложили на лавках. Лавки узенькие. Васена заснул, во сне разметнулся и на пол скатился. Испугался и заревел, но тетка быстро, словно кошка, соскочила с постели и костлявой, мозолистой рукой надавала ему таких шлепанцев, что бедный Васена, совсем ошеломленный, затих на полу.

Когда тетка улеглась, к нему спустилась Машутка,

подостлала под него шубенку, под голову подушку, укутала, пригрела, и Васена, уткнув голову к ней в рукав, тихо, тихо начал рыдать и всхлипывать, а Машутка, зажимая ему рот, целовала его, приговаривая:

— Нишкни, нишкни, родный! Услышут, опять хлестать начнут.

И Васена, наконец, замолк и заснул как убитый, тихо вздрагивая и всхлипывая во сне.

А Машутка не спала вплоть до рассвета.

Прошло несколько дней, и упорная мысль окрепла в головке слепой девочки: "Бежать надо!"

С вечера Машутка припасла мешочки и бураки. Васена не спрашивал. Он догадался, зачем, куда собирается сестра.

Полегли, по обыкновению, на полу, совсем одетые.

Середь ночи, после первых петухов, Машутка растолкала Васену, который крепко задремал.

Тихонько, как тени, не скрипнув дверью, вышли в сенцы, перекрестились.

На дворе завизжала, обрадовавшись, и бросилась к ним Кудлашка.

Молча вышли детки божьи.

Ночь была ясная, да холодная. Ярко горели звезды.

Сперва пошли на кладбище.

Бросились было на них с лаем собаки, но вскоре узнали знакомых, завизжали и побежали вслед за ними, виляя хвостами.

Перелезли через пряслицы и прямехонько пришли на могилку Любарихи.

Помолились — поклонились.

Машутка долго не поднимала головы с могилки. Слезы текли, текли вместе с словами прямо из сердца.

> Мамонька, голубынька,
> Перекрести, родимая,
> Деточек любимыих
> На страду земную.
> Нет им уголка в избе,
> Выгнали их вороги
> Из родима гнездышка,
> Где с тобою жили мы,
> Где ты нас лелеяла...

Встали, пошли. Кудлашка побежала впереди.

Прежде чем повернуть за пригорочек, Машутка обернулась... постояла. Жаль ей было расставаться с родиной.

Перекрестилась, махнула рукой и пошла...

Кое—как, с лишениями, питаясь подаяниями, добрались, наконец, детки до Питера, и поглотил их город великий.

Осталась ли по вас памятка, страдальцы земли родной, или, подобно многим, многим, сгинули вы бесследно, — блесточки божьи, затоптанные в грязи, в темную ночь общественной жизни!

БЕРЕЗА

Она росла на небольшой поляне, прямая, стройная береза, с белым стволом, с пахучими, лаковыми листочками. А кругом нее шумели старые дубы, цвели белым цветом и сладко благоухали раскидистые большие липы, зеленели зелеными иглами яркие бархатные пихты, круглились иглистыми шапками красивые сосны, и постоянно дрожали как будто от страха всеми своими серо—зелеными листочками горькие, траурные осины. Одним словом, кругом березы была целая роща, хотя и небольшая, но очень красивая.

Береза росла и помнила, как она росла. Она помнила, как трудно было рыться и отыскивать в земле пищу ее молодым корешкам. То земля была очень рыхла, то слишком жестка, то вдруг камень мешал расти какому—нибудь ее корешку, и тот поневоле должен был отходить в сторону, а другие, упрямые, не хотели отойти и умирали; зато другим от этой смерти было просторнее.

— Почему же, — думала береза, — земля не везде одинакова? То много чересчур в ней пищи, то мало, то совсем нет, и зачем эти камни на дороге? Как все это скучно!

Когда весной солнце отогревало березу и она просыпалась от долгого зимнего сна, ей было так хорошо. Солнце светило ярко, приветливо грело. Воздух был полон теплых паров, земля как будто сама предлагала проснувшимся корешкам сочную, вкусную пищу. Все это было так хорошо. И береза развертывала свои смолистые, пахучие почки. Она вся радовалась, вся благоухала, вся одевалась мелкими, яркими желто—зелеными листочками.

Но это не всегда так было. Чем длиннее становились дни, тем сильнее грело солнце. Потом оно уже пекло, начинало жечь, и очень больно. Листья на березе покрывались пылью, сохли и желтели. Она умирала от жажды.

— Каплю, хоть одну каплю дождя! — молила она.

И, наконец, явился дождь. Налетела с гулом и вихрем черная туча. Верхушки деревьев шумели, гнулись, все их листочки дрожали. Ветер рвал их и уносил далеко. Но буря не могла достать березы. Ее защищали другие деревья, она чувствовала только, как по всем ее листочкам пробегал легкий, свежий ветерок, и ей было хорошо.

А вот и дождь. Он хлынул как из ведра, ветер мчал его капли. Он ими бил и хлестал все, что ему попадалось: лес, траву, дома, людей.

— Зачем же так больно! — говорила береза. Но дождь не понимал этого: он сек березу холодными каплями все сильнее и сильнее, и ей было и больно и холодно.

— Ах! — шептала береза. — Как все гадко на свете! Как мне больно и холодно! Еще сегодня утром я задыхалась от жару, а теперь мерзну от холоду, больная, избитая, израненная!

И пошел холодный дождь, пошел не переставая, и день, и два, и три. Береза совсем окоченела, точно зимой.

— Ах, как все это гадко, как гадко! — шептала она.

Наконец дождь перестал. Тучки расплылись в тумане, и солнце опять стало греть. Береза отогрелась, отдохнула, расправила все свои листочки, но она боялась и дождя, и холода, и стояла грустная, не доверяя ни солнцу, ни всему тому, что было вокруг нее.

Раз, рано утром, когда еще трава спала под холодной росой и розовое утро алело на вершинах деревьев, в рощу пришло много крестьян с пилами и топорами, и пошла работа. Стук, шум, крик. Старые деревья пилили пилами, рубили топорами, и они с треском и стоном валились на землю. К полудню работа была кончена, почти все деревья лежали вокруг березы мертвые. Не тронули только березу и еще несколько осин, которые были такие же молодые, как и береза.

Не стало рощи — далеко вокруг березы было чистое поле.

— Вот как хорошо теперь видно! — думает береза. — Синие светлые горы. Там должно быть очень тепло. А перед ними море, над ним летают белые птицы. Вон луг, такой зеленый, бархатный. По нему ходят барашки. Они, верно, придут и ко мне в гости. Ах! ничего этого я не видала прежде. И откуда же приходят тучи, и дождь, и град!

Недолго думала береза. Не прошло и двух дней, как собрались тучи, поднялся ветер; он дул все сильнее и сильнее. Все горы покрылись облаками, посинело бурное море. Все звери и маленькие зверьки и птички попрятались кто куда мог. Только длиннокрылые чайки вились над белыми валами.

А ветер свистел, гудел и ревел ураганом.

— Я теперь мчусь на крыльях могучих, я теперь чувствую силу. Сторонитесь все, простору мне, простору! — И он налетел на березу.

Со стоном покачнулась береза. Все ее ветки, все листики, жилки задрожали.

— Простору, простору! — кричала буря. — Прочь с дороги! Согнись, согнись, преклонись предо мной!

— Ах, я не могу нагнуться, — говорила береза. — Я с детства

выросла прямая и гордая. Я не могу согнуться. Я в этом не виновата.

— Согнись, согнись! — гудел вихорь. — Я не виноват, что мчусь, все рву и ломаю. Не было бы воздуху, не было бы ветру. Не было бы ветру, не было бы бури. Не было бы воздуху — и не было бы ничего, что дышит воздухом. Прочь с дороги, простору мне, простору! Согнись, согнись передо мною!

— Я не могу гнуться. Не могу! — стонала береза.

— Ну, так держись крепче! Чья сила возьмет! — загудел ветер и со страшным порывом налетел на нее.

Застонала, затрещала береза и, изломанная, вырванная с корнем, повалилась на землю.

А буря мчалась дальше.

— Простору мне, простору, прочь с дороги! Я все сломаю! — кричала она.

И пролетела буря.

Мало—помалу затих ветер. Настала тишина, проглянуло солнце.

Береза лежала сломанная, изуродованная. Ее листики трепетали. Она еще была полна жизни, но должна была умереть, потому что буря оторвала ее от родной земли, которая ее поддерживала и питала.

Выползли жуки, забегали ящерицы, прилетела бабочка, запели птички, защебетали ласточки, выглянул крот из норы.

— Я знал, что так будет, — сказал крот. — Если б не было солнца, не было бы ветру. То ли дело жить в темноте!

— Ты глупый слепыш и больше ничего, — сказала ящерица. — Если б не было солнца, то не было бы и нас с тобой. — Ты давно бы замерз в своей темной норе. Ах! зачем оно не всегда светит и греет, это доброе, хорошее солнце. Так хорошо, когда оно печет!

— Нечего сказать! очень хорошо! — сказала улитка. — Нет, когда оно печет, то не знаешь, куда деваться от жары. Просто приходится зарыться под листья и закупориться в свой домик.

— Из—за чего они все хлопочут, — сказал камень. — Разве не все равно: буря, солнце, дождь, град, гром, молния, тепло, холод. Я лежу себе спокойно и не боюсь ничего! Меня мочит дождем, сушит ветром, печет солнцем — мне все равно, и все обратится рано или поздно в пыль и песок.

— Да! Если бы так рассуждать, то всем бы надо было быть камнями, — сказал седой мох, который тут же рос на камне, — я давно живу на свете, бывал под дождем и под снегом, высыхал чуть не до корней и снова отрастал. Я много испытал и скажу вам, отчего бывает на свете то гадко, то хорошо.

121

И все сказали:

— Послушаемте, что скажет седой мох!

— Все на свете, — сказал мох, — не имеет ни конца, ни начала...

— Это новость! — закричали все.

— ...Потому что все на свете переходит одно в другое, — досказал мох. — Никто не скажет, где кончается тьма и начинается свет, и никто не знает, как далеко идет свет, которого мы еще не знаем. Что такое тепло и что такое холод? Улитке тепло, а ящерица в это время чувствует холод. Орехи цветут, когда снег еще лежит кругом на полях, а липа цветет только среди жаркого лета. Эфир проникает воздух, воздух проникает камни, камни переходят в травы, травы превращаются в зверей. Одно из другого берет начало, и нельзя сказать, где кончается одно и начинается другое. Так все устроено на свете, и живи на нем кто и как может! — Хорошо тому, кто привык к холоду и жару, кто не боится дождя и бури, кто легко переносит голод и жажду, кто может жить даже под снегом, кто тверд, как камень, и подвижен, как ветер, кто умеет жить полной жизнью и умеет ею наслаждаться...

— Это правда, это правда! — закричали все, — да умрет все слабое, что не может пользоваться жизнью и не имеет на нее права! — И все гордо посмотрели друг на друга.

— Ах! — прошептала полумертвая береза. — Если бы я могла ко всему привыкнуть, я жила бы и радовалась. Но никто не виноват в моей смерти и я тоже.

Прошла целая неделя. Умерла береза. Ее листики засохли, пожелтели, их почти все разнесло ветром, и они сгнили далеко один от другого. Из них выросли вкусные белые грибы. Начал гнить и самый ствол березы. В нем завелось множество маленьких бурых жучков и белых червячков. Все они с наслаждением ели сочное, сладкое дерево березы, и все в один голос повторяли: пусть каждый пользуется жизнью, как может!

Раз, поздно вечером, пришел старый бедный дровосек с своими ребятишками. Они утащили к себе домой березу со всеми жившими в ней жучками и червячками. Старший сын при этом с удовольствием проехался по двору верхом на березе, потом ее изрубили, бросили в печь. Все жучки и червячки сгорели в печке. Зато сварили хорошую овсяную кашу. Все дети грелись около огня, с наслаждением ели кашу и все повторяли:

— Пусть каждый пользуется жизнью как может!

ДВА ВЕЧЕРА

Ветер бил дождем в окна. На дворе было темно, сыро и холодно.

Но в большой, чистой комнате — тепло и уютно.

Светло горит лампа на круглом столике, перед мягким, большим диваном. Тихо теплится лампадка перед большим распятием, что висит в углу над диваном.

Распятие старинной итальянской работы из слоновой, уже пожелтевшей кости. Ровный свет лампадки пробегает легкими, нежными тонами по всей фигуре и мягким светом освещает голову Распятого. И вся фигура резко отделяется от креста из черного дерева.

— Мама! — говорит шестилетний кудрявый ребенок матери, что сидит на диване и быстро вяжет длинный теплый шарф. — Мама! Ведь это Христос распят?

— Да! Христос! — и она мельком оглядывается на распятие и снова погружается в свою работу.

— Как же Он распят? Расскажи мне, мама, что значит распят?

— Это значит, что Его прибили гвоздями к кресту.

— Как прибили гвоздями?!

— Так! — она оставляет работу и берет за ручку ребенка. — Приложили Его руки вот так к деревянному кресту, и в каждую руку вколотили гвоздь молотком, гвозди пробили руки насквозь и вошли в дерево. Потом сложили Ему ноги и сквозь них тоже вбили большой гвоздь в дерево, потом крест врыли в землю, и так висел Он на этом кресте целый день, пока не умер.

Ребенок побледнел. Его чуткое, восприимчивое воображение живо нарисовало весь ужас страшной кровавой казни.

— Мама! Ведь Ему было очень больно? — спросил он, стараясь не верить своему впечатлению, — больно... до крови?

— Да! Очень, очень больно.

— Зачем же это с Ним сделали? Разве Он был злой?!

— Нет! Он был добрый, очень добрый, Он был добрее всех людей, которые были и будут когда—нибудь на земле, потому что Он был не только человек, он был Бог!

— Зачем же Его так убили?

— Затем, что Он всем желал добра. Он говорил, что Бог, Его Отец, добр и за тем послал Его на землю, чтобы все узнали, как Он добр. И Он делал много добрых дел, и много народа ходило постоянно за ним. А злые завидовали Ему. Он уличал их во лжи, зависти, в злых делах. И вот за все за это схватили Его и казнили.

— И за это им ничего не сделали?! — И на лицо мальчика набежала краска, и слезы засверкали на глазах его... — Я бы их всех прибил гвоздями к деревьям.

И он сжал маленькие кулаки.

— Зачем же? — говорит мама. — Ты сделал бы очень дурно. Никогда не должно платить злом за зло. Это говорил Он, Христос, и когда Его распяли, как ни больно было Ему, но Он, умирая, молился за тех, которые Его распяли, молился, потому что Он любил всех людей, и добрых, и злых... Ведь каждый злой человек не был бы злым, если бы вокруг него не было ничего злого и если бы он сам не мог делать зла.

Мальчик долго смотрел на распятие, на Его опущенную голову, на искаженное страданием лицо, на полуоткрытые уста, которые, казалось, шептали молитву и повторяли одно и то же великое слово любви к человеку.

— Мама! — сказал он наконец. — Я буду добр, я буду всех любить, и добрых, и злых.

— Да, — сказала мама, — будь добр и люби всех, всех людей. Если ты будешь любить всех, то ты будешь хорошо учиться, потому что только тот, кто много знает, может сделать много добра всем людям и тот действительно любит всех людей.

И она пристально посмотрела на него, она сдвинула кудрявые волосы с его лба и поцеловала этот еще небольшой, но уже высокий и крутой лобик.

— Может быть, — подумала она, — в тебе действительно вырастет любовь к знанию, истине, на пользу и благо всех людей. Может быть, Он уже отметил тебя и вложил в твое сердце эту великую любовь. — И она с тихой, безмолвной молитвой взглянула на распятие...

И тихо теплится лампадка. Светло, тепло, уютно в большой, теплой комнате. А ветер бьет дождем в окна. На дворе темно, сыро и холодно.

Прошло чуть не целое столетие. Целая длинная человеческая жизнь, полная постоянными, долгими трудами, улеглась в этот промежуток.

Был опять вечер. Ветер бил дождем в окна. На дворе было темно, сыро и холодно.

В большой комнате, на большом диване, лежал больной, дряхлый, умирающий старик. Странно было все в этой темной, пыльной комнате. Тусклый свет лампы чуть-чуть освещал ее углы и все разбросанные в ней вещи; книги в стенных шкафах, с полу до потолка, книги на столах, на креслах, на полу, в грудах, в столбцах — развернутые, разорванные, разбросанные. Разные инструменты, снаряды и аппараты...

> Никто с них пыли не сотрет,
> Их червь и точит, и грызет...

Да! Это был кабинет ученого, и сам хозяин его лежал тут же, на старом, мягком диване. Он едва двигался. Он знал, что дни его сочтены, и в его уме, еще здоровом и крепком, в его памяти, еще светлой и сильной, как бы сама собою развертывалась длинная панорама жизни, пол ной тревоги и трудов. Он перевертывал страницу за страницей из прожитого. Он искал итогов, и чем дальше искал он, тем тревожнее становилось бледное лицо его. Мучительная дума давила его.

Вон лежит целый толстый сверток всяких дипломов на разные почетные звания и отличия.

— Vanitas vanitatum et omnia vanitas! — шепчет старик. — Благородная конкуренция!

Погремушки, которыми хочет свет выразить уважение к тебе и тешит и себя, и тебя, как ребенка.

Вон стоит длинный ряд мемуаров — его мемуаров. Сколько в них собрано новых фактов, сколько открытий!

— Все мелочи, мелочи, — шепчет старик. И ему чудится, как развертывается перед ним длинный ряд всяких специальных тонкостей, которые он изучал с любовью и описывал с таким наслаждением.

Из всех этих кропотливых трудов ни одного вывода. Все проходит длинной вереницей мелких микроскопических фактов.

— Ведь все это ради великого знания: когда—нибудь все это пригодится, — шепчет старик. — Все это ради тебя, о святая истина, к которой вечно будет стремиться человечество. Все это твое, о великое дело самосознания.

И лицо старика становится спокойно—восторженным, его глаза блестят, губы шепчут что—то вроде молитвы.

И вдруг испуг, страдание пробежали по этому лицу. Старик приподнялся, он прямо смотрит в один угол. Что—то белеет там. Какая—то головка бледная, бледная выглядывает из—за груды книг, из—за рычагов инструментов.

Старик узнал эту голову. В памяти его ярко нарисовалась сцена из давно прошедшего, далекого детства. Вот сидит его мать, сидит на том самом большом, мягком диване, на котором он лежит теперь больной, умирающий. Вот он смотрит на ту же самую голову, на которую смотрит и теперь. — Мама! — вспоминает он, ведь это Христос распят? — Да, Христос, — отвечает мать. — Только тот... — вспоминается старику, — только тот, кто много знает, может сделать много добра всем людям и тот действительно любит всех людей!

— Какие простые и великие слова! Неужели они когда-нибудь звучали в моем сердце?

Старик вздрогнул. Он снова оглянул комнату. Книги, книги, книги без конца!

— Ни одна из вас не подсказала мне великое слово любви! Ни одна не указала святой, вечной цели!

— О! Что мы, что все человечество будет делать на широкой свободе всех сознанных фактов, если не будет в нас любви?

— Ты любил истину, — утешал его внутренний голос. — Из мелких трудов складываются крупные вещи. Пусть каждый идет туда, куда влекут его прирожденные или воспитанные привязанности. Свобода, свобода, полная везде и во всем.

— Laissez faire, laissez aller! — прошептал он и горько улыбнулся. — Иди туда, куда влекут тебя страсти, живи для самоудовлетворения e sempre bene.

Он долго сидел, опустив голову на руки. Потом вдруг приподнялся. Тихо встал с дивана, шатаясь и переступая с трудом, он подошел к распятию и дрожащими руками вынул его из старой корзины, куда был сложен всякий хлам. Он отер с него пыль, он с любовью смотрел на чудную, артистическую работу. В ней сила красоты и сила чувства сливаются беспредельно.

— Да! Ты, один Ты умел любить человека, — шептал он, — любить беззаветно, со всей верой энтузиазма!..

В глазах у него темнело. Сердце переставало биться.

— О! Не Ты ли один, — шептал он, — ведал, что выше в этой туманной, таинственной жизни, что выше: любовь ли к истине или любовь к человеку!..

Голова его тихо склонилась на пыльный ящик, руки крепко сжали распятие и закостенели. Сердце перестало биться, голова перестала работать.

Порывистый ветер распахнул окно и загасил лампу.

ДЯДЯ БОДРЯЙ

I

Родились они, оба брата, и жили в одном из медвежьих углов — в глухой деревушке Пустышке. Старшего звали Зеноном, младшего — Паисием; только никто его так не звал, а звали просто дядя Бодряй.

Дядя Бодряй любил брата своего Зенона и всех людей, весь Божий мир; а Зенон никого не любил, — разумеется, кроме себя.

Когда умирал их отец, Степан, то он долго думал: кому оставить наследство? Сын Паисий сильно смущал его. "Вертопрашный мот! — думал он. — Ничего он не сбережет, не приумножит, а все по ветру стравит — ни себе, ни людям".

Думал, думал отец Степан и, наконец, решил: "Оставлю я сыну Зенону всю землю, и лошадушек моих (а их был целый косяк), и коровушек, и овечек, и всякий скот, и всю худобу мою; а непутящему Паисию оставлю я сто рублев — и того ему много".

Как решил, так и сделал. Оставил в завещании Зенону все имение свое, а дяде Бодряю только сто рублей, — новеньких, все рубликами серебряными.

И когда получил это наследство дядя Бодряй, то сел на лавку и задумался: "Что я с ними сделаю, с этим наследством? Раздам я его беднякам, как я, многогрешным. Хорошо!.. Да ведь не хватит на всех. Вот тут, возле нас, в Пустобрюхове, да в Голодаеве, да в Плохосытове, больше ста побирух... мужиков и старух... Раздай сто рублей. Меньше рубля на рыло придется... Да какая же тягота!.. Тут, чай, фунтов 20 али боле будет... И куда я с ними поеду?!. Без них, без этих рублей, я — вольный казак и весь Божий мир мне путь и дорога... А с ними?!." Но тут в его раздумье вмешалась Аленка — жена брата Зенона.

— А ты отдай мне, братец, — заговорила она. — На что тебе? А мне они пригодятся... Вот к зиме шубейку Мишутке справлю, да Варюшке одеяльце сооружу...

И протянул дядя Бодряй кожаный мешочек со ста рублями невестке своей Аленке.

— На!.. — сказал он. — Господь нас так учил: просящему дай и от занимающего не убегай!

— Ну, вот и отлично! Дай тебе Господи доброго здоровья! Спаси Господи твою душеньку!

И она, вся радостная, отправилась к себе и положила в свой большой сундучище мешочек со ста рублями, а дядя Бодряй вздохнул глубоко, встал с лавки, потянулся и сказал в веселии сердца:

— Слава Тебе, Господи! избавил от тяготы жизненной.

И вышел из избы, а сам думает: "А если б все, что оставил отец брату Зенону, да разменять на рублевики, — у—у—у! какая бы тягота была... не вздымешь и не уволочешь!!.

II

Дядя Бодряй был бездомник, вдовец. Он каждый день и всю жизнь шлялся по чужим избам, и везде были ему рады.

— А?! — говорят. — Дядя Бодряй пожаловал. Милости просим, милости просим!

И дядя Бодряй, помолившись перед образом, с веселым радостным лицом, здоровый и румяный, всех ласково привечал, со всеми целовался, здоровался. Малых детей обдарить — кому грошовый пряник, кому деревянного коня.

И все ему рады, в особенности детвора. Дядя Бодряй ей слаще меду кажется. Как только он придет, так сейчас же все облепят его и начнут просить, канючить:

— Дядюшка Бодряй, расскажи сказочку!..

— Дядюшка Бодряй, расскажи побасеночку!

— Дядюшка Бодряй, расскажи что—нибудь божественно.

И в особенности им нравится это — божественно... Только дядя Бодряй не всегда расскажет. Иной раз придет из дальней деревни, Глушанки; верст двадцать отмашет и притомится, еле отдышится.

— Не почтовый я конь, — говорит, — и одна пара у меня ходилок—то. Двадцать верст отмахают — и приустанут, притомятся.

А в другой раз придет бодрый, да свежий и начнет сказы рассказывать. Вокруг него прицепятся, присядут ребятишки со всей деревни: одни влезут на колени, другие обнимут его за шею. И начнет дядя Бодряй рассказывать.

А за маленькими малышами, глядишь, бегут слушать дядю Бодряя и уже взрослые ребята; а за ними, гляди, плетутся, пробираются уже совсем взрослые мужички. Ведь всем занятно послушать краснобая — дядю Бодряя.

— Вот, — говорит, — не в котором царстве, не в котором государстве, жил—был один старче. И задумал старче спасаться... И просит, и молит он своего ангела—хранителя. Ангел, мол, хранитель мой! Скажи и укажи, что мне сделать, чтобы спасти душеньку и в царство небесное ее водворить?

— А рубашка у тебя есть? — спрашивает его ангел.

— Есть, — говорит старче.

— Своя? — спрашивает ангел.

— Своя, своя, — говорит старче.

— Ну, сними ее и отдай тому, у кого нет ее...

"Как же я отдам, — думает старче, — ведь голому—то, чай, зазорно ходить?"

Сам это думает, а рубашку все—таки снимает. Только, глядь—поглядь, не может он снять рубашки, к телу приросла... Уж он ее так и этак... Всю спину в кровь изодрал, а рубашки не может отодрать... приросла! — у каждого человека всегда так: своя рубашка к телу приросла. И если ее не отдерешь, то и не спасешься... Что ни делай — никак не спасешься. Хоть сто поклонов каждый день клади, хоть к соловецким угодникам ходи или в скиты печерские. Ничего не поделаешь... Таков уж предел положен.

— Чудно дело! — говорит один из слушавших его мужичков. — Как же это так? Как же это угодники—то Божьи спасались?..

— Для Бога, милый человек, — говорит дядя Бодряй, — все возможно. Для человека невозможно, а для Бога все возможно.

III

И так проходила или, вернее говоря, тихо катилась вся жизнь дяди Бодряя.

Была у него жена, баба суровая и злющая. Были и детки — целых трое. Умерла жена, и детки за нею пошли, три дочки, одна за другою.

Как потерял он вторую дочку, самую красивую и тихую, Машу, то он загрустил и пропадал из деревни целых три дня. Через три дня пришел, еще веселее и радостнее, чем был. И куда он исчезал, и куда он свое горе снес — никто об этом не узнал и никто не спросил его.

— Миру нужны мои сказы да побасенки, а не я сам, — говорил он. — А ты дай миру, милый ты человек, то, что ему нужно, или то, что он хочет!..

И опять покатилась его жизнь тихо, да радостно. Плетет он лапти себе, а больше другим, ребятишкам, плетет и поет, сидя на завалинке у братниной избы. Люди мимо идут, каждый с ним поздоровается так приветливо.

— Здравствуй, милый дядя Бодряй! Каково живется—можется?

И пройдут дальше.

— Здравствуй! Здравствуй! Милый человек, — скажет дядя Бодряй. — Живу, хлеб жую; Бога прославляю, всем добра желаю.

— Так! Так! — скажет прохожий. — Верно! Правильно! И пойдет дальше. И все ему кажется, что кто—то ласковое слово ему в душу заронил и по сердцу, любя, погладил.

— Дядя Бодряй! — говорит один мужичок. — Приходи к нам блины есть.

— Ладно! Милый человек, приду.

— Дядя Бодряй! — говорит другой мужичок. — У нас крестины. Мишутку крестим. Приходи, гостем будешь.

— Приду! Милый человек, спасибо на зове!

— Дядя Бодряй! — говорит третий мужичок. — Дочь Пашутку выдаю. Приходи пиво пить.

— Ладно, ладно, милый человек. Беспременно приду!

И ни одна свадьба, ни одни именины и крестины без Дяди Бодряя не бывают. Без него скучно и нерадостно, а он придет, румяный да ласковый, и точно всех озарит. И начнутся сказки да россказни, один другого краше да занятнее. То расскажет он, как кум Матвей к отцу Матвею ходил, помочь в нужде просил и как, наконец, отец Матвей помог куму Матвею в беде и как эта помощь, от долгого ожидания, показалась куму Матвею вдвое слаще.

— Так—то, милый человек, — прибавил дядя Бодряй, — сказано: терпи, казак, — атаманом будешь! Так оно и есть. У Господа Бога сроки долги. Не по нашему плечу, а все—таки надо терпеть, ибо всякому делу положен у Бога час и срок, и ничего не может произойти без этого положения. Вот, милый человек, чай, знаешь, как, примерно сказать, жисть в квашне скисает и поднимается, и растет. Вот так—то оно и везде, милый человек!

IV

Год за годом проходит. Люди родятся, живут и помирают. Молодые стареются. Один дядя Бодряй не меняется. Только волоса его стали как будто чуточку седеть, а такой же крепкий, румяный и такой же запас у него сказок и пересказов. Целый непочатый кошель.

Только в последнее время стал он их меньше рассказывать, а больше слушать, что другие рассказывают.

— Для того, милый человек, — говорит, — нам два уха и один рот дан: больше слушать и меньше говорить.

И начали люди замечать, что дядя Бодряй стал в последнее время чаще пропадать, а куда — неизвестно. Уйдет он куда неведомо и пропадает и день, и два, и целую неделю. Вернется дядя Бодряй еще веселее и здоровее, чем был, и все ему, как родному, обрадуются. Все друг другу говорят:

— Дядя Бодряй пришел! Дядя Бодряй пришел!

И был в деревне Пустышке в те поры озорной и дурашный малый. И все его так и звали: озорник Прошка.

"Семь—ка, — думает Прошка, — дай—ка я узнаю, куда дядя Бодряй пропадат".

И стал он следить, выслеживать, куда дядю Бодряя нелегкая носит.

Один раз, дело было летом, вечером, подкараулил он, как дядя Бодряй отправился из деревни.

Вышел он из деревни в Памаевские луга и пошел прямо в Кузьминский лес, а лес тот тянулся в доброе старое время на многие добрые версты, и мужички говорили, что в том лесу есть благодатные уголки, только добраться до них нелегко.

Идет, идет дядя Бодряй, идет, калиновым подожком подпираючись, идет за ним дурашный Прошка, а за ними ночь и гроза надвигаются.

И дурашному Прошке вдруг стало жутко. "Куда, мол, — думает, — я в эку страсть пойду?" А дядя Бодряй обернулся и говорит:

— Иди, иди, милый человек, не бойся! Коли не будешь бояться, то никакой страх тебя не возьмет, а коли убоишься, то страх тут как тут, и накроет, и осенит, и осилит.

Прошка приободрился. "Я только, — думает, — до Семенова ключика провожу его, а там и удеру. Пущай один идет. Вишь, как гроза накатывает".

А в лесу темная ночь. Ни зги не видно.

V

И только что вошли они в Кузьминский лес, как вдруг: трах! — ударил гром и пошла кружить, вертеть буря, а дядя Бодряй говорит:

— Ничего! Ничего, милый человек... волос с головы твоей не падет без воли Господа... Не бойся!

А Прошка совсем струсил и испугался. Сам идет, дрожит; ноги еле переставляет и про себя скорехонько твердит: "Свят! Свят! Свят! Господь Саваоф!.."

И кажется ему, что кругом его не деревья, а какие—то лешие стоят или идут вместе с ними. "Дядя Бодряй! Дядя Бодряй!" — хочет он сказать, да голосу не хватает, горло перехватило.

А дядя Бодряй знай себе идет вперед и говорит так ласково, да приветливо:

— Иди—иди, милый человек. Ничего не бойся!

Шли, шли они, и стал примечать Прошка, что буря начала затихать и какой—то свет засквозил между деревьев.

Чем дальше идут они, тем ярче становится этот свет. И не может Прошка разобрать, что это. Месяц ли сияет или солнышко проглянуло?

И пришли они, наконец, на место красоты неописанной. Все деревья и кусты сияют и благоухают. Цветы кругом такие яркие да нарядные, что ни в сказке сказать, ни пером описать.

Раскрыл рот Прошка, стоит и любуется, глядит — не налюбуется.

— Что, — говорит Прошка, — так бы все и глядел. Никуда бы отсюда не ушел.

— Вот, милый человек, — говорит дядя Бодряй, — коли не побоишься да потрудишься, то и до места доброго дойдешь.

И спрашивает Прошка дядю Бодряя:

— Где же это такое хорошее место находится?

— Там, — говорит дядя Бодряй, — где все хорошо и нет земной скверны. От деревни Пустышки это место отстоит на многие, многие тыщи верст. Кто зол, тот ни в жизнь до этого места не дойдет, а кто добр да прост — так того сам Бог донесет.

— Как же это так? — спрашивает Прошка. Но только что успел это выговорить, как глядь—поглядь... нет хорошего места... сгинуло и пропало.

И сам Прошка лежит на земле, в Памаевских лугах. И как он попал в эти луга? — не может он этого понять... Вздремнул, должно быть, а когда вздремнул — ничего не знает, и не помнит, и не понимает.

VI

И не мог Прошка помириться с тем, что он во сне только видел "хорошее место". Ходит он, бродит по Кузьминскому лесу и все думает да гадает: "Во сне или наяву видел он "хорошее место". И все ему чудятся слова дяди Бодряя: "Кто добр да прост, того сам Бог до этого места донесет".

А как же это узнать: добр он или нет? И не просто добр, а добр и прост.

Один раз, дело было к вечеру, зашел он далеко в Кузьминский лес и вдруг видит сквозь ветви: сидит дядя Бодряй на большом камне, а подле него на задних лапах сидит огромный медведь.

Струсил Прошка и к месту прирос. Стоит и глядит, рот разинув, а дядя Бодряй говорит ему:

— Ничего, милый человек, подойди, не бойся. Это мой старый приятель, Михаил Иваныч. Он не тронет. Подойди, милый человек.

Приободрился Прошка, подошел. Смотрит, у ног дяди Бодряя лиса сидит, такая пушистая, огнистая, а тут же, в траве, возится махонький зайчик.

Чудно показалось Прошке. "Как это лиса не задавит зайчика и как медведь не тронет лисы?" А дядя Бодряй говорит:

— Они не грызутся. Мирно живут. Так—то, милый человек. Бог велел всем быть добрыми, а пуще всех людям заповедал: пребывать в благе и любви. Коли человек добр, ибо добро исходит от Бога и от него входит в душу человека, а от человека идет во всякого зверя, и в травы, и в камни, по всему Божьему миру.

Ничего не сказал Прошка, а только посмотрел на Бодряя, а дядя Бодряй, такой румяный да ласковый, сидит, улыбается. И нагнулся он и подставил руки зайчику; а зайчик прямо прыг к нему на руки, и посадил его дядя Бодряй к себе на колени, а зайчик весь дрожит, трясется.

— Вот, — говорит дядя Бодряй, — вишь робкая, заячья душа. Всего его лихоманка треплет. Ну! Небось, небось! Труска ты, добрая, да тихая. — И погладил его дядя Бодряй и подставил свою руку зайчику, а зайчик начал лизать эту руку.

— Вот, — говорит дядя Бодряй, — попробуй, как у него сердце стучит. Испугался косой: струсил, что твой Прошка.

И Прошка погладил легонько зайчика, а зайчик уши пригнул и покосился на него.

— Так—то, милый человек, — сказал дядя Бодряй. — Живи в благе, и благо будет исходить от тебя в Божий мир.

И, сказав это, дядя Бодряй встал и пошел. И за ним следом пошел медведь, переваливаясь из стороны в сторону, а за ним шмыгнула лиса и зайчик ускакал скорехонько. Вытаращил глаза Прошка и долго смотрел в ту сторону, куда ушел дядя Бодряй, а за ним вся его компания.

VII

И стал Прошка рассказывать всем, что он видел. И никто ему не верил, а все хохотали и потешались над ним.

— Это он у дяди Бодряя сказкам выучился, — говорили мужички.

— А ты ври, дурень, да знай меру! Чего зря врешь? — корил его Парамоныч, умный, разумный, старый старик. — Разве можно поверить, чтобы человек, да со зверем дружбу водил или чтобы лиса с зайцем рядом сидела, да не утерпела и его бы не съела. Это одни басни, да россказни!..

И вот все смеялись, потешались над дурнем малоумным Прошкой и все думали:

— А вот! Погоди! Дядя Бодряй сам придет. Мы его доподлинно допросим.

А дядя Бодряй сгинул да пропал. Лето уже к осени подошло, а дяди Бодряя нет как нет. И вдруг вместо дяди Бодряя пришла гостья, непрошеная и негаданная, лихая немочь. И стал народ помирать. Повалились мужики и бабы, как мухи осенью; а пуще всего ребятки махонькие.

Приуныли все люди Божии. Стали креститься, молиться, грехи замаливать. Замолкли песни гудошные. Перестали люди пить зелено вино, так что и дорога к кабаку травой заросла. Все носы повесили. На всех смерть глядит.

И вот, как раз среди этого печального жития, объявился дядя Бодряй.

— Что, — говорит, — братцы, носы повесили. Аль Бога забыли, аль Он вас забыл?..

И все подбодрились, храбрости набрались.

— А вы, милые люди, человеки, — говорит дядя Бодряй, — руки не покладайте и носов не опускайте. Коли пришла беда — отворяй ворота!.. Милости просим!.. Надо и ее весело принимать. Пожили не скучно и помрем весело!..

И начал дядя Бодряй всех подбодрять и утешать. С раннего

утра до поздней ночи, а то и всю ночь напролет ходит он, бегает, своим калиновым подожком подпирается и во всякую избу, куда злая немочь пришла, он добрым словом да веселым сказом выгонит ее...

— Пошла, мол! Тут дух бодр и нет тебе места и пристанища.

И не больше как пять, шесть дней прошло, как все переменилось. Немочь стала ослабевать. Все приободрились. Всем стало приятно и весело. Молодые вставали с их постелей и выздоравливали. Пожилые принимались, перекрестясь, за работу. И только совсем старые старички да старушки помирали покойно, с твердой верой, что в "ином мире" им будет лучше. И ни один человек, ни одна Божья душа не подумала, не догадалась, что всю бодрость духа принес им дядя Бодряй.

VIII

Прошла зима, пришла весна. Дорожку к кабаку расчистили, и все пошло по—прежнему, по—привычному да по—давнишнему.

И дядя Бодряй опять стал пропадать по целым дням и однажды пропал надолго.

"Верно, опять ушел в хорошее место, да там и застрял!" — думает Прошка.

Пришла и прошла весна, прошло лето, за ним осень и зима, прошел целый год, а за ним другой, третий, прошли и десятки лет.

Нет дяди Бодряя.

Не стало Прошки. В самый рождественский сочельник Богу душу отдал.

Не стало и Кузьминского леса. Весь вырублен.

А дядя Бодряй все нейдет.

Пришло и прошло голодное время. Пришла опять злая немочь. Все опять носы повесили и некому их поднять. Нет дяди Бодряя.

Совсем опустился народ. Каждый год недород да недород. Все даже отощали, и все глядят во все стороны: нет ли где дяди Бодряя. Благо, можно смотреть во все стороны. Везде чисто да пусто, и кабак далеко виден. К нему ведет широкая дорога, вся елками уставлена.

А дяди Бодряя все нет!

Наконец один раз весной был ясный, погожий день,

солнышко светит. Всюду тепло, хорошо. И вдруг неизвестно и неведомо откуда кричат: "нашли!"

— Нашли дядю Бодряя!

Весь народ кричит, голосит, и все бегом бегут на горку, которая прежде в Кузьминском лесу была, а теперь совсем голая стоит. Взошли на горку, а на горке чистая полянка, и лежит среди этой полянки дядя Бодряй, только не живой, а мертвый. Вся голова его — седая, а лицо такое же, как было, только румянца нет. Белей оно воску белого; а на губах та же, что и прежде, веселая улыбка играет. И лежит он как живой и точно... вот, вот!.. сейчас зашевелит он губами, раскроет рот и начнет сказки да побасенки рассказывать. А кругом его камни большущие лежат. И откуда и как они очутились тут, никто не знает.

И вот все собрались, весь народ. Все глядят на тело дяди Бодряя. Бабы то здесь, то там начинают голосить голосянку, реветь, причитать...

И слышит народ, что внизу горки какой—то переполох; кричат: "ведут! ведут!"

И точно "ведут на горку старика старого Парамоныча". Ему уже сотня лет с хвостиком.

Сгорбился он, съежился, и ведут его под руки.

Привели деда Парамоныча. Остановился он перед телом дяди Бодряя и говорит:

— Был добрый человек, жил добрый человек, и все мы были живы: бодры и добры. В нем жила сила духа... и все мы теперь поклонимся этой силе.

И дряхлый старик Парамоныч опустился на колени и поклонился до земли праху дяди Бодряя, а за ним весь народ поклонился в землю. А за народом поклонились все травы, кусты и деревья, все птицы и звери и даже все бездушные камни припали к земле, и никто теперь ни у кого не спрашивал:

— Как это возможно!..

Ибо все знали и видели, что это возможно и что все преклоняется перед силою духа...

Эх, кабы нам да дядю Бодряя!..

КЛЁСТ

(птичья драма)

I

Ты знаешь, что все деревья страшные сони.

Как только в тихий, ясный день их пригреет солнышком, они тотчас же все раскиснут и заснут. А уж ночью — и говорить нечего! Тогда они спят как убитые во всю ивановскую.

И как же им не спать?! Ведь каждое дерево крепко— накрепко привязано корнями к земле и ни за что на свете не упадет.

Только ветер может разбудить деревья. Как только он налетит на них — все они тотчас же проснутся, и все листки их начнут шептаться, как будто они вовсе не спали. Такой ветер даже косматую ель разбудит, а известно уж, что нет такой сони на свете, как растрепанная, косматая, замухрастая ель. Как начнет ветерок махать ее ветками, она поневоле проснется, а вместе с нею проснется и все, что живет на ней.

Ты, верно, знаешь, слыхал, что на таких елях живут клесты, — и вот об одном таком клесте я хочу рассказать тебе теперь.

Был он с большой головой и огромным носом крючком. Когда он был еще очень маленький, то и этот нос был также маленький, хорошенький крючочек. Клёст поедал им все, что приносили ему папа и мама, все, начиная от какого—нибудь крошечного червячонка до крепкой еловой шишки, из которой он выбирал орешки и щелкал их лучше всякой купчихи или купеческой дочки.

Кругом его был старый, прекрасный еловый лес, была лесная глушь, и вот среди этой глуши он вырос.

Лучшей няней для него было солнце. Когда оно с нежностью пригревало травки, кусты и деревья, то грело заодно, по пути, и его, маленького клёстика с большой головой. Притом грело оно его с такой лаской и любовью, что у него, наверное, выступили бы слезы на глазах. Но ты, конечно, знаешь, что клесты и все птички не могут плакать, просто потому, что у них нет платочков, чтобы утирать слезы. Они даже носики свои утирают просто об землю или об травку. И вот эту травку молодую, зеленую, сочную, бархатную очень любил наш клестик; но, разумеется, он любил ее теребить, когда был еще очень маленький, а затем, когда нос его стал

137

подрастать и сделался крепким крючком, он долбил им деревья, ломал сучки, гнул ветки, одним словом, делал множество разных гимнастических штук с целью укрепить свой клюв.

Он любил тихие летние вечера, когда солнышко ложится спать, зардевшись, как красная девушка, и его румянец стыдливо разливается по всему небу. Ему нравилось слушать, как лениво перекликались птички, мирно засыпая на ветках; ему нравился пахучий, смолистый, свободный воздух лесов. Но всего больше ему нравились зеленые еловые шишки. Расщипать крепкую, ароматную шишку, добраться до ее сочной, сладкой, смолистой мякоти и вкусных орешков — для него было истинное наслаждение.

Родился он на севере, в лесной тайге, где зимой царит и трещит злющий—презлющий мороз.

И вот от этого мороза все клесты перелетают на зиму туда, где потеплее. Клёстик улетел вместе с другими.

А весной все птицы вернулись в старый, родной лес, туда, где прошло детство клестика. Там ему было все знакомо — и старые, замухрастые ели, и молодые зеленые елочки. Все ему приветливо кланялись, как старому другу, и он всем кланялся, и свистел, и кричал, и чирикал изо всех сил своих маленьких легких. Солнышко светило так радостно и весело; оно грело и землю, и травку, и кусты, и деревья, так что те принялись взапуски расти, цвести, зеленеть. И сколько цветов запестрело на зеленых лужайках! Сперва выглянули подснежники, за ними втихомолочку распустились скромные фиалочки. Но на севере они ничем не пахнут — из скромности. Они думают, что пахнуть на весь свет, чтобы все нюхали, кто хочет и кто не хочет, неприлично. Затем расцвели всякие весенние цветочки; разумеется, все расцветали по старшинству. Ведь у цветов строго соблюдается, чтобы ни один, который ниже по чину, не мог расцвести раньше другого, который старше его.

И вот, когда все расцвело и зазеленело, когда солнце просто прыгало от радости по всем лужайкам, цветам и деревьям, когда все птицы, большие и маленькие, запели и засвистали на все лады, тогда у нашего клестика сердце чуть не выпрыгнуло из груди. Он, как жар—птица, блестел и сиял на солнце. Он чувствовал, что все это хорошо, очень хорошо, а все чего—то недоставало ему. Он ждал чего—то, а чего — и сам не знал: какого—то праздника, какой—то радости, от которой сердце его заранее трепетало и замирало. И вот, вдруг, в тени большой развесистой ели, сквозь ее сучки, перед ним мелькнула на солнце маленькая серая птичка.

— Это она! — подумал он радостно.

— Это она! — сказало ему сердце.

Это его радость, его жизнь. Это то, чего недоставало ему и чем дорога была ему самая жизнь.

Он хотел свистнуть нежно, жалобно, но горло его сжалось, как и маленькое сердце. Он подлетел к птичке; у нее был такой же нос крючком, как и у него, на ней было такое же серо—зеленоватое платье, какое он носил еще очень маленьким. В ней было что—то детское, но родное, милое, и он тихо—тихо проговорил дрожащим голосом:

— Милая моя, родная!

Птичка чирикнула так кротко, нежно, сердечно, что у клеста все сердце перевернулось от радости. Он пригнул голову и пропел нежную, жалобную нотку, а вслед затем запел. Да! Он запел старую песню, которую поют весной все те клесты, у которых молодая жизнь играет в молодом сердце, он пел ту весеннюю песню, которая вечно останется молодой, потому что не может состариться. И все птицы слушали его, всем хотелось петь, радоваться и любить все и всех.

В ответ на эту песню серая птичка опять нежно, грустно чирикнула и села подле клеста на ветку.

Он весь встрепенулся. Он не знал, не чувствовал, где он сидит; он видел только одну ее — ее, маленькую, родную, серо—зеленую птичку, и опять проговорил тихо и нежно:

— Милая моя, родная!

И они поцеловались.

Ему показалось, что все цветы и листики целуются, что все птицы смотрят на них, что солнце целует землю, и она становится теплой, радостной под его поцелуями. И вот не прошло и двух—трех дней, не успели они оглянуться, как уж были обвенчаны, разумеется, обвенчаны по—своему. На свадьбу к нашей парочке слетелись все старые и молодые клесты; все пищали, свистели, судили и рядили на весь лес.

— Хорошая парочка! — говорили седые клесты.

— Славная парочка! — рассуждали старые клестихи. И все с ожесточением долбили еловые шишки. А сам молодой был просто на седьмом небе, если только есть седьмое небо. Он пел и сиял от восторга.

II

Прошло лето, и наш клёст попался, — попался в силки,

которые расставили простые, ничему не учившиеся деревенские мальчишки.

Как он рвался, как он щипался, как он кричал!

Его молодая женка тоже кричала и пищала на весь лес. Но ничем уж нельзя было помочь. И хотя бы слетелись тут все клесты со всего леса, то и они ничего не могли бы поделать.

Его унесли и посадили в маленькую клетку, вместе с чижами, чечетками, овсянками, зябликами, щеглами и тому подобной шушерой. Все это пищало, орало, щипалось и толкалось без толку. Точно ад кромешный!

Целыми днями клест ничего не ел и ни о чем другом не мог думать, как только: вырваться бы на свободу. Изгрыз он все стенки клетки, долбил их изо всех сил; но стенки были толстые, крепкие, а сил у него от голода было очень мало.

— Погоди же! — подумал он, — лучше я буду есть и поджидать случая. Мальчишки народ глупый. Будут они меня пересаживать куда—нибудь, а я рванусь и... улечу.

И действительно. Как только его стали пересаживать в другую клетку, он изо всех сил до крови ущипнул мальчика за палец, рванулся, полетел и — бац! — прямо в оконное стекло со всего размаха.

Господи! Как он треснулся! Даже стекло задрожало от страха, а у него такие искры из глаз посыпались, что он думал — пожар. Целый час у него перед глазами вертелись зеленые кольца; он совсем ошалел, раскрыл рот и даже не почувствовал, как его снова посадили в клетку и отнесли на рынок.

Сколько он там увидел птиц и людей! Птицы кричали на все лады и люди также, точно старались их перекричать. В особенности одна барыня, толстая, пузатая, орала, тараторила, как добрый скворец.

И вот этой самой барыне продали клеста за гривенник.

Посадили его в маленькую клеточку и понесли в большие хоромы.

Назвали клеста Иваном Ивановичем Кривоносовым и пустили летать по залам.

Иван Иваныч смотрел на высокие хоромы, с большими окнами и зеркалами.

Сначала он думал, что в зеркалах сидят другие клесты, но очень скоро убедился, что этих клестов не достанешь ни за какие коврижки. Смотрел он на штофную мебель, на картины в золотых рамках, на дорогие портьеры и обои, и все это ему было противно.

Но противнее всего были для него растения. Они

напоминали ему его милый, зеленый еловый лес и его родную, дорогую, серо—зеленую клестиху.

И он с ожесточением щипал и теребил дорогие кусты померанцев, лавров и мирт.

— Это ты что делаешь?! Что делаешь, разбойник? — накинулась на него барыня. — Разве тебя за тем сюда пустили, чтобы ты портил мои цветы? Возьмите его прочь! Вон! вон разбойника! отнесите его в столовую. Ивана Ивановича поймали и отнесли в столовую.

А там тоже были растения на окнах, правда, немного, несколько горшков плохоньких. Ну, и задал же он им пфэйферу! Была там какая—то волькамерия, которая аккуратно каждый год роняла листья и стояла, бесстыдница, в виде голого пучка зеленых розог. От этих розог Иван Иваныч не оставил ни единого прутика. Все исщипал. И этого мало. Была палка, к которой деревцо было привязано: он и ее исщипал. Был там какой—то двулистный арум. Он его совсем безлистным сделал. Даже почку, которая была в самой середине, и ту всю выщипал.

III

В зале, подле столовой, куда был сослан несчастный Иван Иванович Кривоносов, летали, резвились, чирикали две птички. Им дозволялось летать по всем комнатам свободно.

Это были московка—синичка, юркая юла, и чижик.

Целый день—деньской они пищали и носились вперегонку по всем комнатам. Московка даже залетала к барину в кабинет, чего не позволялось чижику. На ночь они мирно усаживались рядком на ветке филодендрона и мирно засыпали. Каждый день, зимой, отворяли форточку в зале; чиж не обращал на это никакого внимания, а московка садилась на самый краешек форточки, юлила, кричала и опять влетала в залу.

— Ах, какие глупые птицы! — думал Иван Иваныч. — Они рады тому, что их держат в неволе и кормят дурацким конопляным семенем! Вот так дуры!

И он смотрел на них с презрением. А когда синичка подлетала к нему, чтобы склюнуть у него из чашки семечко конопли, он бросался на нее как бешеный.

— Смотрите, какая злючка! — говорила барыня. — Ему жаль семечка для маленькой московки! У! противный! Ему непременно надо пару, ему надо клестиху найти.

И отыскали ему клестиху; но это была не его родная, милая серая птичка: это была настоящая, злая, желтая клестиха, которая постоянно кричала на него и лезла щипаться. Он не знал, куда от нее деться, и вот раз, утром, удрал втихомолочку в залу, и хотя там были противные чиж и московка, но не было ненавистной клестихи.

Но как только увидали его в зале, сейчас же закричали, поймали и посадили его на шкап.

На шкапу был разный хлам: были старые конторские книги, картонки и тому подобная чепуха. С горя и досады принялся он все это грызть. Работал, трудился целый добрый час, истеребил все книги и картонку, а в картонке была барынина шляпка.

— Ах, ты, наказанье божье! — говорят, — нет сладу с ним. Дайте ему полено, пусть со злости грызет его.

Сел он на полено, и так ему стало горько, тошнехонько. На дворе солнышко светит, воробушки чирикают, в снегу купаются; а он сидит мокрый, в углу, на полене.

И просидел он на нем целый день и целую ночь. Насыпали ему в чашку конопли, но ему не только есть, тошно смотреть на нее.

— Что это, — говорят, — Иван Иваныч не ест? Сидит хмурый.

Хотели подойти посмотреть, не болен ли. Но он окрысился, крылья растопырил, нос раскрыл.

— Этакая злючка, — говорят, и отошли прочь.

Было это ранним—рано поутру, только что солнышко нос свой высунуло. Такое красное, нарядное. Вспомнилось клесту, что так же оно всходило там, там, далеко, в зеленом, еловом лесу, и так захотелось ему полетать на вольной волюшке, повидать свою милую женку.

Чирикнул он раз, чирикнул два и запел свою песенку, ту самую песенку, которую пел там, давно, в первый раз как увидал родную, милую птичку. Так грустно, нежно и жалобно пел он. Его услыхали из спальни.

— Этакая, — говорят, — противная птица! Ни свет ни заря встает, никому спать не дает! Посадите его, разбойника, в шифоньерку. Впотьмах он не будет скрипеть.

Поймали и посадили его в темную шифоньерку. Сидел он впотьмах, взаперти и думал.

— Погодите, дайте мне только случая дождаться. Крылья у меня крепкие, такого стрекача задам. Вырвусь на волюшку вольную, улечу к моей милой.

С тех пор он часто мечтал об этом.

Один раз, рано утром, он замечтался и полетел, полетел в диванную, в гостиную, в залу. Пропел свою песенку — никто его не потревожил.

И прилетел он в зеленый сад, где все кустики и деревья в горшках торчали.

"Этакая гадость!" Подолбил он один кустик, выщипал другой. Стояла на тумбе пышная сага. Листья у ней, словно перья, шли во все стороны, а из самой середины торчали почки, как пружинки. Выщипал и их. Стоит юкка. "Тоже гадость! — думает Иван Иваныч, — точно палка, а на верхушке зеленые мочалки висят". Общипал и мочалки. Одну еловую подпорку исщипал с наслаждением. Одним словом, похозяйничал вволю и всласть.

Барыня встала поздно. Пошла она к своим цветам. Подошла — и вдруг ахнула, всплеснула руками.

— Ах ты, господи! Разбойник, что ты наделал?! Моя сага, моя юкка!.. — и барыня в слезы.

Началась опять охота за Иваном Иванычем. Летал он как бешеный. Крылья крепкие, здоровые. Припустит он в столовую— бегут за ним в столовую, припустит в залу — бегут за ним в залу. Наконец, догадались двери за ним закрыть. Летал он, летал, кричал, кричал, насилу, насилу поймали.

Взяли ножницы тупые—претупые и все длинные, крепкие перышки, на которые так твердо надеялся Иван Иваныч, все перепилили, обстригли, обчекрыжили.

Не вдруг Иван Иваныч догадался, какой казус с ним учинили, что у него отняли.

Посадили его опять на шкап, на глупое полено. Хотел он перелететь на ближнее окно, вспорхнул бойко, забористо и вдруг... фьют! полетел кубарем на пол и треснулся о стул грудью. Раскрыл он рот, оглянулся, хотел подняться на окно... тырр—рр! До подоконницы взлетел, стукнулся об нее головой и опять очутился на полу. Сидит, глядит наверх, а в голове темное колесо ходит: не может и не хочет понять он, что отнято у него все, все, чем он жил, о чем мечтал, на что надеялся. И опустил он головку к самому полу.

Посадили его опять на шкап. Сидит он целый день, целую ночь. В голове у него все смешалось, спуталось. Среди ночи вдруг представилось ему, что крылья у него опять выросли, большие, здоровые сильные крылья, и что форточку в окне открыли.

Полетел он сперва робко, чирикнул и вдруг выпорхнул на свободу... Ах! сердце просто выпрыгнуть хочет от радости.

А там, вдали, стоят зеленые ели и манят его, и тихо зовет

143

его милая, серая птичка, его родная женка. Все встрепенулось, запело, запрыгало в груди Ивана Иваныча.

Бросился он к ней.

— Милая моя, дорогая, родная...

И... проснулся. Проснулся он опять на шкапу, среди ночи. Кругом его тьма кромешная. Заплакал бы с горя, с тяжелого горя, да слез нет. Бросился он в отчаянии со шкапа, слетел камнем вниз, ударился головой об пол и больше ничего уж не помнил.

Утром нашли его на полу, с открытым носом.

Изо рта у него текла кровь.

— Да посадите его просто в клетку, — говорят, — купите клетку и посадите!

И вот посадили его сначала на подоконник, а затем купили клетку и посадили в клетку.

И сидел он по целым дням на жердочке, грустный, и смотрел в окно на голые сучья деревьев, на порхающих воробьев.

— Счастливые! — думал он, — счастливые, за вами не гоняются люди!

Он встречал и провожал каждый день с тяжелой тоской. Грудь у него жестоко болела, но он не понимал, что болит у него в этой груди сердце, измученное тоской.

И вот, в одно утро, кто—то принес и всунул ему в клетку молодую, зеленую еловую шишку. Господи, как он обрадовался ей! Даже от радости зачирикал. Но тут же вспомнил о зеленых елях, о родных своих лесах и опять сел на жердочку и повесил нос. Так просидел он почти весь день на одном месте и ничего не ел, а зеленая шишка валялась на дне клетки.

Затем наступила весна, снег сошел, деревья и кусты зазеленели, зазеленела травка.

Раз как—то Иван Иваныч встрепенулся. Рано, рано поутру он грустно пропел свою любимую песенку, потом целый день ждал чего—то радостного. В груди у него как будто затихло. Чирикнул он, прыгнул на жердочку, прыгнул на другую и вдруг опрокинулся вверх ножками, вытянул шейку, раскрыл рот и умер...

ПАПА—ПРЯНИК

Это было давно, но может случиться и сегодня и завтра, — одним словом, когда придется.

У Папы—пряника был большой торжественный праздник, а ты, верно, не знаешь, что Папа—пряник над всеми сластями король и всем пряникам пряник.

И вот, раз сидел он на своем троне, в короне из чистого сусального золота, в глазированной мантии с миндальными хвостиками и в маленьких новомодных шоколадных сапожках. Трон его был большой, высокий пряник, обсыпанный самым чистым блестящим сахаром—леденцом, да так густо, что снаружи никак нельзя было видеть, что было внутри, но от этого самого он казался еще вкуснее и слаще, чем был на самом деле.

Вокруг трона стояла почетная стража, в золотых мундирах, с фольговыми саблями и шоколадными палками в руках. Все это были что ни на есть самые лучшие пряничные солдаты, с сахарными цукатами.

А дальше полукругом сидели всякие сановники, разумеется, не настоящие, а сахарные.

Позади них было множество прекрасных кавалеров и дам. Все кавалеры смотрели в одну сторону: в ту самую, в которую были повернуты.

А дамы были просто прелесть. Они были из белого безе со сливками, легкие, полувоздушные, пустые внутри. Каждая из них думала, что слаще ее нет ничего на свете, и, смотря на каждого кавалера, думала: "вот он!" А кавалеры так и таяли, потому что все были из чистого леденца.

Кругом повсюду, для порядка, были расставлены кондитеры в белых колпаках, фартуках и с медными кастрюлями. Они стояли с чрезвычайно серьезными минами, потому что честно относились к искусству и считали себя призванными смягчать горечь этой жизни своими произведениями.

Наконец тут же в зале стояло множество детей, больших и малых, глупых и умных, добрых и злых. Они смотрели на Папу—пряника и его стражу, на его сановников, на кавалеров и дам, на варенья и конфеты. Одни думали: "Ах, если бы нам дали вот эти бонбоньерки!", а другие: "Ах, если бы попробовать нам хоть один пряник!" — и все облизывались, что было совсем некстати, потому что они еще ничего не отведали.

— Ну! — сказал Папа—пряник, — принесите теперь награды. Сегодня мы награждаем всех умных и прилежных детей. И это так и следует по закону. Потому что поощрение везде необходимо.

Принесли на огромном серебряном подносе огромный пряник. Ах, что это был за пряник! Такого, наверно, никогда не было и никто во сне не едал. Пухлый, рыхлый, поджаренный, подпеченный, с вареньем, изюмом, коринкой, миндалем, мускатом, цукатом, ну, словом, со всем, что в нем было, на всякий вкус, даже такой, какого вовсе и не было. А когда стали резать этот пряник, то из него просто так—таки и потекло самое вкусное варенье, а у всех детей потекли слюнки... Ах! Нет, лучше и не рассказывать!..

Папа—пряник подзывал к себе каждого умного прилежного мальчика и давал ему по большому куску вкусного пряника.

Когда все прилежные ученики были награждены, а глупые лентяи проглотили все свои собственные слезы вместо пряника, то Папа—пряник снова встал с своего трона и сказал:

— Теперь надо назначить к будущему празднику премию за добрые дела, потому что и в добрых делах должна быть конкуренция. Я предлагаю самый большой вкусный пряник тому, кто сделает настоящее доброе дело. Идите и радуйтесь!

Когда все дети разошлись по домам, то начали играть в мяч, кегли и даже бирюльки, так что все пряники были забыты, а добрые дела подавно. Только трое мальчиков на другой день вспомнили, что было вчера, и это было хорошо, потому что мог бы и никто не вспомнить.

Одного мальчика звали маленьким Луппом. Когда он хорошо вел себя, то отец давал ему два серебряных пятачка, а так как он каждый день хорошо себя вел, то в неделю у него накоплялось столько пятачков, что, пожалуй, и не сочтешь, и, во всяком случае, на эти пятачки в воскресенье можно было купить отличных пряников. Но маленький Лупп умел считать и даже рассчитывать. Он отправился прямо в кондитерскую лавку и спросил:

— Что стоит самый большой пряник? Оказалось, что он дороже всех пятачков, которые можно скопить в целый месяц. Одним словом, страшно дорог.

— Ну! — сказал Лупп, — я буду непременно в выгоде, — и через три дня он, с шестью пятачками в кармане, пошел в один большой дом.

Там, внизу, в подвале, почти совсем под землей, в темной

каморке, жил бедный башмачник с женой и шестью маленькими детьми.

Маленький Лупп отдал им шесть пятачков.

— Ну, — подумал он, — пусть наслаждаются! Я сделал настоящее доброе дело, потому что оно с расчетом, а это самое главное.

Но вот в том—то и шутка, сделал ли он настоящее доброе дело? А это узнать не так легко, ну да и не очень трудно. Ведь у каждого человека, маленького и большого, в сердце сидит хорошенькая крошечная девочка в белом платьице. Но только это платьице не всегда бывает чисто. Если кто—нибудь сделает доброе, хорошее дело, то маленькая девочка начинает прыгать от радости и тихо поет веселые песенки.

Но если человек сделает что—нибудь дурное, то маленькая девочка горько заплачет. Да и как же ей не плакать, когда от каждого дурного дела у ней на беленьком платье выходит черное пятнышко, как будто на него брызнули грязью? Кому же приятно ходить в платье с пятнами?

Говорят, что маленькую девочку зовут совестью. И вот только что Лупп успел сделать доброе дело, как маленькая девочка в его сердце принялась громко хныкать, хныкать и приговаривать: "С выгодой, с расчетом! Этак всякий сделает". Но Лупп назвал маленькую девочку безрасчетной дурой, которая еще глупа и ничего не понимает. — Что ж? Быть может, он был и прав.

Другого мальчика, который захотел сделать настоящее доброе дело, звали маленьким Кином. Он был очень беден и ходил в оборванных лохмотьях. Самым лучшим наслаждением для него было сидеть на тротуарном столбике, с куском грязи в руке, и ждать: как только мимо него проезжала какая—нибудь маленькая красивая коляска, в которой сидели нарядный кавалер со своей дамой, он тотчас же бросал кусок грязи в коляску, да так ловко, что забрызгивал и кавалера и даму. Правда, иногда за это на него бросался полицейский солдат, но он так бойко бегал, что даже на собаках его нельзя было догнать. Это он называл охотой за красными перепелками. Когда он видел, что извозчик бил свою измученную лошадку, он говорил: "Валяй ее с треском, авось, она почувствует любовь к тебе и погладит тебя копытом по морде. То—то вышло бы красиво!" Когда при нем повар резал курицу и бедная билась, обливаясь кровью, он смотрел и думал: "Так бы им всем, да и тебе тоже, потому что на свете все гадко и скверно!" Он связывал котят хвостами вместе и вешал их, как пучок редисок, на забор. Бедные котята прыгали, пищали и мяукали, а Кин хохотал и говорил: "Вот так концерт и притом даром! отличный концерт!" Всем и каждому Кин старался досадить как можно лучше. За это его били как можно сильнее, но ведь от этого он становился еще злее, он скрипел зубами и кусался, как собака. Одним словом, это был настоящий злой мальчик, желтый, худой, с серыми злыми глазами, с общипанными волосами, которые торчали во все стороны, как щетина на старой щетке.

И вот этот—то самый мальчик задумал сделать настоящее доброе дело. Он думал: "Возьму я да украду у лавочника Трифона все деньги, что у него в конторке заперты. Говорят, что у него денег непочатый угол лежит взаперти, впотьмах. Все их выпущу я на божий свет и раздам я эти деньги бедному дедушке Власу, башмачнику Кирюшке и слепой старухе Нениле. Да нет, они, пожалуй, все их пропьют и пойдут деньги к целовальнику. Лучше я возьму да утащу у повара Ивана его большой острый ножик, которым он режет куриц, подкрадусь и зарежу эту маленькую злую барыню, что живет там в большом доме. Ну, а если меня за это повесят, и все эти гадкие люди соберутся и будут смотреть, как меня будут вешать? У, у! Поганые вороны!"

И Кин думал обо всем этом, а сам шел по улице. Холодный ветер дул и бил его по лицу дождем, который падал на землю и тут же, без церемонии, замерзал. На тротуарах был лед, люди ходили и падали, потому что было скользко, а Кин смеялся над ними. Он шел босиком, его ноги примерзали к земле, он прыгал, злился и хохотал.

Вот из—за угла вышел дедушка Влас с ведром воды. Это был очень старый дедушка. Весь седой, беззубый, глухой и сгорбленный. Ему давно пора было лечь куда—нибудь на лежанку, в теплый угол. Но ведь еще не припасено теплых углов для всех бедных дедушек.

Шел он тихо и осторожно, как бы не пролить воды, шел—шел, да вдруг поскользнулся и упал. Если молодые да сильные лошади и люди падали, как маленькие ребятки, так отчего ж было не упасть и старому дедушке Власу? И он упал, да так ловко, что совсем растянулся на земле, ушиб и спину, и затылок, шапка полетела в сторону, ведро в другую, и вся вода из него пролилась, как будто ее и не бывало.

Увидел Кин, как упал дедушка, да так и залился хохотом:

— Что, дедушка Влас, — кричит он — никак ты не подкован? — Ведь это, брат, нехорошо, что ты на тротуаре вздумал на собственных салазках кататься. На это есть ледяные горы. Ха, ха, ха! — А дедушка Влас пробовал встать и не мог.

148

Несколько раз уж совсем он приподымался, да вдруг ноги скользили, и он опять падал; а Кин еще сильней хохотал.

— Эй, дедушка, — кричал, наклонившись над ним, Кин, — ведь ты не на лежанку лег, дедушка Влас, замерзнешь ты тут, старый глухарь.

— Подними его! — шепнуло сердце Кину.

— Не подниму, — сказал он, стиснув зубы. И вдруг вспомнил он, как один раз за ним гнались два сильных лакея с ремнем, чтоб отколотить его за то, что он разбил камнем большую вазу. Это было зимою, в холодный, дождливый день. Тогда он бросился во двор, где жил дедушка Влас, и спрятался в его конуре. Прибежали лакеи, но дедушка уверил их, что на дворе нет Кина, и спрятал его у себя и кормил целых два дня. На третий день ушел от него Кин и, уходя, взял и разбил старый горшок, который был единственный у дедушки. Разбил, так себе, на память о том, что гостил у дедушки. Все это вспомнил теперь Кин, наклонившись над ослабевшим дедушкой Власом.

Дедушка лежал и дышал тяжело, а люди все шли мимо да мимо и сторонились, обходя старого дедушку.

— Видишь, собаки, — сказал Кин, — у них руки отнимутся поднять старика. Поганые вороны! — и он наклонился и из всех детских сил своих маленьких, но сильных ручонок приподнял старого дедушку.

— Обопрись на меня крепче, старый хрыч, — говорил он, сам скользя и падая, и поставил наконец дедушку на ноги, потом надел на него шапку, захватил ведро и, поддерживая, повел дедушку Власа домой. Там он уложил его на старой постельке.

— Спасибо тебе, касатик, спасибо, родной, — бормотал дедушка. — Спасибо за доброе дело.

Но, не слушая его, Кин вышел на двор. Голова у него горела, за горло точно схватил кто—то сильной рукой и крепко сжал. Он тяжело дышал, шел шатаясь и не знал, что с ним делается. И вдруг он ясно почувствовал, как в сердце у него встрепенулась маленькая девочка, встрепенулась, как птичка после долгого сна, встрепенулась она и заплакала и вместе с тем сквозь горькие слезы улыбнулась, да так приветно и радостно, что Кин сделался сам не свой. Он облокотился о фонарный столб, стиснул голову обеими руками и вдруг громко зарыдал на всю улицу. Долго рыдал он. Ведь это были почти первые слезы в его жизни, потому что он плакал тогда только, когда был еще очень, очень маленьким Кином.

А маленькая девочка все прыгала в этом сердце и пела, сквозь слезы, тихую песенку.

— Не прыгай! — говорил Кин, прижимая сердце рукой. — Я не хочу гордиться моим добрым делом, я не хочу знать, слышишь ты, я не хочу знать, что я сделал доброе дело!

— Но девочка все—таки прыгала и пела песенку.

— Слушай, ты, — сказал Кин, подняв голову и стиснув свой маленький, но крепкий кулак. — Слушай, Папа—пряник, я не для тебя сделал доброе дело, не за твой гадкий пряник, не нужен мне он: я помог старому дедушке Власу потому, что ему нужно было помочь, потому что мне, собственно мне, захотелось этого крепко—крепко. — И он опустил свою голову и тихо пошел домой.

Но он шел уже совсем другим Кином, а не тем, каким он был до тех пор. На него солнце светило так радостно, перед ним так весело блестели мокрые тротуары, и люди шли и смотрели на него приветливо, как будто говорили: вот, смотрите, идет добрый, маленький Кин, хороший мальчик.

Что ж? быть может, он и в самом деле сделал настоящее доброе дело. А вот мы это увидим. Не надо только никогда торопиться. Ведь мы еще не знаем, что сделал третий маленький мальчик.

Его звали "Веселым Толем". Все волосы у него вились в мелкие кудри, а щеки были полные и румяные. Его голубовато—серые глаза всем так ласково улыбались, что все говорили: "Ах, какой славный мальчик!" — Да! Толь был действительно славный мальчик.

Он жил высоко наверху в маленькой комнатке, вместе с своей старой бабушкой, и тут же наверху, под самой крышею, жило много голубей. Они все знали Толя, потому что Толь кормил их крошками. Когда Толь шел по двору, голуби слетались к нему, кружились вокруг него, садились к нему на плечи и целовали его.

Когда Толь был на празднике у Папы—пряника, то и ему был дан кусок пряника, потому что он прилежно ходил в школу и хорошо учился. Толь принес пряник к своей бабушке.

— Ах, ты мой милый соколик, — сказала она, — кушай его на здоровье, радость моя.

— Нет, бабушка, ты только маленький кусочек съешь, отведай. — Бабушка съела маленький кусочек и сказала, что пряник очень хорош. А Толь пошел к своим маленьким друзьям, которых было у него много. У одного лодочника Жана было целых четверо, мал мала меньше, и все они крепко любили Толя.

— Ну, цыплятки, — сказал он, входя на чердак к Жану, — хоть вы и не были на празднике у Папы—пряника, а все—таки вам будет сегодня праздник. — И он развернул бумагу и показал им пряник с блестящей золотой надписью.

Толь взял ножик, разрезал пряник пополам и одну половину разделил по кусочку всем четырем.

Дети быстро съели свои кусочки, облизались и теребят Толя со всех сторон.

— Дай еще хоть немножко, чуточку!

— Дай им еще, — говорит Жан, который сидит нахмуренный в углу, подперев голову одной рукой, — дай им еще, ведь они третий день ничего не ели!

— Как! — вскричал Толь. — И ты мне ничего не сказал! Это очень нехорошо!

— Да, как же, вот я пойду сейчас отыскивать тебя, чтобы ты принес им кусок хлеба!

Но Толь уж не слушал его. Он бежал с лестницы, бежал бегом, сел на перила и мигом скатился, слетел по ним вниз. Он прибежал, запыхавшись, к толстому булочнику Беккеру.

— Господин Беккер, — сказал он, — вот вам кусок пряника, пожалуйста, дайте мне за него простой черный хлеб, он мне очень нужен.

— На тебе самый хороший хлеб, — сказал Беккер, — а пряника твоего мне все—таки не надо — съешь его сам.

— Благодарю вас, господин Беккер, очень вас благодарю. — И он побежал к лодочнику Жану.

— Постой, — сказал Жан, когда Толь принес хлеб, — им нельзя давать помногу, они с голоду не перенесут этого и умрут, — и он отрезал по маленькому кусочку и раздал своим цыпляткам, потом отрезал и себе кусок, потому что и он уж давно ничего не ел.

Цыплятки съели хлеб, даже после пряника, потому что были голодны, а голод не тетка. Потом Толь пошел с другой половиною пряника и раздал его другим детям. Они все целовали его и говорили:

— Ах, какой вкусный пряник! Спасибо тебе, дорогой, добрый, кудрявый Толь! — И когда раздал Толь весь пряник, то вспомнил, что он еще не отведал его сам, но у него уж не осталось ни крошки.

— Ну! — сказал Толь, облизывая пальцы, которые были в варенье, — ведь варенье самая вкусная вещь в прянике, а его—то вкус я знаю теперь.

Между тем бедный лодочник Жан сидел все на одном месте, в темном углу, и с ним вместе сидела его тяжелая, черная дума. Она сидела у него на плече и шептала ему на ухо: "Вот ты теперь остался без работы и без места, потому что у тебя рука заболела и рассорился ты с своим хозяином, который заставлял тебя работать даже с больной рукой. Куда ж ты теперь пойдешь? Твои дети умрут с голода. На свете все черно, везде темно и гадко. Возьми и убей своих цыплят, если ты желаешь добра им, убей и себя, потому что у мертвых нет ни стыда, ни забот, ни горя. Они сладко спят в покойных могилках".

И чем дольше сидел Жан, тем громче говорила ему черная дума все одно и то же. И не мог отогнать он ее, эту неотвязную черную думу, потому что она крепко сидела на плече у него.

Наконец встал Жан и пошел к соседу. Он выпросил у него жаровню с горячими угольями, принес к себе и поставил посреди комнаты.

— Вот вам, — сказал он, — цыплятки, последнее угощение от вашего бедного отца: засыпайте спокойно и крепко, чтобы не проснуться, когда вас понесут в холодные могилки.

— Ты нам хочешь супу сварить? — спрашивает его Поль.

— Да, супу, хорошего супу, какого вы никогда еще не едали и никогда больше не будете есть. Только ложитесь теперь спать, потому что он еще не скоро сварится. — И он всех их уложил, расцеловал, закутал чем мог, заткнул все дыры в разбитом окне, ушел и запер дверь на задвижку. Ах, черная дума нашептывала ему страшное дело! От горячих углей подымался синий удушливый дым, и он шел, наполнял комнату, ему некуда было выйти, он тихо обхватывал детей, и в нем должны были задохнуться, умереть все маленькие дети Жана.

А сам он, угрюмый, бледный, тихо вышел на улицу, и вместе с ним пошла черная дума.

И ведет его черная дума сквозь ночную мглу, и сечет холодный дождик его открытую голову, бьет по лицу, а ветер треплет его мокрые волосы.

И он торопится сквозь дождь и мглу, а черная дума шепчет ему с каждым шагом: скорее, скорее! Он идет глухими переулками, идет к широкой реке, а река бежит глубоко во тьме и смотрит на него холодными глазами.

И сходит Жан вниз по скользким, мокрым ступеням.

— Жан! Жан! — кричит позади него громче и громче детский голос. — Жан!.. — И обернулся Жан посмотреть, кто вспомнил его и зовет, когда он уже сходит в могилу. — Жан! — кричит, задыхаясь и погасая, голос из мрака, и весь мокрый, усталый, в слезах падает Толь к ногам его и крепко обнимает его ноги.

— Жан, — говорит он, едва дыша, — я давно бегу за тобой.

— Зачем ты здесь? — бормочет Жан, — что тебе нужно? Пусти меня и ступай домой.

— Мне нужно тебя, милый Жан, не отталкивай меня, не торопись в воду: они еще придут, светлые дни, и снова проглянет солнышко, и ты будешь опять бодр и весел. Я буду помогать тебе, как другу, как брату.

— Пусти, — шепчет Жан, стараясь отцепить ручонки Толя, — пусти, я не хочу чужого хлеба, мне нет тут места.

— Добрый Жан, это будет мой хлеб, твоего друга, ты мне отдашь его, когда я буду голоден, и мы все должны помогать друг другу.

— Пусти, пусти, — шепчет Жан, задыхаясь и оттаскивая из всех сил закостеневшие вокруг ноги его руки Толя, но больная рука его не слушалась. — Пусти! — шепчет он, — они к нам не придут, они все крепко уснули...

— Они живы, Жан, они не спят: я ведь выбросил от них гадкую жаровню, я впустил к ним чистого воздуха, они все живы, веселы, сыты, они ждут тебя, своего милого папу — они — сизые... гули!.. И Толь выпустил, наконец, ногу Жана: у него не стало больше силы. И, бормоча несвязные слова, он упал на мокрые, скользкие ступени, упал как мертвый, без чувств, без сознания, бледный, с закрытыми глазами и покатился в воду. Жан быстро нагнулся и подхватил его. Он сел на мокрые ступени, он весь дрожал, черная дума отлетела от него. Он взял на руки бледного Толя, посмотрел на него, крепко поцеловал и прижал к сердцу.

— Голубь мой, белый, добрый голубь, — сказал он, — ты спас их, спас и меня также!

И он встал и. шатаясь, понес Толя на руках к себе домой...

Ну, наконец, мы наверно узнаем, кто из трех сделал настоящее доброе дело, потому что наступил праздник, и все дети собрались идти к Папе—прянику. Все, маленькие и большие, умные и глупые, добрые и злые, всем хотелось видеть, кому дадут самый большой пряник. Ведь это действительно любопытно.

Не пошел только один Кин, да ведь он и не желал ни получать пряника, ни видеть, как его получают, потому что считал и пряник—то гадким.

Все дети шли весело и охотно, а путь был немалый. Ведь Папа—пряник живет неблизко—недалеко, как раз за тридевятью земель, в том тридесятом царстве, про которое в сказках говорится.

И вот, наконец, они все пришли куда следует, как и надо

было ожидать, и при том к самому началу, а это—то и называется аккуратностью.

Папа—пряник по—прежнему сидел на своем троне, в короне из чистого сусального золота, по—прежнему сидели сановники, одним словом, все было по—прежнему, как было уж давно, потому что к этому все привыкли, а Папа—пряник больше всех. Он хорошо все знал: знал, что сделали все дети, и маленький Лупп, и злой Кин, и веселый Толь.

— Ну, — сказал Папа—пряник, который был очень весел, потому что награждать всегда приятно, а тем более за настоящее доброе дело. — Ну! принесите теперь самый большой пряник. Пусть все видят, какая это хорошая награда, ибо мы не намерены этого скрывать.

Тогда обе половины дверей растворились настежь и показалась процессия. Впереди шел обер—церемониймейстер со всеми церемониями, какие только были у него, за ним шел унтер—церемониймейстер, без всяких церемоний, просто в халате, за ним обер—гофшенк с серебряной вилкой, потом шли все сильные люди, и они—то все несли самый большой пряник, потому—что он был очень тяжел.

Когда пряник поставили куда следует, чтобы он всем был виден, и сняли с него покрышку из красного бархата с золотыми кистями, то все увидали, что это был настоящий пряник, который действительно мог получить только тот, кто сделал настоящее доброе дело.

— Маленький Лупп, — сказал Папа—пряник, — подойди сюда!

— Ну! вот видите, — сказал Лупп, — что значит делать доброе дело с расчетом, всегда будешь в выгоде, — и подошел к Папе—прянику.

— Ты, — сказал король, — сделал дурную аферу, потому что истратил шесть пятачков, и ничего от нас не получишь. Ступай себе туда, откуда пришел.

И Лупп повернулся и пошел, бормоча под нос, что Папа—пряник — ловкий аферист, с которым не стоит иметь никаких дел: как раз надует. И при этом он откусил ноготь на мизинце, да так ловко, что больше нечего было и кусать.

— Маленький Кин, — сказал Папа—пряник, — это злой мальчик. Немного стоило ему труда поднять доброго старого дедушку Власа и довести его домой, но и на это немногое он не скоро решился. Да при том ведь его нет здесь, и он сам не захотел получить самого большого пряника. Веселый Толь, поди сюда! Этот пряник твой, он твой, потому что у тебя настоящее доброе сердце, которое само, легко и свободно, не

154

зная и не ведая, творит каждое доброе дело; он твой, потому что ты сделал настоящее доброе дело: ты спас не только Жана и его детей от страшной смерти, но ты спас в нем лучшее, что есть в человеке, — ты спас в нем самого человека!

И только что он сказал все это, как все встали со своих мест и громко закричали: "Да здравствует справедливость и наш добрый король Папа—пряник сорт первый!"

Дамы замахали платками, и на глазах их от сладости умиления выступила сахарная вода, а все кондитеры застучали в медные кастрюли, что составило самую отличную музыку, и под эту музыку Толь выступил из толпы и подошел к трону короля.

— Стойте вы все! — закричал он, подняв кверху руку, и все замолчали. — Теперь слушай ты, Папа—пряник. Прежде чем награждать, растолкуй ты мне, чего я понять не могу, и тогда я возьму твой пряник, потому что я ничего не хочу делать, не понимая, как обезьяна. Если легко было сделать настоящее доброе дело, если я сделал его, не зная, не ведая, то за что же ты меня будешь награждать? За настоящее доброе сердце, — но ведь я с ним родился, и за это ты мог бы наградить только мою добрую маму, если бы она не умерла. Папа—пряник, рассуди: ведь я люблю Жана; как же мне было не броситься к нему и не уговорить, чтоб он не топился. Ах! если б он утонул, меня не утешил бы самый большой твой пряник. За что же ты меня хочешь наградить — растолкуй ты мне это, Папа—пряник.

Но Папа—пряник молчал: он только развел руками.

— Ты представь себе, — продолжал Толь, — если бы доброго Жана не одолела черная дума и он бы не захотел топиться, то я не спас бы его и награждать тебе было бы меня не за что. Неужели же нужно будет наградить черную думу за то, что она дала мне случай сделать настоящее доброе дело? Ах, растолкуй ты мне это, Папа—пряник.

Но Папа—пряник ничего не растолковал. Он только сказал:

— Мы! — улыбнулся и снял корону.

— По—моему, — продолжал неугомонный Толь, — лучше бы отдать пряник Кину, потому что он был злой и пересилил себя, и сделал доброе дело, да так сделал, что всю жизнь он его не забудет.

Наконец, Толь замолк. А Папа—пряник тоже помолчал, подмигнул левым глазом и проговорил громко и внятно, во всеуслышание:

— Ты очень добрый и умный мальчик, но не рассудил об одном, не рассудил, что, объявляя награду, я вызываю доброе дело и его сделает даже тот, кто без награды никогда бы его не сделал.

Но веселый Толь перебил его.

— О! я рассуждал и об этом, я думал об этом, но скажи мне, добрый Папа—пряник: давая награду одному, не возбуждаешь ли ты зависть во многих других? И сколько эти другие должны иметь доброты, чтобы все они не завидовали одному?

— Ах, какой ты славный, умный, умный мальчик! — вскричал Папа—пряник. —Возьми же ты все—таки пряник и делай с ним, что хочешь!..

И Папа—пряник вскочил с своего трона. Он быстро подошел к Толю и поцеловал его, да так громко, что всем стало весело.

И все сановники, кавалеры и дамы тотчас же при этом увидали, что у Толя настоящее доброе сердце. И все потянулись целовать его, но он отошел прочь, поклонился королю, поклонился обер—гофшенку и унтер—гофшенку, взял золотой нож у обер—гофшенка и серебряную вилку у унтер—гофшенка и начал резать пряник. Все дети обступили его. Он их расставил рядами, каждому давал по куску и всем разделил пряник поровну, так что никому не было ни завидно, ни обидно, а в том—то вся и сила.

И вот все это действительно случилось, хотя и очень давно, но может опять случиться и сегодня, и завтра, одним словом, когда придется, потому что срок для всего этого еще не положен.

ПИМПЕРЛЭ

I

Какое самое веселое время в году? Ты, наверное, скажешь лето. Летом тепло и светло, и жар, и тень, и прохлада и все зелено; каждый цветок старается нарядиться как можно лучше: кашка всю свою головку уберет в розовые или белые колпачки, гвоздики так—таки и смотрят розовыми звездочками, а дикая белая ромашка просто хочет быть солнцем. Но где же ей сравняться с подсолнечником! — Тот уж действительно смотрит настоящим солнцем.

Но может быть, ты скажешь, что и зимой весело? Холод такой славный шутник, так исправно румянит щеки и так ловко щиплет за самый кончик носа. Снег на солнце просто весь сияет от радости, а пруд так и блестит, так и сквозит, точно хрустальный паркет. Как же тут утерпеть, не покататься на коньках, хотя бы и пришлось раз пяток растянуться на льду, во всю ивановскую! Или как не прокатиться на салазках, или не вылепить из снега большущего Ивана—болвана г—на Снегуренко, — или просто так себе поиграть, руки погреть в снежки!

Да! все это весело, но только не всегда.

Вся штука в Пимперлэ. Если он около тебя, то тебе будет весело и летом, и зимой, и весной, и даже ненастной осенью.

Ты, верно, видел Пимперлэ хотя один раз в твоей жизни, если не наяву, то во сне. Может быть, ты помнишь, как один раз, когда ты был еще очень маленьким мальчиком, ты вдруг проснулся и захохотал таким неистовым хохотом, что и бабушка, и дедушка прибежали к тебе босиком впопыхах. Они думали, что ты с ума сошел. А между тем, ты просто увидел во сне Пимперлэ. Да! ты; наверно увидел этого маленького человечка, иначе ты бы не захохотал так неистово. Пимперлэ, вероятно, кувыркался перед тобою, делал самые уморительные гримасы, хотя у него личико и без того удивительно смешное: круглое, в морщинках, с добрыми, веселыми глазками, нос просто крючком и так и загибается ко рту, точно хочет выудить оттуда самую большую рыбу. Тебе, вероятно, понравился его пестрый колпачок с бубенчиками и курточка, и коротенькие панталончики все из глазету, все в блестках.

Впрочем, Пимперлэ не всегда наряжается в одно и то же

платье. Он очень хорошо знает, что одно и то же скучно, а он только и живет для того на свете, чтобы всем было весело.

Если в каком—нибудь доме читают давно жданное радостное письмо — и смеются, и плачут, — это, наверное, Пимперлэ выглядывает из каждой строки, из каждой буквы письма. Если добрые дети прыгают, радуются и веселятся — это, наверное, Пимперлэ прыгает между ними и устраивает самые веселые игры. Если бедняку без гроша вдруг точно с неба свалится не рубль, а целая тысяча рублей — это наверно Пимперлэ толкнул слепую Фортуну, а она, споткнувшись на своих дряхлых ножках, по ошибке бросила бедному то, что хотела отдать богатому.

II

Пимперлэ везде и нигде, как молния, летает он по всему свету: и там является он, где меньше ожидали его, смешит он и старых старушек, и молодых девиц, смешит степенных стариков и юных удальцов—силачей, но всех больше вьется и ластится он к малым детям, — только бы они были добры и приветливы. Но ведь на свете мало таких, и даже сам Пимперлэ не может рассмешить злых, да упрямых, что смотрят, точно белая кошка хмурая, короткоухая, разноглазая, что косится по сторонам и весь свой век злится на всех.

Если ты будешь добр, то непременно ты будешь весел, потому что Пимперлэ будет вертеться около тебя: и каких смешных вещей и сказок он тебе наскажет!

А ночью, когда ты будешь спать, он непременно явится к тебе с волшебным фонарем и каких только чудес он тебе ни покажет; если ты целый день учил грамматику, то непременно Пимперлэ покажет тебе целый бал, только танцевать будут не люди, а слова и буквы, и какой это будет смешной и веселый бал: всякий глагол, т.е. всякий молодой человек, сильный да здоровый, который что—нибудь да делает, непременно будет танцевать с каким—нибудь хорошеньким причастием. Существительное — самое солидное и рассудительное, будет ходить в полонезе со всяким прилагательным, у которого, разумеется, есть деньги, и будет ходить до тех пор, пока какой—нибудь союз не соединит их; все междометия будут перед тобой ахать и охать на тысячу ладов, точно институтки: эх, машер! ох, машер! ах, машер! Веселый это, живой народ — молоденькие, маленькие междометия.

Да! все это тебе покажет во сне добрый, веселый Пимперлэ; он только ничего не расскажет тебе, потому что у него, бедного, нет языка, да ведь этого собственно и не нужно; ведь ты не галчонок, которому все надо жевать и в рот класть.

Но всего лучше, если Пимперлэ покажет тебе во сне нашу землю так, как она есть сама по себе, а не на глобусе или ландкарте. Он развернет перед тобой всю ландкарту и вдруг ты увидишь, точно птица, сверху всю землю далеко внизу перед твоими глазами. Ты увидишь, как зеленеют луга, темнеют, синеют леса, желтеют песчаные степи. Увидишь, как близко— близко около тебя стоят великаны горы и вершины их так сверкают снегом и льдом, что больно смотреть, точно на солнце. Ты увидишь, как с них бегут ручейки и катятся в моря по долинам реки, точно серебряные ленты. А моря, океаны и озера блестят, как громадные зеркала, зеленеют аквамаринами, отсвечивают бирюзой и яхонтом.

Да! Ты увидишь такую панораму, какой не покажет тебе ни один фокусник—художник. А когда ландкарта сама подойдет к тебе, когда перед тобой засверкают воды вблизи, заструятся струйками, зашумят волнами, когда встанут перед тобой и кусты, и деревья, и все цветы, а города развернутся как муравейники, полные шуму, гаму и бойкой жизни, вот тут—то ты увидишь настоящие чудеса, так что смотреть любо да дорого. Ты увидишь, например, как китайцы без рубашки, с голой, бритой головой ловят на море рыб — утками.

Вот смотри! Одна утка с кольцом на шее спрыгнула с плота, нырнула в воду, вслед за ней нырнула другая. Обе они вытащили одну большую рыбу и начали драться: одна утка тянет ее к себе, другая к себе. Наконец, они выскочили на плот, и тут очередь драться пришла их хозяевам. Один, который был побойчее, выхватил рыбу изо рта у уток и крепко стиснул ее за голову, другой, не будь промах, поймал рыбу за хвост. Один тянет ее к себе, другой к себе. Ах, какие они уморительные! Смотри, они присели на корточки, ощетинились, точно старые коты, прыгают и фыркают — их длинные косы тоже прыгают, соломенные шляпы—грибы трясутся на головах. Наконец, рыба как—то выскользнула из рук и прямо в воду. Вслед за ней оба китайца прыгнули на край плота, перекувыркнулись и оба бултых тоже в воду головой; а вслед за ними утки. Плот так и качает водой. Китайцы снуют, ныряют, плавают как собаки, кричат, фыркают; около них вертятся утки, квакают, суетятся. Шум и гам, брызги во все стороны. Неправда ли, человек порой может быть глупее утки?

А вот и другая картина!.. Смотри, какой длинный

159

полуостров плывет перед тобой в панораме! Это Малакка. Все небо в дыму, точно в тучах. Этот дым идет с берега от множества костров, над которыми подвешены большие котлы. Что—то в них варится? А вон в стороне сложены рядами в длинные поленницы какие—то маленькие, толстые, черные палки, точно колбасы. Это все голотурии, морские животные вроде червей. Их ловят, варят, вялят и коптят. Это самая вкусная пища для малайца. Смотри, с какой жадностью один схватил самую большую, совсем черную голотурию. Но он не расчел, что мясо у нее жесткое и упругое, как резина. Он с размаху стиснул червя зубами, но резина так же быстро оттолкнула его челюсти. Малаец собрался с силами и снова со всей энергией стиснул голотурию и прокусил ее, не расчел только, как зубы назад вытащить: бьется он, несчастный, так и этак вертит головой и руками помогает, а проку нет: завязли зубы, точно в болоте, и никак их назад оттуда не вытащишь. Торчит голотурия изо рта, точно колбаса, так бы и съел, да сила не берет. Но вон подскочил другой малаец на выручку. Быстро и ловко присел он на корточки и сразу всадил свои белые, крепкие зубы в голотурию. И теперь—то началась сцена! Оба уперлись в землю руками, а ногами друг в друга, вдруг разом рванули голотурию в разные стороны, точно собаки подачку, и оба враз стукнулись желтыми курчавыми головами так, что искры засверкали в глазах. Тянули, тянули, наконец, голотурия не выдержала, лопнула как раз пополам, и в то же самое мгновение оба едока полетели в разные стороны вверх тормашки. Вот так еда! Можно сказать — не простая, а с потасовкой! Впрочем, оставим наслаждаться ею тех, кто любит ее.

Но довольно. Не перескажешь всех чудес, которые может показать тебе во сне этот чудный маленький Пимперлэ. Только старайся, чтобы он полюбил тебя, попробуй сделаться добрым, а это вовсе не так трудно, как кажется с первого взгляда.

III

И везде, в каждом веселье Пимперлэ непременно примет участие; ведь это он летом ведет тебя в лес, где так весело бегает столько всяких букашек, столько земляники и маленьких птичек... Только не тронь ты, пожалуйста, их гнезда, ведь это только дятлы, сороки и вороны разоряют эти гнезда, убивают бедных, маленьких птичек и съедают их хорошенькие яички. И как жалобно стонет, пищит бедная мать, когда она увидит, что разорено ее семейное гнездышко и убиты, съедены ее маленькие детки! Нет, не трогай божьих птичек, — ведь ты не сорока, не дятел, не ворон, и тебе может нанести много яиц любая курица, если только ты их любишь, всмятку или в виде яичницы.

Даже в марте или в апреле, когда еще снег лежит на полянах или в оврагах и на дворе стоит такая теплая, но сырая, кислая погода, Пимперлэ и тогда не унывает: он веселится и всех веселит без отдыха. Когда клир поет с торжественной радостью: Христос Воскрес! — это он заставляет целоваться молодых девушек со старыми старичками. И девушки при этом краснеют, как спелые малинки, а старички облизываются, точно сморчки в сметане. Ведь это он стоит на пороге каждого дома и раззолоченного дворца, и убогой хижинки и всех встречает с красным яичком и с куличиком, или бабой под мышкой. А сколько яиц он всегда приносит добрым детям! Всяких — золотых, серебряных, пестрых, мраморных, сахарных, фарфоровых. И как он любит, когда их катают. Он всегда тут хлопочет. Сам помогает разостлать ковер, установить каток и непременно уж кого—нибудь да подтолкнет под руку, когда он спускает яйцо в каток.

Но самое любимое время в году для Пимперлэ — это святки и в особенности канун Рождества. Тут уж он просто из себя выходит: хлопочет, устраивает елки. Он сам их выбирает в лесу и сваливает на возы; сам вносит в залу, так что все лакеи дивятся, отчего это елка такая легкая. А потом, когда все двери запрут и старшие: тетя, мама начнут убирать елку, то ты, пожалуйста, не смотри в щелку в двери, а не то Пимперлэ как—нибудь нечаянно прищемит твой любопытный нос в дверях. И как же он хлопочет о елке! Уж это непременно он развесит все игрушки, конфеты и яблоки, так что со всех сторон елка выходит просто загляденье. Когда, наконец, двери в залу широко раскроются и дети, изумленные, обрадованные, вбегут гурьбой и остановятся кругом елки, тут—то бывает радость и веселье Пимперлэ. Одному он покажет какую—нибудь яркую раззолоченную звездочку, другому блеснет позолоченным яблоком или грецким орехом, или покрутит перед его глазами какой—нибудь нарядной бонбоньеркой, в которой, разумеется, столько конфет, что их, кажется, и в год не съешь. Но только это так кажется, потому что на другой же день к вечеру или даже к обеду от этих конфет ничего не остается, кроме, разумеется, оскомины во рту и рези в животе. Сладкое воспоминание, нечего сказать!

Впрочем, должно заметить, что Пимперлэ не в каждом доме устраивает сам елку. Он терпеть не может мраморных зал с раззолоченными карнизами и боится двух слов, от которых он чуть не падает каждый раз в обморок. Эти два слова были fashionable и comme il faut. Как только он услышит эти два слова, обращенные к детям, он весь задрожит, как в лихорадке, и полетит тотчас же вон, вон из этого раззолоченного дома, а за ним вслед улетят и радость, и веселье, и останется только одна скука, которая начнет зевать во всех углах на все лады.

IV

Впрочем, был один большой парадный дом, в котором Пимперлэ любил бывать, несмотря на то, что там бывало все чопорно и чинно и очень часто раздавались противные fashionable и comme il faut. Дело в том, что в этом доме он полюбил одного мальчика, и нельзя было не любить его. Он такой был нежный, тихий и добрый, он всем улыбался так ласково и при этом встряхивал своими длинными серебристо—серыми, точно седыми, вьющимися волосами и смотрел он на всех своими приветливыми серо—голубыми глазами, большими, блестящими, на выкате. Он никогда не капризничал, ни на что не жаловался, и так жалко было смотреть на него, на его болезненное, тихое, кроткое синевато—бледное лицо. Он с трудом двигался, постоянно задыхался, постоянно кашлял. Вот от этого—то мальчика почти не отходил Пимперлэ, несмотря на то, что его длинные, щепетильные гувернантки постоянно обдергивали его бархатную курточку и твердили отвратительные слова fashionable и comme il faut.

Пимперлэ забавлял его: он по целым часам рассказывал ему на ухо чудные сказки или пел такие дивные тихие песни, от которых больному сердцу Теодора было и легко и весело. По целым часам, закрыв глаза и тяжело дыша, Теодор слушал эти песни и сказки, полулежа на большом кресле.

V

На том же самом дворе, где стоял богатый дворец, только на заднем, в темном подвале жило небольшое семейство. Это был старый музыкант, добрейшая душа, с большим носом и ртом, с большими ушами, заткнутыми ватой, и маленькими красными глазками. Всю жизнь свою пиликал на скрипке добряк, но под старость уже рука перестала ходить у него, пальцы не двигались, уши одеревенели — и приютили его Христа ради добрые люди в темной каморке на заднем дворе. И вместе с ним жила и жена, толстая, веселая баба и тоже добрейшей души. Жила также и дочка, одна как есть, лет двенадцати, тоже веселая, ласковая и прехорошенькая. Пимперлэ часто залетал в эту каморку, и сколько вместе с ним влетало веселья и смеху! Старый музыкант, тотчас же схватывал свою старую скрипку, начинал изо всех сил пиликать веселого бычка, а сам щурился и улыбался, все больше на левую сторону, и прыгал, точно журавль на своих длинных ногах. А дочка Лизхен срывалась со стула, точно бешеная, и так уморительно прыгала взапуски вместе с отцом и вместе с старой дворовой шавкой, которая тут же танцевала со всем усердием, с визгом и лаем, высунув свой красный язык. Все это было так весело и смешно, что толстая мать Лизхен, глядя на всю эту сцену, хохотала до упаду.

VI

Один раз в рождественский вечер Пимперлэ долго не влетал в темную каморку к своим старым друзьям. Уж колокола отзвонили, погасли плошки, кончилась заутреня и вокруг столика, покрытого скатертью, старой, заплатанной, заштопанной, но белой, как первый снег, сидели кружком: старый музыкант, жена его Шарлота и веселая Лизхен. Все они были грустны, у всех было какое-нибудь горе: музыкант был болен, его душил ревматизм, и в доме не было ни гроша, а было сыро и холодно. Жена его сидела в старом изношенном, заплатанном платье, потому что другого у ней не было. Веселая Лизхен повесила свой курносый носик: она смотрела и на папу, и на маму и ей было тяжело, хотелось плакать и с трудом удерживала она свои слезки. Ее душило бессилие, она все думала—передумывала, чем бы помочь своим добрым Vaterchen и Mutterchen, и не могла придумать. Всякая помощь выходила у нее вроде какой-то волшебной сказки, до которых она была страшная охотница. Вдруг за дверью захрустел снег, послышались голоса, двери настежь широко отворились, и вместе с клубом холодного пара на пороге показался Теодор и за ним две гувернантки.

Он был так закутан, что только Лизхен могла узнать его, и

163

то по его кротким, любящим глазам. Она с радостным криком тотчас же бросилась к нему, начала раскутывать его, но гувернантки в один голос воспротивились: они только позволили снять верхнюю шкурку, меховое пальто, а под этой шкуркой было еще целых четыре, так что Теодор принял до некоторой степени шарообразную форму. Взявши слабой, дрожавшей рукой ручку Лизхен, он прямо отправился к ее остолбеневшему папа, вытащил из кармана большой конверт и подал ему.

— Это, — сказал он, несколько задыхаясь и конфузясь, — вам прислал папа и велел поздравить вас с праздником и пожелать вам здоровья и всякой удачи.

Музыкант широко раскрыл рот и заморгал красными глазками; он быстро кланялся и в то же время дрожавшими руками распечатывал пакет: в нем лежал банковый билет в десять тысяч. Теодор взял у лакея большой, но легкий сверток и прямо подошел с ним к Шарлоте.

— Вот вам, m—me Гушке, — сказал он, — подарок посылает мама и кланяется вам.

В узле были платья: одно шелковое, другое бархатное, правда, оба были немного поношенные, но все—таки смотрели так гордо и нарядно.

— Добрый ты наш маленький ангел—хранитель! — вскричала Шарлота и крепко прижала, обняла Теодора.

— Ставь, Жак, ставь на стол, сюда все, что ты принес! — сказал Теодор, подбегая к лакею.

И Жак выдвинулся вперед с огромной корзиной. Господи! чего в ней не было! На столе, на чистых, блестящих раззолоченных тарелках появился, во—первых, плюм—пудинг. Жак тотчас же облил его ромом из флакончика, зажег его, и синий огонек весело запрыгал над пудингом. Потом появился на большом блюде огромный жареный гусь, который так—таки и протянул свои лапки прямо к Лизхен. Потом засверкали на столе хрустальные вазы, полные самыми красивыми конфетами и всякими лакомствами, и Теодор сам торжественно вынул из корзины прехорошенькую большую бонбоньерку.

— Это тебе, — сказал Теодор, — протягивая бонбоньерку к Лизхен.

— Мне не надо, не надо! — закричала она и замахала ручками, а на светлых глазках ее давно уже стояли светлые слезки. — Ты лучше для меня всякого подарка! — И она схватила Теодора за его маленькие ручки, он тоже потянулся к ней, обнял ее, но тотчас между ними встали чопорные и

164

щепетильные fashionable и comme il faut. И только что прозвучали эти страшные слова, как вдруг в комнату ворвался и вихрем закружился маленький Пимперлэ. Господи! сколько веселья он с собою принес: папа, как безумный, схватил свою старую скрипку и изо всех сил своих дрожавших рук начал пилить на ней веселого бычка, выделывая уморительные па своими длинными ногами. Шарлота под такт бычка запела веселую старую немецкую песню, прихлопывая в ладоши; Лизхен и смеялась, и плакала, и, не выпуская рук Теодора из своих маленьких, но крепких ручек, прыгала пред ним, и с такою любовью смотрела в его добрые и любящие глаза. Даже чопорные гувернантки снисходительно улыбнулись, улыбнулись вполне прилично, совершенно fashionable и tres comme il faut. Да, это был настоящий Рождественский пир! И всю эту историю устроил не кто другой, как добрый, веселый маленький Пимперлэ.

VII

После этого вечера прошел целый год и снова наступил канун Рождества, но как этот вечер не походил на тот, — на другой, который был год тому назад. Раззолоченная зала в большом дворце была пуста и темна, в ней не сверкала веселыми огнями нарядная елка, а там, в одной из дальних комнат, в которой зеленые шторы были опущены и зеленые обои смотрели так грустно и болезненно, там на большом кресле лежал бедный Теодор. Его бледное личико стало еще бледнее. Он едва двигался, едва говорил, но одно в нем осталось неизменно, это тихая, веселая улыбка да ясные любящие глаза.

Тут же в зеленой комнате стояли чопорные гувернантки и отец и мать Теодора.

Теодор лежал как будто в забытьи, в тихом полусне, но он не спал, он слушал. Пимперлэ, наклонясь к его уху, рассказывал ему такие чудные, веселые сказки. Он рассказывал ему о маленьких феях, которые всегда спасают человека от скуки и злобы, он рассказывал о той далекой стороне, где все, все люди постоянно веселы и счастливы. Перед глазами Теодора, точно во сне, развертывалась чудная сторона, с реками медовыми и берегами кисельными, с золотыми яблоками и серебряными колокольчиками, которыми тихо качает теплый, ароматный ветерок и они постоянно звонят такие чудные, веселые песенки. Он говорил о тех райских садах и широких зеленых лугах, в которых никогда не бывает горя, где никто не плачет. не страдает и все живут в мире и любви, в вечной радости и в вечном веселье.

— Пимперлэ, — спрашивает он, — скажи мне, все ли люди будут там, в этой стране вечного веселья и вечной радости?

— Все, — говорит Пимперлэ, — все те, которые связаны между собою вечною любовью.

— Но будет ли там?.. О! наверно, будет моя милая, веселая и добрая Лизхен! Ох, как бы я желал теперь ее видеть.

И только что он успел об этом подумать, как дверь тихонько отворилась — и вошла добрая Лизхен.

Ее ясные глаза были заплаканы. Она быстро поклонилась всем и прямо подбежала к креслу, где лежал Теодор и, став на колени, наклонилась над ним.

— Теодор, милый мой, бедный Теодор! — вскричала она, — ты очень болен, ты умираешь. О! Теодор, неужели же Пимперлэ, добрый, веселый Пимперлэ, не может тебя спасти от смерти?

Теодор взял своей холодной, дрожащей рукой ее маленькую, горячую ручку.

— Лизхен, — сказал он, — мой дорогой друг Лизхен, зачем же Пимперлэ будет спасать меня от смерти, как будто в целом мире, в целом громадном мире, которому нет конца и в котором сияет так много чудных звезд, блестящих солнц, — неужели в этом мире нет ничего лучше земной жизни? Слушай, слушай, Лизхен, там, где—то далеко, есть чудная страна, где солнце светит ярче, где вечное лето и множество всяких чудес, где серебряные колокольчики постоянно звенят чудную музыку. Туда меня понесет наш добрый Пимперлэ, и мне будет весело, и я буду постоянно ждать там тебя, моего дорогого друга.

Все смотрели неподвижно на эту сцену, у всех стояли слезы на глазах; даже чопорные гувернантки забыли свои холодные разъединяющие слова: fashionable, comme il faut.

Вдруг Теодор отшатнулся и упал на подушки. Он не выпустил из своей холодной руки ручку Лизхен, и она чувствовала, как все больше и больше холодела и замирала эта рука. Она смотрела на светлые глаза Теодора и видела, как эти глаза постепенно меркли, тускнели, как тише и реже поднималась его грудь; она чувствовала, как быстрее и сильнее билось его сердце и, наконец, вдруг остановилось, разорвалось...

166

Влетела смерть на крыльях вечности, но Пимперлэ махнул на нее и она исчезла.

Он точно так же, как всегда, был весел и радостен, и как будто это веселье и эта радость переносились на лицо Теодора, и оно улыбалось и сияло, это мертвое, бледное лицо.

Лизхен быстро поднялась и посмотрела на всех заплаканными, но ясными, восторженными глазами: она улыбалась, она смотрела так весело.

— Он улетел, — тихо прошептала она, — улетел в страну веселья и вечной радости.

Все встали, поочередно начали подходить и целовать холодный лобик мертвого тела, послышались рыдания.

Но тут вдруг снова невидимкой влетел Пимперлэ, и слезы высохли на всех глазах, у всех отлегло от сердца. Все стали довольны и веселы, словно свершилось роковое, великое таинство смерти и все встретили его спокой но и торжественно, с веселием крепкой, тихой веры и безграничным восторгом упования.

Да! маленький великий Пимперлэ действительно великан. Он все освещает великим весельем и радостью. Горе перед ним является пустяком, житейское волнение — глупостью. Бедняк, которого придавила судьба, начинает смеяться над ней и поет веселые, беззаботные песни и шутит над жизнью до тех пор, пока Пимперлэ не унесет его в страну вечного веселья. И это самое лучшее дело из всех дел Пимперлэ. За это, за одно это, ты должен любить его и стараться быть добрым.

САПФИР МИРИКИЕВИЧ

С юга ветерок — ласковый дружок; с севера снежок — строгий старичок. Так—то, мой паренек...

Шагай, шагай, не заглядывайся!..

И бабушка сама шагала по талому снежку и по крепкому сизому черепу. Где наст обледенился, застеклянился, а где грязный снежок, как зола, насыпан. Почернел, сердечный, туго ему пришлось, скоро в землю провалится. А лужи, лужи! везде, по дороге, по полю... С деревьев слезы капают... И грачи, мокры—мокрешеньки, всюду каркают. Весна! Весна пришла!..

— Бабушка, — спрашивает внучек, — а ты мне скажи, родненькая, отчего маслена раз в году бывает, и весна отчего раз в году приходит?..

— Шагай, шагай, дружок... Видишь, как все замокрились... Зимой и на юге злое горе пирует. Ветры студеные, вихри снежные, стужа злобная... Натерпятся, намаются, наплачутся Божьи люди... И все их слезы несет весной к нам... Заплачут небеса, заплачет земля, и от этих теплых слез и снежок весь побежит, распустится и в землю уйдет... Все наши грехи в землю уйдут... Затем, что снежку уже не место, прошла его пора. Отлютовала зима. Шабаш ей! Идет весна—красна, теплая... Ворочается с юга солнце горячее, к нам накатывает, с каждым днем ближе и ближе подходит, выше и выше по небу ползет... Так—то, мой милый паренек!.. Шагай, шагай, не задумывайся!

— Бабушка! Да ты мне скажи, почему не весь круглый год маслена... Мы кажинный бы день ходили к куме Алене, и каждый день она бы нас блинами с маслом и сметаной поштовала, угощала...

— Сегодня блины, завтра блины, послезавтра блины. Катайся, как сыр в масле, круглый Божий год, без передышки!.. Ах ты, радостная кроха моя!.. Все Божье дело! Везде передышка нужна... А то без толку и в масле потонешь, и сметаной захлебнешься!.. И порядок тоже нужен. Без порядка никак нельзя быть, никак невозможно... Коли бы без порядку, так все бы перемешалось в одну кучу... И весна, и зима, и лето, и осень, все бы вместе свалялось, и не разберешь, где одно, где другое...

— А разве, бабушка, не бывает зима среди лета?

— Ни, ни! Николи не бывает.

— А как же в запрошлом—то году у нас в Духов день снежок выпал? Помнишь?

— Да это так себе, какой ни на есть шальной выискался, да и пошел... И тут же себе капут приключил... Все его съело солнышко теплое... А ты шагай, шагай, торопись, дай мне рученьку!

— Нет, бабушка... Я сам...

— Да ты сам ножками—то действуй, а мне дай рученьку хорошую. Она ведь ничего не делает... на счастье... Ну! Не упрямься, дай!.. Видишь, ты не разбираешь, где сухо, где мокро, все по лужам шагашь. Гляди—ка, как сапожки—то... мокрым—мокрешеньки. Дай! дай, хороший, рученьку, а то я и сказку не буду говорить.

И внучек сейчас же протянул рученьку; как только услыхал эту угрозу.

— Видишь, весь носик обмерз, покраснел, и глазки ясные покраснели.

И бабушка вытерла платочком и носик, и глазки. А внучек смотрел на бабушку этими ясными, голубыми глазами и ждал, скоро ли баба милая сказку начнет.

А кругом теплый ветерок подувает, словно со сна, и бороздит, рябит воду в лужах. И голые рощи стоят, краснеют, точно чего—то ждут не дождутся... И тучка мокрых воробьев вдруг налетела с гамом, чириканьем, посела на снежок, на дорожку, и опять вспорхнули все и улетели... А в небе высоко—высоко черные кряквы летят, кричат, крыльями хлопают...

— Ну, что же, бабушка? Сказку...

И бабушка, не выпуская из своей костлявой, шероховатой руки маленькую ручонку внука, начала свою сказку...

По низовьям—низам хмары стелются, ползут, тащатся тучки Божии, кому горе, кому радость, кому хворь и болезнь, кому клад и богачество, все и всем несут и дарят тучки Божии. По низовьям—низам студены туманы клубятся, кому красу, кому бедноту, кому уродство несут. Всякому люду от Бога доля дана. Кому каждый день масленица, кому целый век великий пост.

За дальними морями, сизыми туманами, в славном царстве могучего царя Бендерея было дело великий грех... Одна была дочка у царя, чудо—юдо, краса невиданная и неслыханная, и неписанная, нерисованная, и звали ее царевна Милена—душа, светлый Божий день... Чего, чего не было у царевны прекрасной... И дворцы—терема, с переходцами, и сады, садики с цветиками махровыми, и деревца изумрудные с золотыми яблочками, и птички хохлатые, хвостатые, сладкогласные. Целый день по кустикам порхают, по садочкам летают, поют песни звонкие. Милену—душу тешат, потешают. Бегут ручьи студеные, серебряные, с высоких гор катятся. Играет музыка невидимая, все красу прекрасной царевны славят, а царевна—душа, Милена—краса, ходит хмурая, да невеселая... И не знает царь—батюшка, чем свою доченьку развеселить, чего недостает ей. Велит он своим скоморохам—шутам царевну потешать. Пляшут, кувыркаются перед ней шуты потешные, кричат голосами звериными, кто петухом, кто по—песьи лает, кто журавлем курлычет, представляют притчи и комедии. Не могут развеселить, утешить царевны Милены... Зовет—кличет царь Бендерей мудрецов с дальних и ближних стран, заставляет их думать думу глубокую, чем развлечь, распотешить его дочурочку прекрасную. Одна у него она, как перст единая, утеха и радость в жизни сей скоротечной. И засели думать мудрецы вещие думу могучую. Думали, думали, ни много ни мало целых тридцать три дня без трех часов. Один мудрец говорит, надо царевну в заморские царства везти, злую тоску по морям, по горам размыкать—стряхнуть, другой говорит, надо царевну три дня на заре утром в студеной воде купать, и всю хмару—тоску смоет Божья вода. Третий мудрец ничего не сказал. Он слушал из саду песню птицы Кохлыги. Маленькая птичка, а голос куда звонче, лучше соловья. В окошечко косящато солнышко светит, улыбается, зелена роща глядит, и поет так сладко Кохлыга птичка Божия. И вот говорит третий мудрец, а звали его Сапфиром Мирикиевичем Мудрым. Был он моложе всех и била ключом в нем кровь горячая. "Слушайте, — говорит, — братья мудрые. Знаю я, чего не хватает царевне молодой, мне это птица Кохлыга поведала. Много кругом ее всяких утех, много золота, серебра, камней самоцветных, много уборов нарядных парчовых, дорогих, кружев серебряных, много теремов—дворцов с переходцами, зелены сады кругом с цветочками махровыми, птички Божии порхают, славят царевны красу. А ей все нудно да скучно кажется, холодно на сердце. Выросло сердце царевны—души, просит оно ласки ответной от друга милого, просит она горячей любви".

И только что сказал, произнес молодой мудрец, прекрасный Сапфир Мирикиевич, свой совет мудрый высказал, как все мудрецы на него накинулись, руками замахали, загигикали. "Что ты, дурень беспутный, придумал—выдумал, — кричат, — за этакой совет всех нас царь—государь велит казнить смертью лютою". А царь—государь тут как тут. Все время он стоял позади дверей, все слушал, что великие мудрецы думают, советуют об его дорогой доченьке... Распахнулись двери створчаты, появился царь, появилась с ним стража грозная. "Спасибо, — говорит царь, — тебе, молодой мудрец Сапфир Мирикиевич, спасибо, что всех старых надоумил ты. Давно уж я сам домекал, чего, чего недостает моей доченьке. Ты уразумел твоей мудрой прозорливостью..." И тотчас же велел царь—государь по всей земле клич великий кликати, сзывать, созывать всех принцев, королевичей, всех витязей, князей и царевичей. И вот едут гости званые со всех четырех концов, с севера, с полдня, с восхода и запада, собираются на широкий царский двор. Уставили слуги двор столами длинными, устлали их скатертями самобраными. В те поры как раз была масленица. Посели гости по чинам, по рядам. Выходит царь Бендерей, выводит за ручку Милену—красу. "Вот тебе, доченька, — говорит, — гости честные, гости званые, королевичи, принцы, царевичи, князья, витязи, рыцари удалые. Кого осчастливишь выбором, который тебе поглянется, того я моим сыном назову, а твоим суженым.

Все поклонились ей низко—низехонько. Посмотрела Милена на всех, глазами окинула. Помотала она головой.

— Тот мне мил, — говорит, — кто может за один присест сотню блинов съесть со сметаною.

Удивились гости, ахнули. А царь Бендерей:

— Что ж, доченька, — говорит, — муж—то у тебя будет обжора, росомаха ненасытная.

Но твердо стоит Милена на желании своем. А слуги стоят с блинами и ждут, кому велят подавать. Встали многие гости, разгневались, пошли, не простясь, с пира царского. "Что же, — говорят, — нам здесь делать нечего: пусть царь Бендерей зовет, клич кличет, со всего царства объедал, обжирал собирает в женихи к своей дочке насмешнице—издевнице, а мы к ней в издевку идти не хотим". И пошли гости со двора царского. Слуги им дорожку смазали маслицем.

Другие поглядели на царевну Милену. Смерть она мила показалась им. "Ну, была не была, — думают, съем не съем сотенку блинов!.. Авось одолею, попробую". А слуги сейчас же и подают им блинов. Съели гости первый десяток, не подавились... Глядят, подумывают. Налили им слуги меду крепкого, а царевна Милена потчует, угощает:

— Покушайте, гости дорогие, покушайте блинков масленых.

— Ради тебя, — кричат, — царевна прекрасная! — И подали им слуги другой десяток, но на этом десятке честные гости споткнулись, молча вышли из—за стола и пошли втихомолочку. А слуги, вершники, приспешники им дорожку маслицем смазали и след их сметанкой замели, затерли, загладили.

— С Богом, мол. Проваливайте!

Один за одним уходили честные вон с пира царского... Редели ряды, опустел царский двор. Остался один королевич Меркитей Мерепонтович. Наградил его Бог и ростом, и дородством. Девяносто восемь блинов приел, на девяносто девятом споткнулся. Сидит, глаза выпучил и дохнуть не может. Так его слуги верные бережненько приняли и в дальний терем вежливенько отправили.

— Ну, вот, — говорит царь Бендерей, — полюбуйся, доченька, милая! Все женихи твои разошлись, разбежалися. Никто не хочет быть объедалом, обжорою.

— Объедал и обжор, — говорит царевна, — мне не надобно. Найдем мы, может быть, себе жениха по сердцу. Погляди-кось, милый батюшка, кто это там у ворот стоит, возле столба высокого.

Поглядел Бендерей и говорит: "Это тот, кто указал, велел мне клич кликати и женихов ко двору сзывать. Это молодой мудрец Сапфир Мирикиевич".

А молодой мудрец стоит, глядит очами черными. Черные кудри по плечам вьются. Глядит он прямо на прекрасную Милену, дочь Бендерея—царя.

— Позови его ко мне, царь—батюшка, мне, — говорит, — надо слова два перемолвить с ним.

И велел царь слугам кликнуть мудреца Сапфира Мирикиевича, кликнуть позвать к царевне Милене—душе. Пошла Милена в горницу высокую. Привели к ней Сапфира Мирикиевича.

— Гой! Вы, — говорит царевна Милена—душа, — уйдите все вы, слуги верные, оставьте нас вдвоем и стойте у дверей, никого не пускайте к нам. Мне надо молвить Сапфиру—мудрецу слово великое.

И поклонились, ушли слуги верные, одну царевну с Сапфиром—мудрецом оставили.

Как возговорит царевна Сапфиру—мудрецу: "Ты скажи мне, скажи, мудрый мудрец, отчего не светит всегда солнце ясное, отчего не всегда на сердце весело, отчего сладкая пища приедается, отчего звонкая песня припевается и нарядное платье глазам опостылеет. Скажи мне, мудрец, отчего тоска-скука гложет сердце человеческое?" Призадумался мудрец, думал, гадал, как ответ Милене держать.

— Оттого, — говорит, — перво—наперво, что плоть человеческая — бренная — персть земли...

— А что это такое, бабушка, — допросил внучек, — бренная персть земли?

172

— А это плоть, тело наше... Из земли взято и в землю обратится. А ты слушай дальше хорошохонько...

— Оттого, — говорит мудрый мудрец Сапфир Мирикиевич, — что коли бы да солнце постоянно светило, то все бы мы от его света почернели, как арапы черные. Оттого, что плоть человеческая не может стерпеть вечной радости. Оттого, что сердце наше к земле влечет: ко всему смертному, преходящему тянется, а все преходящее, смертное нас вводит в ложь и обман. Отрекись, говорит, царевна прекрасная, от ложных утех... На бренной земле все здесь прах и ничтожество, все, как смачный блин: ешь его — вкусно, а съешь — тяжело и горько. Всякая радость сама по себе отраву несет. Звонкая песня припевается, сладкий мед приливается, и вертится здесь бедный человек, как в дурманном сне, хватается за утехи земные, чтобы ему было не скучно и не тоскливо жить...

Задумалась прекрасная Милена, глядит на мудрого мудреца Сапфира. А мудрый мудрец стоит перед ней, очи в землю опустил, а перстами смиренно перебирает лестовку.

— Сапфир Мирикиевич, — говорит царевна Милена—душа, — есть одна радость земная, и она никогда не прискучит нам, ибо радость эта вечная, с земли на небо мостом тянется. Это любовь человеческая. Бог создал человека и всякого зверя парою. Бог благословил союз человеческий... Сапфир Мирикиевич, Сапфир мудрый!.. В сердце людском вечным светом горит свет небесный, и все перед ним прах, смерть и ничтожество, а свет любви нескончаемый.

Задумался мудрец, а сама Милена глазки прекрасные в землю потупила, и белая грудь ее тяжко воздымается... На глазках слезинки блестят, на щечках румянец горит, и вся она, ровно горлинка сизая, ровно яблочко румяное.

— Сапфир Мирикиевич, — говорит она шепотом тихим да ласковым. — Сапфир Мирикиевич, мудрец прекрасный. Если бы царевна, дочь царская, перед тобою бы сердце открыла и посулила бы тебе жизнь радостную и любовь на земле и в небесах вечную. Отвернулся ли бы ты от нее, презрел бы ты ее ради покоя вечного?

Вздрогнул весь Сапфир Мирикиевич, руки и ноги задрожали, взглянул он на царевну Милену, долго пристально посмотрел своими очами черными и весь побледнел белее плату белого.

— Не искушай меня, — говорит, — царевна прекрасная, знаю и верю я, что любовь твоя сладка и радостна. Но всякая любовь есть страсть и нега, сердца трепет, а я ищу и жажду покоя вечного, холодного и бесстрастного. Любовь земная проходит, как сельный цвет, сгорает, как свеча воску ярого, блеснет звездочкой, потешным огнем и погаснет, исчезнет; один лишь пепел холодный останется.

— Сапфир Мирикиевич, — говорит царевна прекрасная, — не погаснет любовь истинная. До гробовой доски горит она, ровным светом теплится; а за гробом она тихой небесной радостью горит, славе Божьей радуется.

Покачал головой Сапфир Мирикиевич, покачал и стоит перед царевной, опустив голову, кожаную лестовку перебираючи. Вздохнул тяжко молодой мудрец, вздохнувши, промолвил так:

— Все это сказка пустая, царевна прекрасная. Далека она от правды святой, от истины.

— Нет, — вскричала царевна прекрасная, — веришь ли ты в Бога Создателя, веришь ли ты в любовь Его, в Сына Божия, веришь ли в Духа Его святого, великого... А я верю в жизнь вечную, в жизнь загробную. Есть на небесах и трепет и радости. Нет там покоя смерти холодного, нет там смерти, ибо Бог там. Бог живых, а не мертвых.

И говорит тут Сапфир Мирикиевич:

— О! Пусть же вера в твоем сердце горит, царевна Милена прекрасная, пусть согревает она молодое сердце, ласковое. В каждой поре есть свои утехи и радости... А я отживу здесь свой срок, отстрадаю и вкушу покой сладостный.

Удивилась царевна Милена прекрасная, ужаснулась она и горем тяжким взгоревала, заплакала.

— Ох! Ты гой еси, — говорит она, — Сапфир Мирикиевич. Нету в сердце твоем правды, истины. Ты не любишь жизни Богом дарованной. Ты не веришь в жизнь вечную. Поди, спроси бел горюч камень Алатырь, хочет ли он жить жизнью вечною.

И поклонился Сапфир Мирикиевич царевне Милене, нашел он бел—горюч камень Алатырь и говорит ему:

— Камень ты, камень Алатырь, лежишь ты здесь 330 лет, лежишь ты безмятежно, бестрепетно. Сладок ли твой покой, и не хочешь ли ты дышать и двигаться, не хочешь ли ты жить жизнью человеческой?

Говорит камень Алатырь, отвечает Сапфиру человеческим голосом:

— Ох ты неразумный мудрец. Сапфир Мирикиевич. Ты спроси воду быструю в ручье или в светлой реченьке, что бежит по чистым камешкам, хорошо ли ей зимой подо льдом лежать. Не играет ветерок ее струйками, не блестит в них солнце и месяц серебром и золотом. Ты поди, мудрец, к дубу

174

заморскому, что стоит на круче горы крутой 330 лет, без пяти день с половиною. Ты спроси его, хорошо ли ему жить на горе крутой.

И пошел мудрец Сапфир Мирикиевич. Пошел он к дубу зеленому, что большим шатром раскинулся, разошелся ветвями во все стороны. Допросил его Сапфир Мирикиевич.

— Ты скажи, скажи, дуб могучий, мне, не довольно ль ты пожил на своем веку, посохли уж твои корни старые, покривились твои сучья корявые, понагнулись до земли сырой. Видно, хотят они в земле нашей матушке вкусить покой сладостный.

Восшумел дуб ветвями могучими, возговорил дуб человеческим голосом:

— Ох, ты неразумный мудрец, Сапфир Мирикиевич. Кому жизнь не мила, кому смерть не страшна. Не моя воля привязала меня к круче крутой корнями крепкими; коли б воля была моя, не стоял бы я здесь, о судьбе своей жалеючи, ожидая каждый миг смерти лютыя; коли б моя была воля, вспорхнул бы я легкой пташечкой, полетел бы я и воспел, прославил Творца моего, в воздушных теплых струях купаючись. Ты поди, неразумный мудрец, спроси птицу Кохлыгу голосистую, мила ли ей жизнь многоценная!

И послушал дуба, пошел Сапфир Мирикиевич, допросил он птицу Кохлыгу хохлатую, птицу заморскую:

— Ты скажи мне, скажи, птица сладкогласная, мила ли тебе жизнь на свете сем, и не желаешь ли ты покоя безмятежного, покоя вечного.

Как возговорит ему птица Кохлыга человеческим голосом:

— Гой, ты, неразумный мудрец, Сапфир Мирикиевич! Ты вынь, изми из меня сердце горячее. Ты вложи, мудрец, в грудь мою золотистую кусочек льда студеного и тогда меня спрашивай. А до тех пор, пока во мне сердце трепещется, хочу я вечного трепета. Взлечу я на кручь крутой горы, сяду я на древо высокое, поднимусь я на крыльях быстрых на высь страшенную, далеко, далеко мир Божий подо мной расстилается. Надо мною горит солнце яркое... опрокинуто небо синее, и мнится, что там, в этом небе сапфирном, иная жизнь, иной трепет, иные желания. Сердце рвется туда, но нет у него крыльев ангельских, полететь к источнику жизни и света и вечного трепета.

И вспорхнула птица Кохлыга, затрепетала крыльями белыми, и вспомнилась Сапфиру Мирикиевичу царевна Милена прекрасная. В груди его сердце встрепенулося, потянуло его к царевне Милене красавице, потянуло его к любви, жизни и трепету.

Идет он светел и радостен, все жилки его трепещут, дрожат. Воздух к нему ласково ластится, солнышко греет приветливо, трава—мурава зеленеет нарядным ковром, цветы махровы, лазоревы цветут, благоухают жизнерадостно. И птицы небесные поют, заливаются, славословят жизнь и Творца ее. Остановился мудрец, заслушался. В груди у него сердце растет, поднимается, вся душа его радостью, блаженством переполняется. И слышит он, как трава растет, слышит он, как жемчуги в море далеком перекатываются, как цветы цветут, и вся мать сыра—земля, и солнце, и луна, и звезды светлые славят Бога Творца. Заслушался Сапфир Мирикиевич...

А дни идут, идут, ползут, все мимо да мимо его проходят. Проходят года, проходят и тысячи лет... Все стоит, слушает мудрый мудрец... И вдруг проснулся Сапфир Мирикиевич. Подул с юга теплый ветерок, ласковый дружок, и очнулся, узрел и услыхал Сапфир Мирикиевич; оглянулся кругом и видит: стоит он серед пустыни пустой. Кругом него песок и камни нагромождены, навалены. Идет он, шатается, бредет, спотыкается. Дошел до маленькой лужицы, испить захотел. Нагнулся он к лужице, смотрит, глядит, кто там, в чистой воде какой—то старец седой глядит на него... Очнулся, оглянулся Сапфир Мирикиевич. Отшатнулся он от воды—зеркала. Встал, дрожит, идет, шатается. "Куда я зашел, куда я попал?" — думу думает. И встретился ему на дороге пастух, такой же древний, как и он.

— Поведай ты мне, добрый человек, — говорит ему Сапфир Мирикиевич, — что здесь за страна и где, далеко ли престольный град царя Бендерея?

Глядит на него старец—пастух.

— Нет, — говорит, — у нас никакого царя Бендерея, а от старых древних старцев слыхал, что был такой давным—давно, и вот теперь видны развалины там, где град его престольный стоял.

Оглянулся Сапфир Мирикиевич и, точно, увидал одни развалины. И жалостью все сердце его наполнилось, и вспомнил он так живо и ярко дворцы, терема с переходцами. Вспомнил он и царевну Милену—душу. И сердце в нем тоскою горькою всплакалось, ноженьки его подкосилися, опустился он на землю сыру, и чует он, что смерть подходит к нему!

Солнце садится низехонько. Темная ночь за ним по пятам

идет; взглянул он на тихий закат, туда, где солнце ярко горит, и взмолился; заплакала его душенька.

— Господи! — говорит. — Не дай мне смерти вкусить. Я жить хочу. Дай мне жизни, вечного трепета в вечных селениях твоих, там, где не заходит солнце славы твоей...

— Бабушка! Бабушка! — вскричал внучек. — Смотри—ка, солнышко!

И действительно, бледное, точно больное, солнце глянуло сквозь тучи, и все заблестело, обрадовалось свету Божьему; засверкали лужицы, забелели снега, и тихо—тихо с юга тянутся, летят журавли, звонкую песню курлыкают. Идет—грядет весна жизнерадостная!

СЧАСТЬЕ

На берегу моря, в убогой лачужке жил отец и два сына. Старшего звали Жаком. Он был высокий, смуглый и черноволосый. Младшего звали Павлом. У него были длинные, светлые волосы, голубые глаза и ярко—розовые губы и щеки. Они вместе с отцом ловили в море рыбу старым большим неводом и продавали ее купцам, приезжавшим нарочно для того на берег. Старший был задумчив и молчалив. Часто по вечерам он садился на берегу, на морские скалы, и долго смотрел на море. Он смотрел на большие корабли, уходившие в открытое море, и ему сильно хотелось плыть на этих кораблях туда далеко, где облака тонули в море, где лежал густой туман, туда, в далекие страны, о которых он так много слыхал чудных рассказов.

А Павел был веселый малый; он почти всегда и всем улыбался приветливо, — пел веселые песни или играл на дудке, которую ему подарил один из приезжавших купцов. Раз на лодке их застигла буря, ветер опрокинул их лодку, и волнами выбросило их всех на берег, при этом старика отца сильно ушибло о скалу. Он долго был болен и наконец умер. Умирая, он сказал им:

— Спасибо вам, что не покидали и кормили вашими трудами меня, старика. После моей смерти вам нечего больше жить здесь в бедности и добывать тяжелым трудом убогую пищу. Вот вам кольцо моей прабабки, которой подарила его одна колдунья. Возьмите это кольцо, и когда придете в какой—нибудь город или деревню — покатите его перед собой. Если кольцо завернется и прикатится к вашим ногам, то проходите мимо и идите дальше. Если же кольцо завернется и остановится около какого—нибудь дома, то в этом доме один из вас найдет свое счастье. А другой... — Но что будет с другим, этого не досказал старик. Он отвернулся к стене и умер.

Братья похоронили отца, продали хижину, лодку, старый невод, всякий старый хлам и пошли искать счастья.

Много проходили они городов и деревень, и везде пробовали, не здесь ли укажет им кольцо остановиться. Но кольцо вертелось и подкатывалось им под ноги. Наконец пришли они в одно большое село. Был ясный вечер, и все чистые белые домики покраснели от румяного солнца. Братья вошли в село и покатили кольцо. Оно долго катилось, а они шли за ним. Наконец оно остановилось около большого дома с палисадником и большим садом с старыми липами, грушами и яблонями, на которых было много таких румяных, вкусных яблок. У садовой калитки стояла девушка, которая сама была похожа на румяное яблоко. Девушка подняла кольцо, которое подкатилось к ее ногам, подала его меньшому брату и спросила: что братьям нужно? А они смотрели на нее и не знали, что ответить.

— Счастья, — сказал Павел. Девушка засмеялась и убежала, а братья вошли в дом. Их встретила маленькая старушка в большом белом чепце.

— А! — сказала она. — Вы, вероятно, пришли наниматься в работники? Войдите сюда, там г—н Варлоо, — и она отворила им дверь в большую комнату, с решетчатыми окнами, от которых ложились красивые узоры на чистых циновках, а посредине комнаты стоял высокий седой старик, с таким же добрым румяным лицом и с такими же ямками на щеках, как и у девушки, которую они видели у калитки.

— Ага! — сказал г—н Варлоо, — милости просим, добро пожаловать! Ого! Да какие вы оба хорошие, да здоровые. Ну! садитесь, садитесь, вы верно сильно устали, — и он жал им руки и усаживал их на дубовые стулья с высокими спинками.

— А в условиях мы сойдемся, непременно сойдемся, — начал он, когда они уселись. И он высказал условия. За работу на ферме и в саду, кроме жалованья, работники должны были получать квартиру и содержание. И братья согласились работать за эту плату.

И стали братья жить у Варлоо. Утром они работали на ферме, которая была в двух милях от дома, в полдень возвращались назад и садились обедать на большой террасе в саду, вместе с хозяевами.

В тихие, ясные вечера, по воскресеньям, устраивались танцы. Приходили соседи ближние и дальние. Красный кузнец г—н Жожо и желтый бочар г—н Ван—дер—Ври. Приходил фермер г—н Пили—Тили с скрипкой, и фермер фью—Тью с флейтой, и толстый пивовар Ван—Бум с большим пузатым турецким барабаном. Приходили молодые нарядные девушки и веселые, румяные работники. Ах! как было им всем весело. Пили—Тили пилил на скрипке с таким усердием, что каждая струна визжала: ай, батюшки, лопну! Фью—Тью так высвистывал на флейте, что весь надувался, как самовар и от его лысины шел пар коромыслом, Ван—Бум колотил в барабан, как в пустую бочку, и при этом припевал:

Ай, ну—те, веселитесь!

Все живите без забот,
Пойте, пейте и вертитесь!
Пусть жизнь весело пройдет!

И все плясали под эту музыку до упаду. Нередко под конец вечера, когда уже все выпивали довольно много пива из больших кружек, старики тоже пускались в пляс, и г. Варлоо, схватив г—жу Варлоо, танцевал с ней гавот и припевал:

Ай, ну—те, веселитесь!
Пусть жизнь весело пройдет!

А у г—жи Варлоо при этом глаза так и светились, точно говорили всем: видите, как весело жить на свете!

Утром по праздникам и воскресеньям все шли в церковь. Там пастор говорил, что жизнь есть благо, которое бог дает всем живущим, и тот, кто добр, того все любят и тот счастлив, потому что все его любят.

— Неужели жизнь и есть счастье? — думал иногда Павел. Впрочем, он редко думал, а больше смотрел на глазки мамзель Лилы, дочери хозяина, той самой девушки, которую братья встретили у калитки, и ему казалось, что там, в этих темно-голубых глазках, лежит его счастье. Он так часто и так долго на них смотрел, что Лила невольно отворачивалась, а Павел при этом краснел и улыбался.

Раз, когда он собирался идти на праздник, Лила сказала:

— Г—н Поль, вы никогда не надеваете шляпу с лентами, позвольте вам дать одну ленту для шляпы. — И она навязала ему на шляпу длинную розовую ленту. Он шел на праздник так весело, ветер шелестел концами ленты, и они шептали ему на ухо: ты будешь счастлив, будешь счастлив!

В другой раз, осенью, когда собирали в саду яблоки, Лила подала ему румяное яблоко и сказала:

— Г—н Поль, я желала бы, чтоб это яблоко принесло вам счастье. Скушайте его за здоровье того, кого вы любите.

Он принес яблоко к себе в комнату и положил под подушку, а когда все в доме уснули, он вынул, долго смотрел на него, поцеловал его и сказал:

— Милое яблоко, я съем тебя за здоровье той милой девушки, которая мне милее всего на свете!.. — Да! — сказало яблоко, — у тебя губа не дура, и ты съешь меня любехонько за здоровье мамзель Лилы, но прежде возьми ты заступ и пойдем в сад туда, где растут две старые липы, там брось меня кверху, и где я упаду, тут разрой землю и может быть ты найдешь то, что принесет тебе счастье.

Павел взял яблоко, заступ и пошел в сад. Там, в одном углу, росли две большие, очень старые липы; они росли, наклонившись одна к другой, и как будто обнимались своими толстыми и частыми ветвями. Павел бросил яблоко кверху, и оно упало как раз между двумя липами. Тогда он стал рыть землю и вырыл небольшой сундучок, окованный медью, который был наполнен старыми голландскими червонцами...

На другой же день братья купили богатую ферму, а через несколько дней Павел говорил г—н Варлоо:

— Я теперь богат, г—н Варлоо, у меня есть большая ферма. Но что мне в этой ферме? Я буду самый несчастный человек, если вы не отдадите за меня мамзель Лилу!

— Ага! — сказал г—н Варлоо, — это ты хочешь взять из моего сада самое лучшее яблоко. Хорошо, ты малый добрый и честный, будешь счастлив, за это я ручаюсь, только что на это скажет мамзель Лила?

А мамзель Лила как будто слушала и не слушала, что говорил отец с Павлом; она вертела в это время в руке очень спелую хорошую грушу и вдруг, неизвестно почему, положила ее к отцу в кружку с пивом, хоть этого делать вовсе не следовало.

— Ах! мамзель Лила! — сказал Павел, подойдя к ней, — я давно заметил, что в ваших глазах лежит мое счастье. Отдайте мне его, и я буду самый счастливый человек во всем свете. А яблоко, которое вы мне дали, я съел за ваше здоровье...

Лила протянула ему руку, а сама спрятала лицо на груди матери.

И какая была веселая свадьба Павла и Лилы! Вся деревня веселилась и поздравляла молодых. Все девушки надели белые платья и венки из цветов. Школьный учитель весь изукрасился разноцветными бантами, привел всех своих учеников, и они пропели в честь новобрачных кантату.

И побежали дни за днями, сегодня как вчера. Прошло времени не много и не мало — целый год, и у Лилы был уже маленький Павел, с такими же ямками на щеках, как у ней, и с такими же добрыми глазами, как у большого Павла. Кроме того, у Лилы была любимица большая хорошая пестрая корова — Мими, с черными умными глазами, которая каждое утро и вечер подходила к крыльцу и ела хлеб из рук Лилы. Была также белая коза с длинной шерстью и голубой лентой на шее — Биби. Была серая кошечка Фанни с гладкой бархатной шерстью. Когда явился на свет маленький Павел, то в то же время и в один день у Мими появилась маленькая красная телка, у Биби — хорошенький беленький козленочек, а у кошки Фанни явилось на свет целых шестеро маленьких котят с белым пятном на шейке. Всему этому радовались все.

Не радовался ничему один только Жак. Он всегда ходил один, угрюмый и задумчивый. Когда все веселились на общих семейных праздниках, он уходил далеко и возвращался домой поздно ночью.

— Послушай, дорогой мой брат, родной мой Жак, — говорил ему Павел, — почему ты не весел, почему ты не хочешь быть счастливым, как и я? Посмотри, у г—на Жожо есть хорошенькая дочь, мамзель Бетти. Купи себе ферму и женись на Бетти, и ты будешь счастлив, как я!

— Нет, — отвечал Жак, — я не буду счастлив, как ты, никогда, никогда! Много людей живет такой жизнью, как ты, и они счастливы так же, как счастливы Мими, Биби и Фанни. Но если бы все остановились на этом счастье, то весь мир давно бы превратился в Мими, Биби и Фанни. Только этого никогда не бывало и никогда не будет, потому что у каждого человека бывают минуты, когда его влечет куда—то вдаль, на новую жизнь, и благо тому, кто идет за этим могучим голосом, кто не заглушит его в себе и не заснет на мелочах жизни.

И он уходил в глухой лес; там вокруг него росли и шумели густыми листьями старые столетние дубы.

— О чем шумят они, — думал Жак, — и что за сила в них? Срубит дерево человек, убьет его, а никогда не узнает, чем и как оно жило!

Он ложился на мягкую, сочную траву и смотрел кругом.

— Кто же когда узнает, — думал Жак, — как растет вся эта трава из матери сырой земли? Куда идти, где найти ответ?

И кругом была тишина, только высокие дубы шумели густыми вершинами, да сердце его билось, и слышалось ему, как будто оно выговаривало все одно и то же слово: вперед, вперед, вперед!

А мысли у него бежали и струились в голове, как тени по траве, а на траву и на лес давно уже сошла темная ночь.

— Потемки, вечные потемки! — шептал Жак, и слезы у него выступали на глазах, слезы бессилия.

— Боже, — говорил он, — где же свет! И по временам ему казалось, что вдруг там, на далекой поляне, сквозь ветви вспыхивал яркий белый свет и освещал всю поляну и деревья. Весь перепуганный, обрадованный, он бежал к этой поляне, он слышал, как сильно стучало сердце в груди его и с какой—то болью выговаривало: вперед, вперед, вперед! Но как скоро он прибегал на поляну, свет быстро скрывался или уходил в лес и тонул в тумане над болотом.

С тяжелой тоской он смотрел на небо. Там плыл полный месяц и как будто спрашивал его: чего тебе нужно?

— Ах, мне нужно долететь до тебя и посмотреть, что на тебе делается, потом перелететь на эти светлые звездочки, что мерцают там высоко, и все обо всем рассказать людям, чтоб для них все стало так же светло и ясно, как светел ты, светлый месяц!

Угрюмо повесив голову, возвращался он домой, а на другое утро принимался за работу, с цепом или граблями: он колотил тяжелым цепом, чтобы заглушить внутри неугомонный голос, который не давал ему покоя ни днем ни ночью. Наконец, Жак не выдержал. Он взял немного денег из найденных Павлом, простился с Лилой и со всеми и отправился в дорогу.

— Ах, зачем покидаете вы нас, г—н Жак, — говорили ему все, — мы все вас так любим, и у нас так хорошо живется!.. Чего вам недостает в жизни? И не стыдно ли вам отыскивать какую—то химеру?..

Но Жак не слушал никаких доводов и увещаний. Он надел свою котомку, взял свою длинную палку и вышел из деревни...

На другой день было воскресенье, и пастор в церкви говорил, что должно быть довольным малым и тем счастьем, которое к нам нисходит от бога, что человек, недовольный своей судьбой, подпадает под власть духа сатанинской гордости и погибает.

А Жак весело и бодро шел своей дорогой. По дороге росли высокие дубы и одобрительно шумели ему зелеными вершинами, как будто говорили: вперед! вперед! вперед!

Проходя по селам и городам, он снимал с пальца то кольцо, которое доставило Павлу счастье, и катил его по дороге, как завещал ему отец, но кольцо постоянно катилось вперед и, никуда не заворачиваясь, прямо падало на дорогу.

— Видно, в дороге мое счастье! — говорил, улыбаясь, Жак и весело шел вперед. Он останавливался и жил в больших городах, где были большие школы, много ученых и еще больше всяких книг. Он много читал, многому научился, и вместе с знанием тихая радость и светлый мир спускались к нему в сердце.

Он сделал много разных открытий и много путешествовал. Он был за морями, в тех далеких чудных странах, о которых мечтал, сидя на скалах морских, когда был бедным, темным рыбаком. Много трудов и лишений вынес он, но все эти

183

тяжелые труды давали богатую жатву, и он был счастлив плодами этих трудов.

— Я сделал немного, — говорил он, — на этом долгом пути, но все—таки я хоть немного подвину людей туда, в этот таинственный мир, к вечным звездам, которые так недосягаемо мерцают над нашими головами в недоступной красе!..

Наконец он добрался до тихой глубокой старости. Почти все знали и уважали его в том большом городе, где он жил. Когда он выходил из дому, опираясь на свою длинную палку, то народ расступался перед ним и снимал шапки.

И он со всеми раскланивался ласково и приветливо, а сам думал: "Спасибо вам, братья, что вы не бросаете в меня каменьями и грязью, как бросали во многих, которые шли впереди вас с желанием вам добра и счастья!"

Раз он сидел перед раскрытым окном, за большой книгой. Он сидел и долго думал о неразгаданных тайнах, о будущем счастье людей. И вдруг!.. Да, это ясно все видели в окно, — какой—то особенный свет блеснул перед ним, но что увидал он в этом свете, — того никто не узнал, потому что, когда пришли его слуги, его уже не было в живых. Он спокойно сидел и как будто улыбался во сне улыбкой глубокого счастья.

ТЕЛЕПЕНЬ

I

В старое время жили—были в землях оренбургских помещик и помещица: Ипат Исаич и Марфа Парфеновна Туготыпкины.

У Ипата Исаича было трое крепостных: мужик Гавлий, кучер Мамонт и лакей Гаврюшка.

У Марфы Парфеновны была одна крепостная душа, кухарка Эпихария, или просто Эпихашка.

Было у них прежде у каждого по двадцати душ, но эти души оттягал у них вместе с землицей сосед их, богатый помещик Иван Иванович Травников.

Прежде, еще не так давно, Туготыпкин и Травников жили душа в душу, были друзьями—соседями, да поссорились, и вот из—за чего.

Вся беда началась из—за барана. У Ипата Исаича было голов сорок овец, и овцы были наполовину русские, наполовину киргизские, с курдюками. И в особенности вышел на диво у него один баран — чернохвостый, морда губастая, рога в два заворота, шерсть косматая, кудря — до шкуры не доберешься.

А на ту беду как раз Иван Иваныч добыл курдюковых овец. Пристал он к Ипату Исаичу:

— Друг сердечный! Ипатушка! Продай барашка мне.

— Друг любезный, Иванушка—свет, подарил бы тебе, да самому мне надобен баран. Погоди: осень придет, подарю я барашка тебе, какого душа изволит.

Но был Иван Иванович с гонором и с норовом. На соседушку смотрел свысока. "Я, мол—ста, чуть не бригадир, а ты, мол—ста, кто такое?.. Голопух! — Тебе для такого друга и барана жаль отдать. Подавись, мол, им. Щучья душа!"

— Нет, говорит, коли теперь барана не продашь, так мне и не надо—ти.

Замолк и пожевал губами, а это уж самый дурной знак был у него. Если он губами пожует, то, значит, он крепко в обиду вошел.

Был Иван Иванович вдовец. Жену любил крепко и схоронил молодую. Оставила она ему девочку лет пяти, и этой девочкой он жил и дышал, но и она через два года померла. Остался Иван Иваныч бобылем круглым и с горя сделался сутягой и кляузником. Тяжб у него была гибель, со всеми соседями — и ближними, и дальними. И разоренье от этих тяжб всем было немалое.

У Ипата Исаича и Марфы Парфеновны детки не жили. Только одна и выжила дочка Нюша. Шестой годок ей шел. Живая, бойкая, Юла Ипатовна — утешение старичкам на старости.

Кроме крепостных душ жила у них и вольная душа, только башкирская.

Надо сказать, что земля Ипат Исаича к башкирским землям подошла. И башкиры частенько к батьке Пат—Саичу приходили в своих нуждах жалиться.

Один раз, в морозный, крещенский вечер: стук! стук! стук! в оконце.

Отворила оконце с молитвой Эпихария:
— Кто, мол, тут такой?

Вошли два башкира. Совсем обмерзли. Малахаи заиндевели. Армяки закуржевели. Старший Бахрай привел брата своего Тюляй—Тюльпеня.

Повалился в ноги Бахрай и брат туда же за ним.
— Сделай милость! — плачется слезно. — Добра чиловек! Пат—Саич! возьми брат мой. Совсем возьми... в батрак возьми... Землю нет... Верблюда нет... Ашать нечего... Юрта нет... Баран нет... Жена нет... девать куда нет... Сделай милость бери... Пожалиста, бери!.. — И плачет Бахрай — разливается.

Посмотрел Ипат Исаич на Тюляй—Тюльпеня и видит — он башкир здоровенный, в плечах косая сажень.

"Куда, мол, я его дену?"

А Марфа Парфеновна шепчет ему: Возьми, авось не объест. Все при доме лишний человек будет...
— А что ты умеешь? — допрашивает Ипат Исаич.
— Все умеш... Кумыс делать умеш... Шашлык стряпать умеш.
— А пахать умеешь? — спрашивает Тюляй—Тюльпеня.
— Лядна! Лядна!.. ашать умеш.
— Коней пасти умеешь?
— Лядна! лядна. Коней ашать умеш...
— Рубить дрова умеешь?
— Лядна! лядна!.. дрова курить умеш.
— Ну! лядна!.. — говорит Ипат Исаич. — Поживешь, посмотрим. Авось что—нибудь и увидим. Оставайся, батрак будешь.

И остался Тюляй—Тюльпень. Только сперва Эпихашка,

затем Гаврий, кучер Мамон и лакей Гаврюшка, и все назвали его просто Телепнем. "Так, говорят, складней, да короче будет!"

И стал жить Телепень у Ипата Исаича.

II

Сперва, как взяли Телепня, так Эпихашка принялась было его обрабатывать. Поднимет его ни свет, ни заря и заставит печку топить, и Телепень добросовестно натолкает дров, так что всю печку до верху битком набьет. Просто крысе повернуться негде.

Придет Эпихашка, всплеснет руками. Давай ругать Телепня на чем свет стоит.

А он слушает, ухмыляется, головой кивает и только приговаривает:

— Лядна! Лядна!

Раз он Эпихашку совсем огорчил.

После обеда, на масляной, вздумала она попраздничать, а Телепня заставила посуду убирать. Принялся он, как всегда, с усердием, так что все чашки, горшки, ложки и плошки и пищат, и трещат.

Отлучилась Эпихашка за малым делом на полминутки. Прибежала, заглянула, руками всплеснула, ахнула.

Расставил Телепень все чашки, тарелки чинно рядком на полу, а Кидай и Ругай — два пса здоровенных, волкодавы — все это взапуски лижут; а Телепень смотрит, руки в боки, и любуется.

— Батюшки мои! Что ты делаешь, окаянный!

— Не замай!.. Лядна... Она лишет... чисто трет... А—яй! Больно хороша будет...

Завыла Эпихашка, побежала к Марфе Парфеновне, в ножки кинулась.

— Матушка барыня!.. Всю посуду нехристь опоганил... Всю псам дал вылизывать.

И пошел дым коромыслом. Накинулись все на Телепня: зачем посуду перепортил?!

А чем Телепень виноват?

— У нас, говорит, добра чиловек... всегда так живет... собакам даем... собака его лижет... языком трет... А—яй чиста быват!..

Вот и толкуй с ним.

И сколько было с ним проказ, что и в год не расскажешь.

187

Один только мужик Гавлий стоял за Телепня горой, из уважения к силище его необычайной, да из—за любви его к коням.

— Ты, — говорит Гавлий, — животину уважь! Она тебе больше, чем человек, надо будет.

А Телепень любил "животину". С лошадьми и спал в хлевушке. Встанет чем свет. Уж он чистит, чистит, так что несчастную лошадь точно ветром качает, до десятого поту прошибет. И в особенности любимый конь у Телепня был Гнедко. С Гнедком он постоянно беседовал по—башкирски, иной раз даже до слез договорится. Говорит, говорит и расплачется.

А не то, так песню ему башкирскую споет. Уж он тянет, тянет, — так жалобно, что даже мужик Гавлий слушает, слушает и, наконец, плюнет с досады.

— Ишь, поди ты! — скажет, — ажно нутро все вынудил!..

В первую весну, как стал жить Телепень у Ипата Исаича, то послали его в поле пар пахать на Гнедке.

Показал Гавлий, как надо пахать, и ушел. Приходит через час и диву дался. Телепень на поручни у сохи доску приладил, вожжами укрепил и навалил он на эту доску камней пудов пять, впрягся сам в соху и пашет, а Гнедко под кустиком привязан стоит, травку жует.

Захохотал мужик Гавлий, руками всплеснул:

— Ах ты, дурень, дурень! Что ты творишь?!

А дурень весь как есть взмок, и пот у него с бритой головы в три ручья льет.

— Я, добри чиловек, мала—мала пахал... Добри чиловек... Гнедко пущай отдохнет... а я за него пахал... Добри чиловек!

Хохотал, хохотал мужик Гавлий.

— Ну! — говорит, — башкирское чучело. Давай вместе пахать. Ведь ты все равно, что скот. А?

И начал Гавлий пахать на Телепне, сбросил камни, взялся за поручни.

— Ну! ну! пошла, башкирска чучела!

И пошел Телепень пахать. Пахали, пахали, до полдень чуть не полдесятины вспахали. Вот так "башкирское чучело"!

И с этих самых пор Телепень каждую весну и лето вперемежку с Гнедком, вместе с Гавлием и пахал, и орал, и боронил поля Ипата Исаича.

Сам барин и барыня и все соседи ближние и дальние приходили и приезжали, ахали и дивовались, как мужик Гавлий на "башкирском чучеле" землю пашет.

Один раз, осенью, заставили Телепня навоз убирать, на

поле вывозить. Он не только навоз весь счистил, но и землю под ним до самого сухого места всю выскреб и все на поле свозил.

Приходит Эпихашка: где коровы? где барашки? чуть из земли видны. Глядь! Они в яме стоят. Во всю длину сарая Телепень вырыл под ними громадную яму.

— Ах ты, дурень, дурень! — накинулась на него Эпихашка. — Хоть бы догадался, дурень, нам к избе навозу навозить. Стены бы прикрыл. Все зимой, чай, теплей бы было... А он, гляко—сь, и навоз, и землю, все на поле стащил.

— Лядна! — говорит Телепень.

Просыпается на другой день Эпихашка.

— Что это, батюшки, на кухне—то как темно!.. Петухи давным—давно пропели, а свету нет как нет.

Вышла на двор и руками всплеснула.

Телепень всю избу и окна навозом закрыл. Целых два воза на себе с поля притащил и укутал всю избу.

— Ах ты, бритая башка! Как же мы будем жить—то целую зиму впотьмах.

— Зачем впотьмах... нет впотьмах... Ти, душа моя... лючина жги... светле будет.

— Тьфу! окаянный.

И заставила Эпихашка Телепня навоз очищать, окна мыть. Только с первого же раза, как принялся он мыть окна с усердием, так два стекла чистехонько высадил.

III

Когда Иван Иванович и Ипат Исаич были еще друзья, то Иван Иванович нередко потешался над силой Телепня.

— Ну! Телепень, разогни подкову.

— Лядна.

И сейчас притащит подкову. Телепень возьмется за нее обеими ручищами, и подкова затрещит и хрястнет пополам.

Притащат другую подкову. Телепень возьмет ее в лапу, так что и подковы самой почти не видно, нажмет, и подкова хрустнет.

— Эка силища! — дивятся все.

В прежнее время, когда дружно жили друзья, то почитай каждый вечер или Иван Иваныч сидит у Ипата Исаича, или он у Ивана Иваныча. Праздники непременно вместе. Рождество, Новый год, Пасху всенепременно Иван Иваныч встречал и провожал у Туготыпкиных. Иногда и ночует и живет по целым неделям. И, действительно, что ему было делать дома одинокому? Одурь возьмет. Походит, походит по залам, посвистит, и в восьмом часу вечера, вместе с птицами, заляжет спать.

У Ипата Исаича для Ивана Иваныча была даже особая горенка, угловая, с большим окном прямо в сад. А сад был большой у Ипата Исаича. В нем и яблони, и груши, и большие клены татарские и липы древние шатрами раскинулись. И за всем за этим вдали видны ковыльные степи башкирские.

Но больше всего привлекала Ивана Иваныча в семью к Ипат Исаичу пятилетняя Анюша. Напоминала она ему его собственную Анюшу, а с ней и семью и все, что потерял человек.

Тихо, пусто, мрачно стало все в душе Ивана Иваныча после смерти его девочки, точно в темном гробу у бобыля—покойника. И если бы другое время случилась такая оказия, что Ипат Исаич обидел отказом в подарке, на который друг закадышный напрашивался, то все бы обошлось смехом да шуткой — а тут, на—поди, и разошлось, и расстроилось.

Как началось дело, как получил Ипат Исаич первый вызов от уездного бузулукского суда, так он глазам не верил, а с Марфой Парфеновной чуть даже удар не сделался.

Съездил Ипат Исаич в Бузулук и узнал, что почти вся его вотчина к соседу отошла, "так, мол, суд решил; можете, мол, подавать на апелляцию".

Пробовал Ипат Исаич и на апелляцию подавать и даже сам в Оренбург съездил, но ничего у него не вышло.

Тяжелое было это время для Ипат Исаича. И похудел, и поседел он, и даже думал Телепня на все четыре стороны отпустить, но Марфа Парфеновна упросила.

— Оставь, Ипаша, что в самом деле, есть еще кусок хлеба, с голоду не помрем, а парню деваться некуда.

Пережил этот лихой год Ипат Исаич с семьей и потихоньку помирился с своей участью.

IV

Прошел после этого еще год. Ипат Исаич и вся семья и все домашние совсем вошли в колею новой жизни и всю беду забыли.

— Мама! — спрашивает иногда Нюша. — А когда к нам опять приедет дядя Иваша?

— Никогда, Нюша, не приедет, никогда, моя ясочка бисерная. Дядя Иваша злой. Он у нас всю землю оттягал. Никогда он не приедет.

— Нет! он добрый, и надо ему только сказать, мамочка. И я ему скажу. И он всю землю нам опять отдаст.

— Да! Как бы не отдал, держи карман!

— Отдаст!

— Не отдаст, конопляночка!

— Нет! отдаст, мамочик.

И Нюша твердо была уверена, что дядя Иваша отдаст им опять землю. Да и как же было ей не верить в силу своего слова, когда дядя Иваша, в угоду ей, сам, бывало, превращался в дитя малое. Он с ней в куклы играет. Он ее на четвереньках возит. Он ее по всему саду на тележке катает. Бежит на своих длинных ногах, точно журавль, а Ипат Исаич на балконе стоит — помирает — хохочет.

У Нюши полон угол игрушек, и все ей дядя Иваша подарил, — кукол нарядных, лошадок всяких, баранов, козлов, медведей, гусей, петухов... чего хочешь, того просишь.

Как же ей было не верить, что он и землю назад отдаст?

"Он только пошутил, — думает она, — а папа с мамой думают, что он и взаправду отнял".

Рождественским постом вдруг узнает Ипат Исаич из Бузулука, что на него опять иск подан. Был у него один сват и старый приятель в судейском приказе, которому он к каждому большому празднику посылал кур, индюков, гусей и тушу свиную.

"Должен известить я вас, сватушка, — писал приятель, — что снова на вас взводят неприятности. Опять ваш злодей на вас поднялся и просьбу подал о том, будто ваша усадьба на его дедовской вотчине выстроена, и планы и свидетелей тому представил. А за куры и индюки и протчую живность низко кланяюсь моему сватушке и милостивой государыне Марфе Парфеновне"...

Не дочитал до конца Ипат Исаич. Кровь у него в голову ударила, потемнело в глазах. Послали в ближнее село к богатому помещику Криленкову за цирульником и кровь метнули.

Целый вечер все в доме ахали, да вздыхали, даже Нюша плакала и почти совсем решила, что "дядя Ивашка злой, волк ненасытый!"

А Рождество между тем приближалось. До Христова праздника оставалось всего пять дней.

V

Приходит Нюша вечером к Марфе Парфеновне.

— Мамочка! — говорит, — ведь дядя Иваша рассердился за то, что папа ему барана не подарил.

— Кто это тебе сказал?! — допросила Марфа Парфеновна.

— Мне Эпихашка это сказала... Ну! слушай, мамочка... Пусть папа этого барана ему отдаст, а от меня вот ему еще барана. И она отдала картонного барана без рогов и в лоскутки его обернула.

— Ладно! — говорит Марфа Парфеновна в раздумьи, взяла и положила барана на подоконник, а сама думает:

— Разве и взаправду послать ему этого поганого барана, авось, смилостивится...

Ужели у него, прости господи, души человечьей нет!!.

Пошла она к Ипату Исаичу. Долго они тихохонько шушукались, что решили — неизвестно, но после этого через два дня принялся Ипат Исаич письмо строчить.

Нашли лоскут синей бумаги. В чернильнице, вместо чернил, мухи оказались: подлили в нее горяченькой водицы, и получился бурый экстрактец. И вот этим экстрактцем Ипат Исаич настрочил письмо к соседушке. Целый день писал, — даже голова разболелась — и написал он следующее:

"Милостивый государь мой, батушка свет Иван Иванович, на что, государь мой, так немилосердно разгневаться изволили, что я вам в те поры барана не продал, находя оного барана себе необходимым.

Уповаем, что вы гнев свой на милость перемените, оного барана к вам с поклоном нижайше кланяемся и от нас с превеликим горем препровождаем. Примите, государь милостивый, и не лишите нас крова родительского, из коего мы на мороз лютый и убожество по грехам нашим изгнаны будем, а впрочем, остаемся, государь мой, вашего здоровья верные служители Ипат Туготыпкин. Месяца Декемвриа 24 дня. Жена Марфа Парфеновна, посылая вам поклон низкий, молит вас о том же, и младенец, дщерь Анна, также вам поклон шлет и от своего младенческого сердца барана игрушечного, коего вы ей пожаловали, с усердием и любовью посылает".

Написал Письмо Ипат Исаич, как раз в утро, в сочельник. Воском запечатал.

Мороз на дворе стоит здоровый. "Кого, думает, с письмом послать? А конец не малый — двенадцать верных верст до усадьбы Ивана Иваныча. Думает: если послать мужика Гавлия

192

или кучера Мамонта — все народ православный, хоть верхом пошлешь, а все прежде вечера не вернется, а тут праздник надо встречать. Как будто и грех христианскую душу посылать под великий Христов праздник.

И послали Телепня.

Посадили барана в мешок, а письмо положили за пазуху.

— Тащи баран к Иван... Кланяйся ему, баран отдай, письмо отдай... Понимаешь?!

— Лядна!

Снарядили, проводили, отправили.

Наступает рождественский вечер. Уже смеркаться стало. В большом доме Ивана Иваныча скучища непроходная. Ходит он по залам, на все лады зевает, ко всякой малости придирается. Всех людей своих расшугал. Экономка отправилась в село Троицкое, к заутрене. Один как есть бобыль остался в большом доме.

Ходит он, ходит и все думает: "Погоди же, ты, друг—приятель мой Ипат Исаич! Вот тебя на праздниках, как таракана, из избы на мороз выгонят и садик твой и домишко мне достанется. Не хотел ты, друг любезный, барана мне продать, так и хата твоя и твой баран — все мне пойдет.

И от этой злой радости сердце у него трепещет и всю скуку долой гонит.

Отхлынет злая радость, и вспомнит былое Иван Иванович.

Вспомнит он, как Ипат Исаич раз его из полыньи на Каме вытащил, от смерти лютой спас.

Вспомнит он, как он за ним и день и ночь ухаживал, от постели не отходил, когда он при смерти и в горячке лежал.

А тут мерещится ему кстати и покойница жена его Люба и дочурочка Нюша и вспомнит он другую Нюшу.

Вздохнет, глубоко вздохнет Иван Иванович, и все лицо его станет грустным да кротким.

Лег спать Иван Иванович, а сон не знай куда ушел. Возился, ворочался с боку на бок, переворачивался и свечку гасил, и опять зажигал, огня высекал. Все не спится и что—то чудится.

И чудится ему, что какая—то птица, не то сова, не то филин — близко тут, за амбаром так жалобно пищит. Утихнет ненадолго и опять:

— Пи—ю—ю! Пи—ю—ю! Пи—ю—ю—ю!

Что такое за оказия?! Любопытство разобрало Иван Иваныча. Встал он, накинул тулупчик, валенки натянул, подпоясался ремешком и вышел во двор.

Звездная рождественская ночь, точно морозный шатер, раскинулась над спящей землей...

VI

А в это время у Ипат Исаича в доме не спали. Эпихашка все к празднику приготовила. Кучер Мамонт, Гаврюша и даже мужик Гавлий убрались, принарядились, чистые рубахи понадевали, скоромным маслом волосы примазали. Везде перед образами свечки и лампадочки зажгли и ждут не дождутся, когда на старинных часах Ипат Исаича стрелки полночь укажут.

А Ипат Исаич и Марфа Парфеновна не с радостью, а со страхом душевным ждут праздничка. Висит над их головами беда неминучая, и оба ждут не дождутся, что им принесет Телепень: горе или радость?

И Гавлий, и Мамонт, и Эпихашка то и дело выбегают за вороты: идет или нейдет "башкирско чучело"?

— Как же, дождешься его! — говорит Мамонт. — Давно к своим башкирам сбежал и барана стащил.

Но напрасно так они думают.

Только вошли они в избу, как немного погодя: скрип, скрип, скрип под оконцами. Выскочили, бегут: что такое?

Тащит Телепень скорехонько, тащит большой мешок.

— Чего такое приволок?!

— Батюшки! Никак ему киргизских овец надавали!

— И то, с курдюками!

И все бегут за ним в горницу; ввалились, заскрипели, — морозный пар клубами валит.

— Запирайте, — кричат, — двери—то! Все комнаты выстудили.

— Ну, где киргизски овцы? Кажи, "чучело"!

Телепень еле дышит, пыхтит. Пар от него, что из бани. Свалил он мешок на пол.

— Сичас... добри чиловек... годи мала—мала... вязать нет будем/

Развязал, распустил мешок. Из него показалась голова Ивана Иваныча!

Все ахнули, руками всплеснули.

Телепень вытащил Иван Иваныча, в тулупчике, и барана вытащил, рядом поставил.

— Вот тебе... добри чиловек... Иван тащил и баран тащил...

— Ах ты, идол некрещеный!

— Ах ты, бухар, азият... нехристь!

— Ах ты, баран... дерево!..

И все кинулись к Иван Иванычу. Видят, что человек совсем обмерз. Слова не может сказать, только мычит, стонет и руками машет.

Повели его в угольную, уложили, шубами укутали. К рукам и ногам горячей золы приложили. Добрый стакан мятной в желудок впустили. Наконец, чаем с малиной отпоили, отпарили. Обогрелся, успокоился, уснул, наконец, Иван Иваныч.

Позвал Ипат Исаич остолопа башкирского. Насилу добудились его.

— Ах ты, богомерзкий истукан! Сказывай, зачем ты его притащил!.. Да не кричи! ни! ни!..

— Дюша моя!.. Сама говорил... Слушай Телепень: баран тащи, Иван тащи... Я Иван тащил, баран тащил... Чтоб тебе, дюша, весело был... Зачем бранишь?!

— Где же ты Ивана взял?

— А сам, дюша моя, ко мне пришел. Я его мала—мала манил... Угой (совой) кричал... Он ко мне шел... Я его маненька взял и мешкам клал.

— Зачем же я тебя, болвана сиволапого, с бараном—то послал?..

— А я думал... добри чиловек... Чтоб Иван один не скушна был... туда ему баран клал... Иван сидит, сидит... пищит мала—мала... Я говорю ему годи... добри чиловек... у тебя баран есть... Баран сидит, сидит... кричит мала—мала... Я ему говорю... годи, баран, у тебя Иван есть...

— А письмо—то куда дел?

— Вот, дюша моя, и письмо... Нигде не ронял... Назад тащил... На его!

И вытащил Телепень письмо, смятое, размокшее от поту, и подал его Ипат Исаичу.

Прогнали спать Телепня; ахали, охали, дивовались, шептались и даже смеялись втихомолку и, наконец, все тоже спать полегли.

На другой день поднялись, когда уже ранняя обедня отошла.

Проснулся и Иван Иваныч, стал соображать, как он здесь очутился и как ему поступить в этом случае.

Должно заметить, что вчера он крепко перетрусил, когда Телепень сгреб его и засадил в мешок. Он думал, что его, раба божья, сейчас же притащат к проруби и бух, прямо в озеро.

А утром очень уж обидно казалось ему, что его, как барана, насильно притащили.

В угловой комнате было тепло, приятно, на дворе солнышко светило, в углу перед образом тихим огоньком лампадочка теплилась. Хорошо было, отрадно; а досада и злоба все—таки нет—нет да и наплывут, накроют сердце темной тучей. И совсем уже он был готов рассердиться и потемнеть, как в это самое время дверь тихонько отворилась, вбежала Нюша и прямехонько бросилась к нему на шею.

— Здравствуй, дядя Иваша! Вот тебе мой баран. Я тебе его вчера послала, да дурень Телепень в мешок его положил... Слушай, дядя Иваша, ты моего папу, маму не обижай!.. Стыдно, грех тебе будет... Нас... нас... всех выгонят на улицу... жить нам негде будет... — и она расплакалась.

А дядя Иваша взял ее на руки и начал целовать. И Нюша плачет, и дядя Иван плачет.

И так ему легко, хорошо стало. Точно все прошло, и ничего не было, и старое опять вернулось во всей его старой прелести.

Вошли тихохонько Ипат Исаич и Марфа Парфеновна, вошли, оба молча низехонько поклонились.

А дядя Иваша подозвал их обоих, обнял и расцеловал.

И снова отдал Иван Иваныч, возвратил все, что оттягивал, и даже от собственной землицы степной целый клин подарил.

— Вот, мамочка, видишь, — говорит Нюша. — Я говорила тебе, что дядя Иваша только пошутил и все назад отдаст.

А вечером пришел Телепень и поклонился Ипат Исаичу.

— Прошшай!.. добри чиловек... домой иду.

— Как! Зачем? куда!.. домой...

— Ты меня все бранишшь... Я тебе баран тащил... Иван тащил... а ты все бранишь...

И как ни уговаривали Телепня, — не остался.

— Да ты хоть подожди до утра, дурень! Куда, на ночь глядя, пойдешь?! Замерзнешь дорогой!

Но не остался Телепень и до утра. Ушел в свои края вольные, на простор лугов и ковыльных степей.

КОТЯ

Ты знаешь, как косой зайка скачет зимой по сугробам?

Ветерок в зимнее время злой—презлой. Он так тебя проберет насквозь, нащиплет и нос, и уши, и щеки, что просто хоть плачь. Дует ветер, метет, и такие сугробы везде нанесет, что ни пройти, ни проехать. Натворит чудес и стихнет, успокоится, рад и доволен, спит—лежит. А солнышко так и засияет бриллиантиками по снегу. И вот, в это самое тихое, солнечное времечко, косой вскочит и начнет прыгать и бегать — обрадуется солнцу и тихой погоде. Скакнет на сугроб и провалится, выскочит, потрет мордочку, ушки, лапки отряхнет, поводит усами и опять зальется: побежит кубарем, колесом. Прыг, скок! прыг, скок! То—то раздолье!

Вдруг — фьют! из—за косматой елки.

Зайка остановился, уши навострил, слушает: кто это свистит?

— Фьют, фьют, фьют!

— Ах, страсти какие!!!

И зайка бросился, сломя голову, уши приложил, душа в пятки ушла, катит, летит клубком и вдруг стоп! остановился.

— Что я за дурак? — думает. — Дай посмотрю, кто свистит. — Уши навострил, приподнялся на задних лапках, вытянулся, заглянул.

— А! это Котя!

Котя — маленький деревенский мальчишка. Его давно знает зайка. Еще прошлым летом он все его морковкой да репкой потчевал—угощал.

Потихоньку, полегоньку, крадучись, бочком да сторонкой подобрался к нему косой. Присел перед ним, ушками водит, а сам думает: удрать или нет?

— Что, трус! Чего боишься? Ведь я тебя не съем, — говорит Котя.

Отпрыгнул зайка и опять присел. "Знаю, мол, что не съешь, а все оно как—то боязно!"

— Трус ты, трус! чего трусишь? Нужно храбрым быть, никого и ничего не бояться.

— Да, толкуй больной с подлекарем, — говорит зайка. — Ты на двух ногах, а я на четырех.

— Ну, так что ж?

— У тебя вот ушей—то не видать, а у меня вон какие! Вишь ты! — И зайка тряхнул длинными ушами.

— Ну, так что ж?

— А то ж, схватят да и съедят.

— Ах, ты дурень, дурень! Кто же серого зайца будет есть?

— Кто будет есть? Перво—наперво — собаки.

— Ну?

— Ну! А потом волки.

— А потом?

— Потом Лиса Патрикеевна.

— А там?

— А там — рысь косматая, куничка белодушка, да, пожалуй, и хорек, и горностайка не прочь нашим мясцом поживиться... Много в лесном глухом царстве наших лютых врагов живет. А—яй! много!

— У, вы, трусы! Ну, слушай, косой, — говорит Котя, — прежде всего надо научиться храбрым быть. Хочешь, я тебя буду учить? Ничего за выучку не возьму!..

"Пожалуй, — думает зайка, — учи не учи, а проку не будет".

— Ну, подойди ближе ко мне.

Зайка скакнул раз, два и задумался. "Да, пожалуй, думает, подойди к тебе, а ты как раз и того... заполучишь"...

МАЙОР И СВЕРЧОК

Эй! Иван! Тащи паровоз! Мы поедем через Китай прямо в Ямайку!

И тотчас же Иван—денщик тащит небольшой походный самовар красной меди и ставит его на стол.

Он очень хорошо знает, чего требует майор, потому что каждый вечер аккуратно майор ездит через Китай прямо в Ямайку. И несет Иван Китай, в маленьком ящичке из карельской березы, который попросту называется чайницей. Несет он и чайник, и стакан, и самую чистейшую ямайку в высокой бутылке с раззолоченным ярлыком.

Пьет майор стакан, пьет другой. В самоваре красной меди видно его красное лицо с вспотевшим лбом и длинными усами.

— Ну, — думает майор, — теперь я в самой Ямайке!

А самовар шумит: шу, шу, шшу! Вот уж пятнадцать лет, как тебе я служу. Бывал я с тобой в разных походах и разные виды видал. Стары мы, стары мы с тобой, старина. Шу, шу, шшу!

— Ну, это — старая песня, — говорит майор. — Нет ли чего поновее?

— Шшу, шшу, шууу! — шумит самовар. — Был я нов, молод и свеж, это было давно, это давнишняя старая песня. Меня родила на свет мать сырая земля. Долго, долго в ее тайниках я лежал. Наконец, увидел я свет. Меня бросили в печь и там — шуу, шу, шу, — я весь растопился и потек, полился огненной яркой струей — ши, ши, ши, и застыл, и очутился блестящим медным куском. Стали опять меня топить и ковать. Шту, шту, шту, шту, шту!..

— Послушай! Нельзя ли обойтись без шуму? Рассказывай, да не шуми!

— Не могу! Я уж так привык, а привычка вторая натура. Шу, шу, шу, когда в первый раз меня поставили на ноги, все заблестело, все отразилось во мне, и я увидал и черные рабочие руки, и славные загорелые лица рабочих. Они все трудились в поте лица, стучали, шумели, — шу, шу, шу! Шту, шту, шту! Когда ж поставили в первый раз в жизни меня, тут кипучая жизнь заиграла во мне и я весь закипел и запел громкую, веселую песню, шу, шуу, шуууу! — Вспомни же, вспомни, старый товарищ! Сколько раз, после длинной и грязной дороги, под ветром холодным и мелким дождем, вы собирались в палатке, вокруг старого друга — меня, и блестели, сияли весельем во мне ваши веселые лица, и поил и грел я вас, и пел я мою старую песню! Шу! Шу! Шу!

— Эх! все это было, черт возьми, — вскричал майор, — действительно было! Веселое, старое, походное время! — И он выпустил целое облако дыма из своей длинной трубки.

— И где ж они теперь, — продолжал самовар, — наши старые други удалые, собутыльники лихие?! Одни давно уже легли на кровавом поле. Их завидная доля!

Другие вперед убежали, генералами стали. А мы остались с тобою одни, и сидишь ты теперь одинокий, в деревенской избе. Стары мы, стары мы с тобой, старина! Шу, шу, шу!..

— Да! — говорит майор, — видно, судьба обошла нас. Будем жить не тужить, век доживать, — и он выпил третий стакан. Эх, поскорее бы добраться до Ямайки! Да! Да!

Остались мы одни с нашими длинными усами. Ну, да таких длинных усов зато ни у кого на свете нет, и он расправил и покрутил их.

— Чили—тили, чили—тили! Какой вздор, совершенная ложь, у меня гораздо длиннее усы. Чили—тили, чили—тили.

— Это еще что за песня! — закричал майор и повернулся к печке, а из—за печки смотрел сверчок и дразнил майора своими длинными усами.

— Откуда пожаловал?! А? что за птица? Каждый сверчок знай свой шесток!

— У меня нет своего шестка. Чили—тили, чили—тили. Но зато я всегда сижу за чужой печкой. Сижу и пою: чили—тили! чили—чили—тили! А если ты хочешь знать, откуда я пришел, так это я тебе сейчас доложу. Был я, генерал ты мой, у соседа, на тараканьем балу. Народу была бездна. Целый угол за печкой битком набит тараканьем. Угощенье было: корочка сухого хлеба, прокислый творог и телячья косточка. Одним словом, все было очень прилично. Тараканы вели себя великолепно. Старые очень важно разглаживали усы. Молодые, со шпорами на ножках, расшаркивались перед дамами. А дамы были все премилые таракашки. В особенности одна, такая тоненькая, рыженькая. "Сударыня, — сказал я, — у вас премиленькая, маленькая ножка. Чиль—тиль, чиль—тиль!" Но она тотчас же спрятала ножку под крылышко и опустила усики к земле. — "Я, — говорит, — постоянно хожу за моей мамашей, вы верно знаете мою мамашу, она ходит с таким большим яйцом". Просто милашка—таракашка!

— Ах, черт возьми! — вскричал майор, — ведь и я был молод, и молодец хоть куда! — и он допил четвертый стакан.

— Чили—тили! Чили—тили! Тиль, тиль! Тиль! Кто не был из нас молод? И я помню мою молодость. Но это было давно. В тихий весенний вечер. — Я так сладко пел, как поют только в первый и в последний раз в жизни. Я пел за большой изразцовой печкой у помещика. А в комнату несся запах сирени, запах молодых первых белых и душистых ландышей. Я пел из всех сил моих молодых, певучих крыльев, а барышня сидела за фортепиано и изо всех сил играла старую песню о том, как гнался лесной царь, с большой бородой и в темной короне, гнался по темному лесу за маленьким мальчиком. Ах, как плакал бедный мальчик и как страшно стучал лесной царь по клавишам! Так что все фортепиано дрожало. Наконец, умер бедный мальчуган. Тихие струны торжественно прозвенели в воздухе и затихли навеки. И в этой тишине я вдруг услыхал позади себя робкий шепот. Я оглянулся — это была она. Понимаешь ли ты? Она — моя добрая, тихая подруга моей скромной, уютной жизни! Сквозь стук лесного царя и гром бури она все—таки услыхала мою простую, безыскусственную песню и пришла ко мне! Понимаешь ли, что это было хорошо? Тиль! Тиль! Тиль! Тиль!

— Эх! — вскричал майор, стукнув по столу кулаком, — ведь это действительно хорошо, но этого я никогда не испытывал, а тоже был молод. — Ах, скоро ли я доберусь до Ямайки?! — И майор выпил еще стакан, но который — он уже и сам не помнил. — И зажили мы с ней, — продолжал чиликать сверчок, — у помещика за печкой. Ах, как хорошо нам было там, с нашими маленькими сверчатками. В темные осенние ночи, как теперь, она сидела подле меня, моя добрая подруга.

— Эх ты! — вскричал майор и ничего больше не сказал. Он только крепко прижал к сердцу свою длинную трубку. Но ведь это была не подруга жизни, а простая, обыкновенная походная трубка.

А сверчок продолжал свою песню.

— И рассказывал я своим сверчатам длинную, бесконечно длинную, старую сказку о том, как дерутся домашние сверчки с полевыми. Прежде, в старое, старое время, все сверчки были один народ и все жили без затей в норах, в чистом поле, но как завелись около сверчков люди, то многие заползли к ним в теплые избы. Кто же, скажи, не ищет себе места, где потеплее и получше? На что простая рыба, и та ищет, где глубже!..

— Да! Да! — сказал майор и понурил свою седую голову, — потому что он во всю свою жизнь не искал где глубже, зато теперь он с удовольствием опустился бы в самую глубь Ямайки.

— И вот, не скоро только сказка сказывается, а гораздо того скорее стали мы, запечные сверчки, совсем другими. Стали мы народ хилый, плохой, и полевые сверчки стали для нас совсем чужие. С этих самых пор пошла у нас рознь, ссоры и распри.

Выйдем все, бывало, из—за печек в поле, построимся в шеренги, впереди скачут сверчки—музыканты; скачут туда—сюда сверчки—адъютанты. — Вперед, братцы, вперед! — кричат сверчки—генералы...

— Вперед! — закричал и майор, бодро вскочив с кресел, но тотчас же оперся на стол, потому что и стол, и пол, и все под ним и перед ним качалось — точь—в—точь, как бывает на море в бурю. И немудрено! Ведь он ехал в Ямайку, которая лежит на самом море, а в сердце майора бушевала сильная буря.

А сверчок продолжал:

— И пойдет у нас свалка, — пыль столбом, дым коромыслом. Полевые сверчки все больше берут нахрапом, да силой. Скачут, летят они со всех сторон.

И майору кажется, что действительно со всех сторон летят черные сверчки. Они носятся в облаках табачного дыма, летают над свечкой, цепляются за длинные усы майора. Он их ловит, ловит и не может поймать. А сверчок запечный по—прежнему сидит за печкой и рассказывает свою бесконечную сказку, все громче и громче, как будто над самым ухом майора кричит он без умолку: Чиль—тиль, чиль—тиль, чиль—тиль!

— Бьемся мы час, бьемся и два, — кричит он, — щиплем их, треплем, а они все прибывают и, наконец, начинают одолевать нас: тогда мы бросаемся врассыпную по широкому полю. И, наконец, спасаемся мы за наши печки. Чуть не каждый день идут у нас битвы, целые длинные годы. Старые седые сверчки говорят, что, наконец, настанет время, когда улягутся все раздоры, и все мы, сверчки, по—братски соединимся в один народ, в одно стадо... Да видно это блаженное время тогда настанет, когда ни одного сверчка на свете не будет! — И сверчок пропел свое грустное, последнее: Чиль—тиль! — и замолк.

А майор?.. Но майор уже давно ничего не говорил!

Свечка догорела, самовар потух, трубка погасла, а сам майор лежал истым богатырем просто на полу, подле кресла, и храпел по—богатырски...

Ах! наверно теперь он был в самой Ямайке!..

МИЛА И НОЛЛИ

I

У одного короля была дочка, которую звали Милой. Мила была тихая, кроткая девочка, и каждый, кто проходил мимо нее, говорил:

— Посмотрите, какие у ней добрые голубые глазки, розовое личико и чудные волосы, они сами вьются локонами, и вся она точно херувимчик с вербочки.

Мила крепко любила своего доброго отца, а матери у ней не было. Она умерла, когда Мила была еще очень маленькой девочкой.

Вскоре король женился на другой царевне и сказал Миле, чтобы она любила и ласкала новую королеву, как родную мать. Но королева была злая и не полюбила Милу. Она не полюбила ее за то, что все любовались на нее и говорили при этом, что Мила не ее дочь. Она не полюбила ее и за то, что царь всегда ласкал и целовал, и называл ее: моя дорогая, ненаглядная крошка!

По вечерам, когда закатывалось румяное солнце и царь с царицей и с Милой сидели на большой террасе в саду перед светлым прудом, на котором плавал белый лебедь, царь говорил:

— Спой мне, милая крошка, мою любимую песню.

И Мила пела тонким, серебристым голоском:

> По синему озеру Лебедь плывет,
> Лебедь, мой Лебедь, серебряный Лебедь,
> И звонко он чудную песню поет.
> Он песню поет о свободе святой,
> Поет о далеких родимых водах,
> Поет о блестящих и ясных звездах.
> А воды и рощи полны тишиной,
> И светлая зорька горит над водой.

И когда Мила пела, то Лебедь подплывал и слушал песню. Она очень нравилась ему, и он хлопал от удовольствия крыльями, а царица ворчала и говорила, что в этой глупой песне нет ни складу, ни ладу!

Что бы ни сделала Мила, что бы ни сказала, царица за все про все ее бранила, а иногда и колотила. Она не давала ей есть по целым дням и спать по ночам.

— Отчего ты худеешь, моя дорогая Мила? — спрашивал царь.

— Оттого, что крепко люблю тебя, мой милый тату! — И она со слезами целовала его.

У царицы был стремянной, который ездил с нею на охоту. Он был рыжий, горбатый и кривоглазый. Раз царица позвала его и сказала:

— Дрянная девчонка, царская дочка, мне не дает спокойно ни пить, ни есть, ни спать. Пока она жива, мне жизнь не в жизнь. Сослужи мне службу верную, и я тебя по гроб не забуду... Возьми ты хорошенькую змейку, тихоню Милу, что приколдовала к себе сердце царево, посади ее в мешок и брось в глубокий пруд на дно: пусть она там лежит и поет свою глупую песню про белого Лебедя.

И стремянной прокрался ночью в комнату Милы, схватил ее с ее постельки, зажал ей ротик, чтобы она не кричала, опустил в мешок, завязал его и бросил в пруд. Все кругом спали. Не спал только один Лебедь. Он все видел, и как только стремянной бросил Милу в воду, он нырнул и схватил мешок. Потом он вытащил его на берег и расклевал веревки. Тогда Мила вышла из мешка, и он сказал ей:

— Садись скорей на меня и полетим далеко—далеко за сине море, на Зеленый Бархатный остров, а здесь злая царица непременно зарежет тебя или отравит.

— Ах, — сказала Мила, — я охотно бы улетела, но как же я оставлю моего дорогого тату! Он умрет без меня с тоски.

— Э, нет! — сказал Лебедь, — он потоскует и забудет. Притом царица, когда не будет тебя здесь, помирится с ним, и они будут жить счастливо.

Тогда Мила встала на колени и поклонилась в ту сторону, где была спальня царя.

— Прощай, мой милый тату, — сказала она. — Спи спокойно, с богом... Забудь скорей свою дочку и будь, дорогой мой, счастлив, а я никогда, никогда тебя не забуду!

Потом она горько заплакала и села на Лебедя, обхватив ручками его шею, а Лебедь широко взмахнул белыми крыльями, закинул назад голову, громко закричал на прощанье и полетел с нею далеко—далеко...

II

На синем Море—Океане стоит Зеленый Бархатный остров; он весь в кустах и цветах, в нем растут высокие деревья с сладкими плодами, и летают хорошенькие райские птички с золотыми перышками. Туда Лебедь отнес Милу.

— Живи здесь, — сказал он. — Кушай сладкие плоды, играй цветочками, а райские птички будут петь тебе веселые песенки!

Но Миле было скучно посреди сладких плодов, красивых цветов и песен райских птичек. Лебедь плескался перед нею в воде, он пригонял ей к берегу целые стада золотых рыбок, он приносил ей чудные жемчужные раковины, пел звонкие, лебединые песни. Но Миле было скучно...

— Вот что я сделаю, — подумал Лебедь, — я принесу к ней еще девочку или мальчика, и вдвоем им не будет скучно. — И он полетел в далекое царство.

Там, в одной бедной деревушке, жил мальчик сиротка, которого звали Нолли. У него не было ни отца, ни матери, и каждый обижал его и потешался над ним, как над собакой, и спал он в собачьей конуре вместе с кудлатой собачкой Волчком.

Один раз Нолли сильно отколотили за то, что он не мог донести большую корзину с яблоками, уронил ее и разронял яблоки. Тогда он горько заплакал и сказал:

— Нет, не хочу я больше терпеть такой жизни! Не мил мне божий свет, не мила родная земля! Пойдем, Волчок, бродить по белу свету, пойдем искать себе доли у добрых людей! — И он пошел с Волчком в лес, из лесу через болото в поле. Шел день, шел два, ел ягоды и корешки, а Волчок бежал за ним и ловил маленьких птичек.

Наконец, пришли они на берег моря. Нолли сел на берегу, на камень, и горько стало ему.

— Куда я пойду, — думал он, — впереди море, позади злые люди... Видно, для бедной сиротинки свет клином сошелся. Утоплюсь я в синем море, похороню в нем мое сиротское горе. Никому я не нужен. Прощай, вольный свет и мой Волчок, прощай моя жизнь бесталанная.

А море шумело и пенилось, волна плыла за волной, и по синим волнам тихо подплывал к берегу белый Лебедь.

— Погоди топиться! — сказал он Нолли; — еще нужна твоя жизнь такой же, как и ты, горемычной сиротинке, что живет одна—одинехонька без отца, без матери, как былиночка на камешке, на далеком Зеленом острове. Бери свою собачку, садись ко мне на спину и полетим скорей.

Целых семь дней добирались они до острова. Как обрадовалась Мила, увидав Лебедя и с ним новых друзей: Нолли и кудластого Волчка.

И стали они все жить на острове. Мила называла Нолли своим милым, дорогим братом, а Нолли целый день не отходил от своей названной ненаглядной сестрицы. Они рассказывали друг другу про свою прежнюю жизнь и ходили гулять по острову. Волчок весело бежал впереди, а они, взявшись за руки, шли бодро за ним. Вокруг них летали райские птички, садились им на плечи и пели чудные песни. По кустам цвели такие прекрасные цветы, а по ним порхали красивые бабочки, у которых крылья блестели как яхонты, сапфиры, рубины и изумруды. Из кустов к ним выбегали хорошенькие, маленькие зверьки с умными черными глазками, и Мила кормила их разными ягодами и орехами, которые Нолли собирал по дороге, а зверьки весело пищали, становились на задние лапки и прыгали, помахивая своими пушистыми хвостиками. Потом выходили Мила и Нолли на берег и собирали на песке красивые, пестрые и серебристые раковины. По вечерам Нолли играл на свирели, которую сделал из тростника, что рос на берегу моря, а Мила слушала его и засыпала, положив свою головку к нему на колени. Иногда Нолли пел ей песню о том, как живут божьи птицы на вольной воле, без забот и печали. Порой Миле хотелось и самой спеть ему свою песню о Лебеде, но она не могла, потому что только запоет она:

По синему озеру Лебедь плывет... как голос ее начинал дрожать, а из глаз текли слезы. Она тотчас вспомнила о своем отце, который был там далеко—далеко, и которого она, может быть, никогда не увидит. Она вспоминала, как он каждый вечер приходил в ее комнатку, как он крепко целовал ее, крестил и приговаривал:

— Спи, моя родная крошка, и не случится с тобой никакой беды и несчастия! Но тихо, невидимо собиралось новое горе над головками Милы и Нолли.

Узнала вдруг царица, что жива Мила, и где она живет. Был у нее друг закадычный, злой колдун, который жил на высокой горе в крепком замке, за семью стенами. Иногда он оборачивался черным вороном, летал кругом, всем каркал беду и прилетал повидаться с царицей, которую крепко любил. Раз вечером он прилетел на окно к ней и сказал:

— Я летал далеко, далеко, был на чудном Зеленом острове, что лежит на Море—Океане: на этом острове живет хорошенькая девочка Мила, с мальчиком Нолли и кудлатой собачкой, а вокруг острова плавает и сторожит их белый Лебедь. Он вытащил Милу из озера, куда ее бросил твой стремянной, и унес на Зеленый Бархатный остров. Как только услыхала об этом царица, она от злости вся посинела.

— Полетим скорей на Зеленый остров, — сказала она

колдуну, — я сверну голову этому глупому, дерзкому Лебедю, и все там их гадкое гнездо разорю дотла.

— Хорошо, — сказал колдун.

Настала ночь, зашумела буря—гроза, закаркал громко Ворон, и прилетела огромная летучая мышь.

— Садись и полетим! — сказал Ворон.

Села царица на летучую мышь, и они отправились. Впереди летел черный ворон, за ним на летучей мыши летела злая царица, а за ней неслась черная туча с вихрем и громом.

И летели они сильнее ветра и бури и к полночи примчались на Зеленый остров. Но не дремал Лебедь и зорко сторожил кругом острова. Он видел, как утром прилетал на него черный ворон, садился на большом дереве и громко каркал.

— Ну, быть беде! — подумал Лебедь, и все смотрел в ту сторону, где жила царица. Вдруг он увидел, что в той стороне низко над водой показалась тучка. Он встрепенулся и начал громко кричать. На крик его прибежали Мила и Нолли с Волчком.

— Бегите скорей за мной по берегу, — сказал Лебедь. — Показалась зловещая тучка, чует мое сердце, не с градом и громом летит она сюда, а несет она за нами погоню.

Бежимте! — И он тихо полетел над водой, а Мила и Нолли побежали за ним, и Волчок впереди. Бежали час, и два, и три, а тучка летит и растет все шире и выше. Бегут Мила и Нолли, бегут, запыхались, а тучка черной тучей обхватила чуть не полнеба, и потемнело ясное небо.

— Ой! — говорит Мила, — братец мой Нолли, дорогой мой Лебедь, нет у меня сил бежать больше, — и упала она на белый песок.

А с тучи уж веет ветер, и видит сквозь кусты Лебедь, как летит впереди тучи, чернеет черный ворон, а за ним злая царица на летучей мыши.

— Бежимте! бежимте! — кричит он, а сам летит впереди.

Схватил тогда Нолли свою милую сестрицу, схватил на руки и побежал за Лебедем. А из тучи летит уже вихорь, гром гремит, удар за ударом, и близко, близко подлетает к острову черный ворон.

— Сюда, сюда! — кричит Лебедь и, выбиваясь из последних сил, спотыкаясь и падая, подбегают Нолли с Милой к груде больших серых камней, что лежали на берегу.

— Скорей, скорей, отвалите этот камень! — кричит Лебедь.

Но нет больше силы у Нолли и Милы, пробуют они, толкают, толкают камень — и не могут его сдвинуть. Тогда

Волчок завизжал и принялся помогать им. Он быстро начал рыть и подрылся под камень.

— За мной! — вскричал Лебедь и нырнул под камень. За ним следом влез Волчок, а за ним пролезли Мила и Нолли. Под камнем была глубокая пещера, и все четверо они ушли в нее.

А ворон с царицей уже были на острове.

— Ага! — кричала царица, — вот где их поганое гнездо!

И она махала руками, и при каждом взмахе молнии летели и били во все стороны, а от ударов грома земля дрожала. С треском падали и загорались высокие деревья, а вихорь вырывал их с корнями, рвал, метал и разбрасывал далеко кругом в бурное море. Пылали леса и кусты с чудными цветами и плодами, горела трава, трескались камни. Напрасно бедные хорошенькие зверьки искали спасения и старались высоко выпрыгнуть из травы или укрыться в норках. Их палило огнем, душило дымом, раскаленная земля жгла их, и они падали и умирали в страшных муках. Напрасно золотые райские птички с жалобным криком кружились над огнем, — им негде было присесть, под ними было пламя и море. И они, усталые, запыхавшись, падали в огонь и горели. Высоко летели по ветру, неслись огненным вихрем огромные искры. Как от громадного костра, большими, широкими клубами под—нимался дым от острова. Яркое зарево блестело, разливаясь в черных тучах по далеким морским волнам... Так погиб, сгорел Зеленый Бархатный остров!

III

Вышли на другой день из подземелья Мила и Нолли, выползли Лебедь с Волчком.

Всплеснула ручками Мила и ужаснулась. Кругом был смрад, клубился густой дым и расстилался как синий туман, а сквозь этот туман сквозила черная обгорелая земля и груды пеплу, да кое—где виднелись деревья без листьев, с черными сучками. Далеко по морю плавали разбросанные черные бревна. А от раскаленного камня тихо подымался белый пар. Ни кустика, ни травки!

— Мои добрые зверьки, мои хорошенькие птички! что сталось с вами? — горевала Мила.

— Где же мы теперь жить будем? Неужели в этом сыром подземелье? — спрашивал Нолли.

— Не беспокойтесь, не тужите! — утешал их Лебедь, —

велико Море—Океан. Не один на нем Зеленый остров. Унесу я вас на Голубые острова. Мы жить будем там. Там лучше нам будет и дальше от наших лихих врагов. Садись ко мне опять на спину. Мила, и полетим, я отвезу тебя, а Нолли с Волчком подождут здесь. Через трое суток я вернусь за ними. — И понес Милу Лебедь на Голубые острова.

Дивно прекрасны были эти острова! Лазурное море было кругом них, и вечно ясное, синее небо над ними. Ни бури, ни ветры не налетали на это море, и только порой широкие волны тихо набегали и мирно плескались в пологие берега, точно баюкали каждый остров. И каждый остров как будто спал под пологом голубого прозрачного тумана.

Много было этих островов. И посреди них один больше, выше и лучше других. На нем жила владетельница всех Голубых островов, добрая фея Лазура, в чудном волшебном дворце из голубого хрусталя. Каждый остров имел свое имя. Лебедь принес Милу на остров Попугаев, который был ближе всех других к несчастному сгоревшему Зеленому острову. Как только он опустил Милу на берег, множество попугаев прилетело к ней — и какие все они были красивые и вместе смешные. Одни были белые, с большим высоким хохлом, другие розовые, третьи были чудного голубого цвета, с длинными хвостами и с оранжевой грудью! Были красные с синими крыльями. Были и зеленые, с красной грудью и белой головой. Все ярко блестели на солнце, страшно кричали, хлопали крыльями и кланялись Миле.

Отдохнул Лебедь, оставил Милу с попугаями и полетел за Нолли на Зеленый остров. Подлетел он к острову и ахнул. Не было на нем ни обгорелых деревьев, ни пней, ни камней, ни пеплу. Весь был остров размыт, и волны далеко взбегали на его берега. Подлетел Лебедь к подземелью и ужаснулся. Не было уж на нем камней. Широко чернелся открытый вход в него, и вода плескалась там. Водой залито было все подземелье до самых краев. Не верит глазам своим Лебедь, полетел он дальше, кружится над островом, смотрит во все стороны, кричит изо всех сил:

— Нолли! Нолли! — Но нет нигде Нолли, — не видно, не слышно, только волны шумят и плещут в берег, обдают его белой пеной!..

— Утонул! — вскричал Лебедь, — утонул! И, опустившись в изнеможении на воду, завернул под крыло свою голову...

Часа два—три сидел Лебедь на волнах и горевал. Наконец, взмахнул крыльями и с жалобным стоном полетел назад к Миле. А Мила ждет не дождется дорогих друзей.

Целый день и целых три дня Мила сидит на берегу и все смотрит в ту сторону, куда улетел Лебедь, а попугаи садятся с ней, и тоже ждут милого Нолли, и дремлют, тихо качаясь на тонких ветках.

На третью ночь Мила ждала до утренней зорьки, а на утренней зорьке подул сонный ветерок, свежунчик, подул прямо на Милу, и как она сидела, так и заснула.

Тихо прилетел Лебель. Он принес с собой корзинку, которую Нолли сплел для Милы, еще когда они жили на Зеленом острове, — он нашел эту корзинку далеко в море. Она плыла и качалась на синих волнах. Подлетел Лебедь к Миле и положил ей на колена корзинку. Это было теперь все, что осталось от Нолли. Проснулась Мила, схватила корзинку и бросилась к Лебедю. Она целовала его, обнимала.

— Здравствуй, мой дорогой, ясноокий Лебедь! А где же мой милый Нолли и что значит эта корзинка?

— Эту корзинку, — сказал Лебедь — прислал тебе Нолли на память. Он уплыл далеко на самое дно Моря—Океана, в золотые луга и коралловые рощи.

Побледнела Мила и прислонилась к дереву, а корзинка выпала из ее маленьких ручек и покатилась к синему морю...

И шли дни за днями, скучные, тяжелые дни. — Так же прекрасны были Голубые острова, так же лазурно небо и море, так же роскошны зелень и цветы.

— Ах! — думала Мила, — зачем все так хорошо, ведь этим не может любоваться мой мертвый братец Нолли?! Он лежит там далеко, на дне холодного моря, и его бедное тело едят теперь большие черные раки! — И она целовала корзинку, ту самую маленькую корзинку, которую принес ей Лебедь и которую сделал ее Нолли.

Иногда по вечерам, когда красное солнышко опускалось в лазурное море и море блестело розовым светом, Мила садилась на берегу перед Лебедем. Тихий остров становился еще тише, покойнее, все попугаи сидели молча вокруг Милы, а она, положив свою головку на ладони, смотрела в ту сторону, где далеко—далеко был Зеленый Бархатный остров и где теперь лежал ее милый Нолли.

— Травка, травка зеленая! — шептала она, — каждый вечер плачешь ты холодными чистыми росинками; отчего же я, несчастная, не могу плакать, отчего все слезы мои застыли в моем бедном сердце? Ах! если б я могла их выплакать, как бы спокойно уснуло это больное сердце, а теперь оно будет тосковать, метаться и биться всю ночь, и я вместе с ним. — И Мила не смыкала глаз до самого рассвета, пока, наконец, утренний ветерок, свежунчик, не навевал тихого сна на эти усталые, сухие глазки.

IV

Раз, вечером. Мила сидела по обыкновению с своим другом Лебедем на берегу моря и смотрела вдаль. Что—то темное плыло к берегу, но что такое, нельзя было разобрать вдали. Зорко смотрел, нахмурясь. Лебедь и, наконец, решил, что это плывет пустая бочка. Но впереди бочки еще что—то плыло, и еще пристальнее стал всматриваться Лебедь: что бы это такое было?! Наконец, он весь встрепенулся, подошел к Миле и начал ласкаться.

— Что, мой Лебедь, — спрашивает Мила, — что ты там увидел?

Но ничего не говорит Лебедь, только смотрит на Милу своими светлыми, умными глазами. Ближе и ближе подплывает бочка к берегу, и видит уже Мила, что бочка не пустая, что в ней что—то белеет и движется, а впереди плывет большая кудластая собака и только одна голова ее видна из воды. Ближе подплывает она вместе с бочкой, пристальнее вглядывается Мила: она уже слышит, как визжит и лает собака, и вдруг по тихой воде, сквозь мертвую тишину, прозвенел в воздухе и долетел до Милы тонкий голосок:

— Мила, Мила, дорогая моя Мила!

Вся задрожала, услыхав этот голосок, Мила. Обезумев, не помня себя, она бросилась к морю и упала бы в него, если б не удержал ее Лебедь.

— Нолли!.. — хочет закричать Мила и... не может. Нолли! — шепчет она, и вся дрожит, и краснеет, и бледнеет. — Друг мой, милый Лебедь, ведь это Нолли, ведь он не во сне к нам плывет?!. Да! — И вдруг брызнули и полились в три ручья слезы из светлых глазок Милы; она припала к Лебедю, целует его глаза, шею, крылья, она рыдает и смеется и гладит Лебедя маленькими ручками, а попугаи кричат. — Нолли плывет! Нолли плывет! Милый Нолли! — а Волчок визжит и лает, и гребет из последних сил к берегу. Он везет большую черную бочку, а в ней стоит светлый и радостный Нолли и протягивает руки к своей милой, ненаглядной Миле...

И столько было тут радости при этом радостном свидании, и слез, и милых слов, и смеху, и поцелуев, что даже и в сказке не найти. И стал Нолли рассказывать, как он спасся от потопления и прибыл к Голубым островам...

А ночь давно уж лежала над островом и над морем, а на всем темно—синем небе горели светлые, яркие звезды, и все они отражались в море, как в зеркале. Словно и там было темно—синее небо с яркими, светлыми звездочками. Мила и Нолли сидели рядом, взявшись за руки, и смотрели на эти звезды. А деревья все уснули, а Волчок давно уже спал, и спали, обступив его кругом, попугаи. И долго в эту ночь не могла спокойно уснуть Мила. Она дремала, вздрагивала и просыпалась. Она вспоминала, что ее милый Нолли тут, он не умер, жив, возвратился и подле нее, и сердце у нее так сладко замирало. Она шептала: "Милый, милый мой Нолли!" — и снова тревожно засыпала.

V

Весело зажили Мила и Нолли на острове Попугаев. Да и чего же не доставало им для их веселья? Они жили без нужды, забот и горя. У них было постоянно чисто, как новое, их платье, потому что у всех, кто жил на Голубых островах, никогда платья не изнашивались, не рвались и не пачкались. Попугаи приносили им множество плодов, больших, сочных орехов, бананов и кокосов; они ели их сырыми или испеченными в горячей золе и кормили ими также Волчка. Над ними было постоянно голубое, ясное небо, а вокруг тихое, лазурное море. Весь остров был, как райский сад, и они жили на нем, как в раю. Они бегали, резвились, смеялись, играли с Волчком, играли с попугаями. Они были счастливы и веселы. Чего им недоставало?

— Скажи мне, Нолли, — говорила раз Мила, сидя вечером под большим деревом, — скажи мне, когда ты, вот так, закроешь глаза и долго сидишь молча и потом вдруг откроешь их, тебе не кажется, что ты был где—то далеко, далеко, и что кругом тебя все незнакомое, чужое?..

— Нет, — сказал Нолли и закрыл глаза, и они оба сидели так долго и молча, закрыв глаза.

— А не кажется тебе, Нолли, — вдруг спросила Мила, — не кажется тебе, когда ты так сидишь, закрыв глаза и сложив на груди руки, что ты лежишь в глубокой, глубокой могиле, и там тебе хорошо и спокойно?

— Мила! — вскричал Нолли, задрожав. Он бросился к ней и схватил ее за руки. —

Дорогая Мила, зачем ты это говоришь! Разве ты не любишь меня, разве нам не хорошо здесь?!

Она молча смотрела своими ясными голубыми глазками на него, и вдруг две слезинки выкатились из этих глазок и побежали по щекам.

— Мне скучно, Нолли, — прошептала она, — мне скучно, дорогой мой! Я живо представляю себе, как больно было моему сердцу, когда я считала тебя погибшим. Ах! я никогда не желала бы, чтобы эта ужасная боль снова вернулась. Я знаю, что я теперь должна быть счастлива... а мне чего—то недостает, Нолли, мне грустно, скучно, даже с тобой, моим дорогим другом.

На старом острове было все так хорошо, так свежо и молодо. Старые деревья смотрели вечно юными, старые попугаи умирали, и на место их являлись новые, и никто не замечал этой замены.

Иногда Миле казалось, что все это так и должно быть и что лучше этого ничего быть не может. Но когда она исходила весь остров вместе с Нолли, когда каждый день и целый день перед ее глазами было все одно и то же, были те же деревья и цветы, и небо, и море, и попугаи, то она закрывала глаза, и невольно спрашивала; неужели все это будет вечно одно и то же, одно и то же?

И ей казались несносными, невыносимо скучными и вечно голубое небо, и вечно тихое море, и вечно зеленые деревья, и цветы, и веселые попугаи. Она сидела и думала: отчего все хорошее не может казаться постоянно хорошим? Отчего посреди всех этих дивных красот сердце тоскует, и рвется, и просится куда—то в далекую даль? Она думала, не манит ли ее туда, где она жила очень маленькой девочкой с ее дорогим отцом, где была ее родина, где синело широкое озеро в густой зелени высоких деревьев, по которому плавал друг ее, белый Лебедь?

— Но ведь и там, — думала Мила, — все одно и то же.

Думала, думала Мила, где лучше? и не могла придумать, а Нолли спрашивал:

— О чем ты думаешь, моя Мила?

И Мила не могла сказать, о чем ноет ее сердце, чего жаждет оно. Она не хотела сказать, что ей скучно, потому что боялась огорчить своего милого Нолли. Он придумывал разные новые игры и занятия: они прокладывали новые тропинки, строили беседки, устраивали плотины на веселых, серебристых ручьях, строили маленькие мельницы на быстрых, пенистых каскадах, учили говорить попугаев. Но Миле было скучно.

— Все одно и то же, одно и то же! — часто шептало ее бедное, тоскующее сердце.

А между тем время тихо тянулось. Незаметно уплывали годы.

Мила росла и хорошела. Из маленькой, хорошенькой девочки развертывалась чудная девушка. Тонкая, стройная, как гибкая речная тростиночка, с тихой, плавной поступью, с тихой, певучей речью. Приветливо улыбался ее маленький ротик, приветливо светились ее светлые, задумчивые глазки. И вся она была таким милым существом, что каждый, кто увидал бы ее, невольно остановился бы в изумлении, любуясь, дивясь и думая:

— Есть много всяких красот на белом свете, но нет ничего милей и лучше такой милой девушки!

Но некому было, кроме Нолли и Лебедя, любоваться на Милу, зато и любовался и любил ее Нолли за всех людей, как только способно любить человеческое сердце, ее, свою названную, дорогую, ненаглядную сестру Милу.

Он ведь и сам уж давно вырос из мальчиков и был чуть не целой головой выше Милы. На его мужественном смуглом лице, окаймленном черными, густыми волосами, уже пробивались маленькие усики.

И были забыты ими детские забавы. По целым дням, по целым вечерам, до глубокой ночи, Мила и Нолли сидели, держась за руки, без дела, без мысли, все проникнутые еще незнакомым, новым для них чувством, которое могучей, ласкающей волной обхватило все существо их и несло их куда? — они сами не знали. Раз они оба пришли утром к Лебедю.

— Лебедь, — заговорила Мила, — держа Нолли за руку, и серебряный голосок ее дрожал и звенел в утреннем тумане, а все лицо сияло глубоким счастьем. — Лебедь, дорогой друг мой, — говорила она, — я привожу к тебе уж не братца Нолли, а моего дорогого жениха!..

И она, оставив руку Нолли, начала ласкать Лебедя и припала своим покрасневшим лицом к его лебяжьей груди.

— Скажи мне, серебряный мой Лебедь, ведь мы будем счастливы? Да! Да! Да! — и она целовала его голову и его умные, светлые глаза, а Лебедь махал крыльями и вырывался от ее поцелуев.

— Постой! — сказал он, наконец, освободившись из ее мягких объятий, — постой! Я сам не знаю, о чем ты меня спрашиваешь, но этот вопрос гораздо важнее, чем ты думаешь. Садитесь вы оба сюда, на этот большой камень. Садитесь и выслушайте то, о чем я должен теперь рассказать вам.

И Мила и Нолли сели, обнявшись, на камень, а Лебедь начал свой рассказ под тихий, мирный плеск морской волны.

ИСТОРИЯ ЛЕБЕДЯ

"Моя родина здесь, на Голубых островах. Говорят, что я вышел из белой водяной лилии, другие рассказывают, что в меня превратился белый цветок махровой азалии, но это все равно. Я был таким же прекрасным юношей, как ты, Нолли, я был в среде множества сверстников, таких же стройных и красивых, как ты, я был в толпе чудных девушек, если не таких милых, как Мила, то таких же прекрасных и пышных, как прекрасны махровые, пышные розы. И лучше всех их блестела и сияла ослепительной красотой наша царица, наша дивная фея Лазура. Весело, беззаботно неслась наша жизнь среди бесконечного ряда пиров и всяких наслаждений; вся она была бесконечным весельем. Мы резвились, играли, пели и танцевали, вечно довольные всем, вольные, как воздушные птицы, веселые, как дети, беззаботные, как мотыльки, что вьются около цветов и блестят под светлыми лучами весеннего солнца. Чего нам недоставало?! Ах! я тогда не знал ни страдания, ни горя людского. Теперь, да! только теперь я понимаю всю прелесть этой веселой, беззаботной жизни.

Раз, вечером, на веселом пиру, я лежал подле Лазуры, в кругу всей нашей веселой и веселившейся толпы. Лазура ласкала, улыбаясь, мои волнистые кудри, точно так же, как она ласкала всех без разбора, и я смеялся, ловил ее маленькие бело—розовые ручки и целовал их. Потом она быстро вскочила и понеслась в пляске с другим юношей, а я, вместо того, чтобы засмеяться и точно так же броситься вертеться с какой—нибудь из тех прекрасных девушек, которые лежали возле меня, я вдруг почувствовал, что я одинок и что все эти девушки не заменят мне одной Лазуры. Когда Лазура вернулась на свое место, я хотел снова положить голову на ее плечо, хотел схватить ее хорошенькую ручку и не мог. Я чувствовал, что во мне происходит что—то странное, не испытанное. Она быстро обернулась ко мне, улыбаясь, посмотрела на меня и потом вдруг захлопала в ладоши, так что все к ней обернулись.

— Смотрите, — закричала она, указывая на меня, — вот чудо! Между нами чужой! Он верно вырос из каких—нибудь семян, которые были принесены к нам водой или ветром из людского света. Ну, мы сейчас будем охотиться за ним, а чтобы прохладить его, мы его выкупаем. Кыш! ату его, чужой! — И она махнула рукой и в то же мгновенье я, весь сконфуженный и перепуганный, полетел в виде лебедя прямо в море, а вслед за мной полетели орехи, яблоки, апельсины, камешки; — каждый бросал чем попало мне вдогонку, и все кричали: ату его, ату, чужой! и все хохотали до упаду.

И стал я жить лебедем между множества других лебедей, но они избегали и дичились меня. Раз фея Лазура, со всей своей блестящей свитой, в жаркий полдень, явилась на Лебяжий остров. Все стали купаться в море, все веселились, брызгались, шутили, хохотали, все играли с лебедями, которые также все были веселы, хлопали крыльями, ныряли, брызгались и кричали, как бешеные. Мне также было весело, я подплыл к фее Лазуре вместе с другими лебедями, она брызгала воду нам в глаза, а мы хлопали ей крыльями по рукам. Вся облитая солнечным светом, веселая, живая, она вся сияла неудержимым восторгом, и все в хрустальных брызгах воды, как в бриллиантах, ее тело сверкало в голубых волнах, как бледно—розовая морская пена. Я подплыл к ней ближе всех других лебедей, я жадно ласкался к ней, ловил ее брызги, но другие лебеди постоянно толкали меня и громко кричали. И вдруг какая—то злоба вспыхнула в моем лебяжьем сердце. Я бросился, как бешеный, на всех моих товарищей и начал жестоко бить их сильными крыльями.

— Что ты, что ты! — закричала фея Лазура. — Постой! Видно ты и в лебединой шкуре остался все тем же человечьим отродьем! Нет, видно тебе не место между нами! Прощай, ступай в тот самый мир страстей и пороков, добра и зла, лжи и правды, которому ты принадлежишь по натуре. Ступай, и не возвращайся к нам до тех пор, пока ты не узнаешь его и не почувствуешь к нему полного и глубокого отвращения.

И как бы гонимый невидимой силой, я поднялся с родимых вод и полетел прочь от Голубых островов, через синее море, в неведомую даль, в людской мир, далеко, далеко! Я не буду рассказывать вам, что я видел и сколько страданий я пережил. Не раз я прилетал к Голубым островам с глубоким омерзением и ненавистью ко всему людскому, с желанием остаться на них. Но невидимая сила снова гнала меня прочь в этот ненавистный и презираемый мир, где я принужден был скитаться. Наконец, я поселился на этом озере, где жила ты, Мила, с твоим отцом. Я думал, что мне удалось там найти спокойный приют между добрыми, честными и любящими людьми. Злая царица и там уничтожила мое тихое пристанище.

Когда я принес тебя сюда, я думал, что срок моего изгнания не кончен и что я буду принужден искать снова тихого убежища для всех нас. Но я оставался покоен, ничто не отгоняло меня от Голубых островов, и так я прожил с вами целых пять лет. Правда, в моем сердце уже не было и нет никакого враждебного чувства, в нем нет ни злобы, ни презрения, ни ревности, но в нем нет также и любви, и мне не жаль вас потерять, только бы жизнь ваша изменилась к лучшему. Вы оба — любящие и дорогие друг другу взрослые дети. В ваших детских сердцах нет места никакому тяжелому, враждебному для кого бы то ни было чувству, но эти сердца только тогда будут покойны и защищены от всякого горя, когда в них не будет той страсти, которая горит в них теперь таким чистым, но бурным огнем".

VI

И еще не договорил он последнего слова, как вдруг в воздухе, где—то вдали, раздалась чудная музыка. Звуки ее росли, разливались; она приближалась. Лебедь, заслышав ее, весь встрепенулся. Он радостно закричал, поднялся и тихо полетел ей навстречу. Мила и Нолли пошли за ним; за ними тихо побежал старый, дряхлый Волчок, и полетели все попугаи, громко крича и каркая.

Когда все они обогнули высокий мыс и повернули на южную сторону острова, то перед ними развернулась вся широкая панорама Голубых островов, на которую не раз любовались Мила и Нолли. Целый громадный круг этих островов в самых прихотливых очертаниях расстилался перед ними. Они стояли в синей воде, один возле другого, целой группой, как цветники или корзины с чудными растениями. Они терялись вдали в голубом тумане, и между ними как бы царил высокий остров феи Лазуры. Музыка неслась из этого голубого тумана, она как будто плыла между островами, и жадно ловили Мила и Нолли эти звуки и ждали: что, наконец, выплывет на простор синего моря из целой рощи Голубых островов?

Показалось, наконец, что—то большое, волнующееся, как облако, блестящее, сверкающее радужными цветами. Больше и больше выплывал этот чудный предмет из голубого тумана, ближе придвигался он к острову Попугаев, и, наконец, Мила и Нолли начали различать в этом хаосе ярких пятен и сверкающих искр группы человеческих образов. Длинная вереница прекрасных юношей и девушек, перегоняя друг друга или сплетаясь и расплетаясь в прихотливых хороводах, неслась над водой, плыла по воздуху, а по морю плыла большая лодка, и впереди нее плыло и летело множество лебедей. Ближе и ближе подвигалась эта чудная группа. Громче гремела невидимая музыка. Ее звуки дрожали и прыгали, кружились и искрились, и обхватывали каждого каким—то бурным восторгом. Вот уже отделилась эта группа от всех островов и прямо плывет к острову Попугаев; уже ясно различают Мила и Нолли чудные веселые лица этого воздушного, ликующего каравана, в праздничных, легких, блестящих одеждах. Они видят, как группа чудных детей несется впереди всего поезда, с детскими, радостными, смеющимися лицами, вся увитая и перепутанная, как цепями, широкими гирляндами белых роз. Они видят и белую лодку, изукрашенную тонкой золоченой резьбой и всю обвешанную густыми фестонами зелени, над которыми широкими волнами развеваются по ветру розовые ленты. Стаи белых голубей играют и вьются над лодкой. Громче и громче несутся радостные звуки, уже можно различить веселый говор и смех и крики лебедей и слова песни, которую хором поет, под лад чудной музыки, толпа детей и нарядных девушек:

Мы, дети природы,
Мы, птицы свободны,
Блестим и сверкаем,
Поем и играем.
В прозрачных, воздушных струях.
Без дум и сомнений,
В чаду наслаждений,
Кружимся, порхаем,
И горя не знаем
В чудных, роскошных садах...

Ближе и ближе лодка, громче и громче чудная музыка, и вот подплывает лодка к берегу, где стоят Мила и Нолли, и вся смеющаяся, веселая толпа окружает их. Шум, говор, смех! — Чудные девушки и юноши обнимают, ласкают и целуют Милу и Нолли.

— Вы наши, наши, — кричат они, — наши дорогие, милые гости из скучного, далекого от нас, тяжелого мира!

Они быстро убирают цветами и листьями плюща Милу и Нолли, они постоянно говорят, поют и смеются, а Мила и Нолли, сами не зная как, уже сидят в лодке, на высоких местах, среди цветов и смеющихся лиц. И лодка плывет сама собою назад, посреди летящей и ликующей толпы, и снова гремит чудная музыка, и снова раздается веселая песня:

Лазурное небо,

Лазурное море!
Прочь страсти и горе!
Вокруг нас вечная
Жизни весна —
Придите, вкусите
От роз наслаждения —
И страсти, волнения,
Раздумье, сомнения
Замрут в упоеньи,
Как тихого моря.
Немая волна.

Наконец, лодка круто повернула направо, вдоль голубого пролива, и за последними кущами деревьев, уходивших на мысу в море, открылся громадный остров феи Лазуры.

Мила и Нолли невольно схватились за руки, вскрикнули и замерли от удивления. И действительно, ничего величественнее и великолепнее этого острова никто никогда не видал ни во сне, ни в сказке.

Это было что—то необъятное, громадное, широко раскинувшееся над горизонтом и высоко уходившее в темно—синее небо сверкающими вершинами. Это была громадная гора, горевшая разноцветными огнями, блестевшая золотыми пятнами, переливавшаяся всеми цветами радуги, всеми красками опала и яркого перламутра.

Быстрее и быстрее плывет лодка. Остров Лазуры как будто идет ей навстречу. Музыка гремит какой—то фантастический, веселый марш, и в ответ ей гремит с острова другая музыка, еще фантастичнее и величавее.

VII

В восторженном упоении сидят Мила и Нолли, сами себе не веря, как будто робея и радуясь чуду, которое совершается перед ними.

Вот уже можно различить, что белый пояс, который окаймлял остров, — не морская пена, а целая полоса огромных белых водяных лилий. А над ними снопы огромных трубчатых цветов, то белых, то сиреневых, высятся над всевозможными листьями, а еще выше их возносятся кверху громадные деревья, то округлыми куполами, как массы неподвижных зеленых облаков, то прямыми, стрельчатыми пирамидами, то широко раскиданными и гордо качающимися узорчатыми веерами.

Далеко в море выбегают из массы этой невиданной зелени два широких выступа из голубого хрусталя, и на них стоят высокие серебряные канделябры, из чаш которых несется густой расходящийся молочно—синими волнами благоухающий дым. Между этими выступами начинается ряд широких лестниц, ведущих прямо к огромной террасе хрустального дворца. Лодка тихо пристает к подножию этих лестниц. Оба хора музыки сливаются в один общий веселый, торжественный гимн, и под звуки его, среди блестящей, ликующей толпы, Мила и Нолли, сами не понимая, что с ними делается, всходят по этой лестнице.

Выше и выше поднимаются они; сильнее и блеск, и шум, и говор, и громче, громче гремит чудная музыка. И вот, наконец, ступили они на последнюю ступень, и широким полукружием развернулась перед ними блестящая терраса, вся залитая ярким солнечным светом, вся горевшая бриллиантовыми огнями. Сотни фантанов и чудных каскадов летят по всем направлениям, бьют и брызжут и сверкают целым потоком сияющих искр.

И волны яркого света переливаются над всеми, над целыми толпами, группами чудных девушек и юношей, и в этих волнах носятся, то замирая, то снова возвышаясь, звуки невидимой музыки. Ослепленные, пораженные этим блеском, остановились Мила и Нолли, крепко схватившись за руки. Они видят, что в середине всей группы, там, где сильнее блеск и свет, на снежно—белом возвышении, как на светлом облаке, облокотилась фея Лазура.

Они смотрят на ее дивно—прекрасное, приветливо улыбающееся лицо, и как будто лучи непобедимого веселья выходят из этого лица и прямо льются к ним в трепещущие сердца. Тихо поднялась фея Лазура, встала и, медленно протянув руки к Миле и Нолли, пошла к ним навстречу. Смолкла музыка, затих шум и говор, и среди тишины раздался, как чудная музыка, чарующий, ласкающий голос прекрасной феи.

— Придите ко мне, — говорит этот голос, — вы, бедные скитальцы скучного мира страстей и горя, придите ко мне, добрые, милые дети, и пусть сердца ваши отдохнут в упоении светлых восторгов, свободные от всех тяжелых волнений житейского моря! Придите в мирное пристанище, где горит вечный огонь наслаждения и льются бесконечными волнами веселье и удовольствие!

VIII

Она тихо взмахнула руками, и снова раздалась веселая музыка, и под такт ее аккордов медленно выступили из толпы четыре прекрасные женщины; это были четыре помощницы феи Лазуры: Наслаждение, Веселье, Удовольствие и Забава. Они захлопали в ладоши, и вся толпа закричала:

> На луг, на луг,
> На мягкий, душистый ковер,
> Под тень дубов вековых,
> Под тень виноградной листвы!..

И не успели еще замолкнуть звуки последних слов, как со всех сторон раздались звуки серебряных колокольчиков, послышался топот, от которого задрожала земля. И вот из всех боковых аллей и рощ, примыкавших к дворцу, прямо на его террасу ворвалось целое стадо белых, как снег, серебристых, стройных антилоп и газелей. Все они были убраны розовыми лентами и обвешаны гремевшими серебряными бубенчиками. Они смотрели веселыми, большими черными глазами на всех, они смешивались с толпой, прыгали, ласкались. А юноши и девушки вскакивали на них, смеясь и целуя их.

Еще не успели прийти в себя Мила и Нолли, как подхватили их и посадили на белых газелей. И вот понеслись они вместе, воздушным полетом, с этим бурным потоком, под звуки шумной музыки, под пенье громкого хора:

> На луг, на луг,
> На мягкий, душистый ковер!..

И вот Мила уж на лугу, а вокруг нее щебечут, как ласточки, играют, как дети, ее новые друзья и подруги. Они поднимают Милу на воздух, и хохочут, и радуются, когда у ней кружится голова и замирает сердце от этого воздушного полета. Мила ищет своего Нолли между всеми этими, столь похожими на него, юношами.

— Это ты, мой дорогой Нолли! — говорит она, обращаясь то к одному, то к другому из них, а они дивятся и смеются ее словам.

— Мы все Нолли, — говорят они, — потому что у нас нет ничего своего, отличного от других. Мы все, милая Мила, дети воздуха и света, и никто из нас не принадлежит другому и мы никому не принадлежим: мы так же свободны и безразличны, как воздух и свет.

И Миле становится тяжело среди этой чуждой ей, непонятной, блестящей толпы.

— Нолли, где ты, дорогой мой? — думает она.

А Нолли далеко, в другой стороне громадного луга, и вокруг него также роятся, ликуют его новые друзья и подруги. Он также ищет между ними свою Милу, он хочет спросить ее: весело ли ей, рада ли она, дорогая, довольна ли всем этим блеском и неподдельным весельем? Но напрасно он вглядывается в смеющиеся, ликующие лица милых девушек, — между ними нет ясных, задумчивых, любящих глазок и кроткой нежной улыбки его ненаглядной Милы.

— Нолли, Нолли! — раздаются вокруг него серебряные, ласковые голоса, и его хватают за руки и увлекают в пестрые хороводы, в бесконечную вереницу, которая, под звуки ликующей музыки, как сверкающая змея, вьется, волнуется, летит над ярким, бархатным лугом.

Закатилось солнце. Фосфорический свет разливается в вечернем тумане, а полный месяц выплывает из—за потемневших вершин, освещая зеленоватым светом и широкий луг, и спящие рощи, и шумные каскады. Мила бродит одна по полянам.

Мимо нее, как легкие тени, освещенные месячным блеском, проносятся все те же веселые, довольные толпы и смеющиеся лица.

Они кружатся под бесконечные аккорды плавной музыки, тихой, как Эолова арфа.

Отовсюду слышится легкий, сдержанный шепот, и тихий смех, и журчащий, отдаленный говор... Мила бродит усталая и везде вглядывается и ищет своего Нолли.

Вся утомленная, подходит она к дереву.

— Это ты, Нолли? — говорит она какому—то призраку, стоящему у дерева, и хочет идти мимо. Но призрак схватывает ее за руки.

— Мила, дорогая моя Мила! — говорит он дрожащим голосом. — Ты ли это? — и Мила лежит уже на груди Нолли, бледная, без сознания от радости и утомления.

Берет ее Нолли на руки и несет к холму, где журчит ручей. Он трет холодной водой виски Милы, он брызгает ей в лицо, и Мила тихо открывает глаза.

— Нолли, — говорит она, обняв его и целуя, — дорогой мой, я тебя везде искала целый день!

— Разве тебе не весело было, разве ты не забыла меня?

— Ах, Нолли! Мне кажется, сердце не может забыть того, с кем оно сроднилось. Оно ищет не ласк, не веселья, а глубокой любви! — И Нолли крепко поцеловал свою Милу! Он смотрит, любуется на ее бледное лицо, на ее усталые глаза.

— Усни, дорогая моя, — говорит он, — ты утомлена всем этим шумом и блеском! Усни и встань завтра свежая, как утро.

И он повел ее на небольшую лужайку, на которой росли высокие тополи. Он уложил ее на мягкий мох, а сам, весь измученный впечатлениями дня, прислонился к толстому стволу тополя и так сладко задремал, что не слыхал, как скатился на мягкую траву.

А Мила, припоминая все виденное и слышанное, долго не могла заснуть. Она смотрела на светлый месяц, блестевший сквозь темные вершины, и на яркие звезды.

— Нолли, — тихо заговорила она, — послушай! Они уверяли меня, что все знают; они знают, что делается на этом светлом месяце и на этих далеких звездах, и вокруг нас, и в глубине океанов, и в глубине земли. Они уверяли, что лучше ничего нет того беззаботного блаженства, в котором проходит вся их жизнь. Ах! Нолли, неужели это правда?.. Ведь они точно маленькие дети! Такие же простые, добрые и смешные!.. Нолли, ты слышишь?.. Но Нолли крепко спал...

IX

Высоко светило солнце над высокими вершинами тенистых деревьев, когда проснулась Мила. Множество блестящих птичек носилось вокруг нее. Они пели, щебетали, садились к Миле на плечи и на руки, а Мила улыбалась им, протирая глаза. Она встала и пошла к ручью, который шумел в стороне. Вокруг него росли чудные, невиданные цветы. Она умылась холодной водой, нарвала полный букет этих цветов и положила его перед глазами Нолли. Потом она начала спускаться вниз с одного холма на другой. На каждом шагу ее поражало какое—нибудь чудо из мира волшебных растений.

— Да, — думала она, — здесь действительно хорошо, но только вдвоем с моим милым Нолли. Впрочем, с ним и везде хорошо! — И она продолжала спускаться. Вдруг тихие, протяжные стоны донеслись до ее слуха.

— Как же, — думала она, — говорили они, что здесь нет страдания: разве это стоны веселья?

Она шла к тем кустам, откуда раздавались эти жалобные

стоны, ближе и ближе слышались они, и вдруг на камнях, обросших мохом, она увидала что—то небольшое, черное, косматое, лежит и стонет. Она сделала еще несколько шагов и вдруг бросилась к этому странному предмету.

— Волчок! — вскричала она. — Бедный Волчок!

Да, это действительно был он, бедный Волчок.

— Волчок, мой добрый Волчок, — говорила она, — что с тобой?

Он узнал ее, встрепенулся и радостно завизжал; он смотрел на нее своими умными, ласковыми глазами и лизал ее руки. Мила пробовала поднять его, поставить на ноги, но он не мог стоять и падал, как мертвый. Он весь дрожал, судорожно махал ногами, как будто хотел бежать, хрипел, и светлые глаза его затемнились тусклой синевой.

— Нолли! — вскричала Мила, чувствуя, как слезы подступают ей к горлу и душат ее. — Нолли, где ты?... Он умирает!..

А Нолли был уже тут, возле Милы. Он давно отыскивал ее. Он прибежал, наклонился над Волчком, и Волчок узнал его своими потухающими глазами. Он собрал последние силы, подполз к ногам Нолли и, судорожно вытянувшись, умер у этих ног.

Нолли смотрел на него, гладил его труп, и воспоминания быстро пробегали в его голове. Ему представлялось, как он лежал с Волчком в одной конуре, как никогда он не разлучался с ним, как Волчок вез его в бочке по морю и как привез, наконец, к его дорогой Миле, на остров Попугаев. И вот ничего, ничего теперь не осталось от этой верной любящей натуры, кроме неподвижного трупа. И сердце Нолли сжималось и ныло, а Мила рыдала, припав к плечу его. Слезы ее падали на землю. Это были первые слезы на острове феи Лазуры, и каждая слезинка, падая на землю, превращалась в черную розу.

X

А вдали снова раздавалась все та же веселая музыка. Ближе и ближе неслись ее звуки, и вот прямо к тому месту, где стояли, наклонясь над трупом Волчка, Мила и Нолли, летел бешеный, веселый поезд. Он все обхватывал кругом неудержимым весельем, и все летело за ним, в упоении и в восторге: летели птицы, летели бабочки, летели цветы, которые не могли удержаться на своих стебельках, даже листья — упавшие, мертвые листья, и те не выдержали, крутились и вихрем неслись вместе с летучим поездом.

— Мила, Мила, Нолли! — кричали, проносясь мимо, их вчерашние друзья и подруги. — За нами, за нами, в золотые рощи, на Зеленое Озеро!

Вот подлетела к ним и фея Лазура, лежа на огромной белой чайке, такая же блестящая и веселая, как вчера, подлетела и быстро остановилась.

— Неисправимые дети неисправимого людского рода! — вскричала она и засмеялась. — Вы плачете над мертвой собакой! Поймите, что здесь, в моем царстве наслаждения, нет, не должно быть ни страдания, ни сострадания. Колесо жизни вечно вертится, образы ее мелькают, вечно меняясь и переливаясь друг в друга; жизнь играет с ними как дитя, с полной, безграничной свободой. Поймите же это, и пусть в ваших детских сердцах также играет безграничное, свободное, бесстрастное веселье!.. Этот труп собаки на вашей земле долго бы гнил, медленно превращаясь в новые образы: здесь эти превращения совершаются мгновенно.

И она махнула длинным шарфом, который обвивал ее стройную талию — и труп Волчка вдруг превратился в пышный куст розмарина.

И фея Лазура унеслась вместе с веселым поездом. А Мила и Нолли, обнявшись, пошли прочь от куста розмарина, который для них был так же чужд, как и все, что их окружало.

Они ушли в густую, тенистую чащу темных миртовых деревьев, и там сели под раскидистым кедром.

— Нолли, — говорит Мила, закрыв глаза, — мои мысли бегут, и я никак не могу остановить их. Голова моя кружится. Скажи мне, дорогой мой, что такое смерть? И неужели, как говорила Лазура, жизнь есть вечная перемена различных образов? Для чего же живем мы, волнуемся, страдаем, и неужели действительно нет ничего лучше, выше, блаженнее той жизни, которой живут эти веселые дети, окружающие Лазуру?

— Мила моя, — говорит Нолли, — сердце привыкает к тем волнениям, с которыми сжилось оно с детства, ему тяжело расстаться с этими сильными, но сладкими страстями. Если же оно не сроднилось с ними, то для него нет ничего желаннее мирных удовольствий, среди которых так легко и свободно живется...

— Ах, нет, нет, дорогой мой! Это все не то, — говорит Мила, грустно качая головкой. — Я не могу передать того, что думаю, что чувствую, но это все не то!..

И они оба замолчали, и думы их шли разными путями. А время летело быстро и незаметно, без шума, в этой невозмутимой тиши тенистой рощи.

— Мила, друг мой, — говорит Нолли. — В чувствах, как в море, есть приливы и отливы, — и в них есть темные и светлые стороны, ночь и день. Потеря Волчка представляет тебе все в черном тумане, и для светлого чувства нет теперь места в твоем страдающем сердце. Но это чувство пройдет, как проходит все в этом изменяющемся мире, и его место займет тихая радость. Если бы в нашем сердце волновались постоянно глубокие, сильные страсти, оно не выдержало бы этого высокого могучего строя, и его тонкие струны должны были бы разорваться. Но жизнь идет своим мелким, обычным ходом, и на ее мелочах успокаивается это нежное, чуткое сердце, до новых тревог и волнений. Когда же для него открывается мир тех мелких восторгов, которыми наслаждаются эти дети Голубых островов, тогда оно живет постоянно ровной, счастливой жизнью.

— Ах, нет, это не то, это все не то, дорогой мой.

— Поверь, моя родная, — уверяет Нолли, — что когда улягутся в тебе грустные волнения этого дня, ты веселее взглянешь на все тебя окружающее, и все покажется тебе в другом свете.

Мила припала к груди его и ничего не отвечала, потому что чувствовала, что все это не то, и ей было тяжело, что ее дорогой друг Нолли не понимает ее.

— Мила, — говорит Нолли, — я помню, когда я был маленьким мальчиком, я целый день работал, и я помню, как говорили, что тот доволен и весел, кто жизнь свою проводит в полезных трудах.

— Но для чего же трудиться, Нолли, — шепчет Мила, — когда нет нужды в этом труде, и тебя окружает полное довольство?..

И как бы в подтверждение слов ее, перед ними вдруг развернулась белая скатерть, и вся она уставилась вкусным, роскошным обедом. А они долго сидели молча и смотрели на этот обед.

— Мила, — сказал Нолли, — когда голод давит нас, то все представляется нам в уродливом и грустном виде, а мы с самого утра ничего не ели с тобой, дорогой друг, съешь хоть что—нибудь, попробуй, и твои тяжелые думы уснут, и сердцу станет легче.

Мила хочет напомнить Нолли, что она по целым дням

ничего не ела, когда ждала его или считала его умершим; что человек не может есть, когда он весь переполнен тяжелым волнением... но она не хочет огорчить своего дорогого Нолли и берет сочный, ароматный плод. Она вспоминает при этом, как приносили ей такие же плоды попугаи. Ах! Это было так недавно, а ей кажется, что уже целые годы пролетели с тех пор, пока она оставила остров Попугаев, на котором протекло ее беззаботное детство. Правда, она испытала там много страданий, но они были легче, да, гораздо легче тех тяжелых дум и вопросов, которые поглотили теперь все ее сердце, все ее мысли.

— Мила, — говорит Нолли, — выпей немного вина, и в твоем сердце заиграет оно и прогонит из головы тяжелые думы.

— Нет, — говорит Мила, — моих тяжелых дум не прогонишь вином, и разве это счастье — жить в каком—то опьяняющем чаду? Разве жизнь — шутка? неужели и мысли надо так же гнать из головы, как чувства из сердца? Ах, дорогой мой! Что же тогда останется в жизни?..

XI

И Мила сидит с своими тяжелыми, неразрешимыми думами. Нолли целует ей руки, глаза, голову, но Мила сидит неподвижная, как бы окованная тяжелым, заколдованным сном.

— Мила, — говорит Нолли, и голос его дрожит, — дорогая моя Мила, что с тобою? Мне страшно за тебя и за себя: мне кажется, что ты не любишь меня больше!..

— Нет, Нолли, нет, мой милый друг, — и она крепко целует его, — я люблю тебя, но скажи мне: разве любовь не то же опьянение? Разве рано или поздно не ослабнут ее натянутые струны? Разве не улетят все грезы и ее сладкие волнения, как милый, обманчивый сон, и чувства не завянут в нас, как цветы поздней, морозной осенью? И тогда... что же останется в жизни?.. Ах, Нолли, Нолли! Скажи мне, для чего мы живем?!.

И она ломает руки, и голова ее, измученная этим неразрешимым вопросом, тихо склоняется на грудь.

Она закрывает глаза, и ей кажется, что она одна, одна в каком—то громадном, темном пространстве, и ряд образов носится перед нею.

Целую ночь просидел Нолли над нею, не смыкая глаз и не

понимая, что с ней делается. У него самого сердце горело и мысли путались в каком—то тумане.

XII

А в тихом тумане ясного утра уже разливаются все те же звуки волшебной, веселой музыки.

— В них нет страдания и нет сострадания! — думает Нолли.

И снова проносится вихрем воздушный караван. Они несутся, эти чудные дети, в легких, как воздух прозрачных, белых одеждах на белых, серебристых, длиннорунных ламах.

— Мила! Нолли! — кричат они, — летим туда, на вершины холодных гор, купаться в утренних, серебристых туманах!

И Мила вдруг как будто очнулась от безумия.

— Нолли! — говорит она, схватив его за руку, — что же, несемся, дорогой мой, туда, туда, в вышину, в холодные туманы: мне ведь надо умыть мою горячую голову и пылающую грудь!

И они вскакивают на двух длинношерстых лам с розовыми ушами и несутся, несутся вихрем вместе со всем ликующим, воздушным караваном.

И, как птицы, порхают мимо них кусты, деревья, поляны, гигантские цветы и шумные каскады. Выше и выше встают голубые горы, круче становятся подъемы, глубже обрывы, громаднее разбросанные камни. Ламы летят, как бешеные. Целый поток сверкающих искр брызжет из—под их острых копыт.

Свежий горный воздух обдает горячее лицо Милы. Ее глаза блестят восторгом.

— Опьяненье! опьяненье! — шепчет ей все тот же неугомонный внутренний голос.

Но она старается не слушать его и несется, как бешеная, на бешеной ламе...

— Нолли, Нолли! — вскрикивает вдруг пронзительно Мила.

Он быстро оглянулся, но Милы уже не было: только легкая пыль поднималась над обрывом, куда она полетела вместе с оборвавшеюся ламой...

В одно мгновение Нолли соскочил с ламы. Не помня себя, он подбежал к обрыву и, вероятно, бросился бы в него, но здесь силы ему изменили, сердце остановилось, и он упал без сознания. Ламы и всадники с криком и смехом неслись мимо него все выше и выше, и когда он пришел в себя и открыл глаза, то весь блестящий караван был уже далеко, под облаками.

XIII

Медленно поднялся Нолли и начал спускаться вниз по огромным каменистым уступам. Несколько раз ноги его скользили, он обрывался и стремглав летел вниз, падая на камни. Наконец, весь израненный, он спустился на самое дно пропасти, уставленное огромными скалами, между которыми стремительно бежал шумный поток, весь в пене и брызгах. Нолли пошел к тому месту, где оборвалась и упала Мила.

Издали он уже увидел что—то белевшееся между камнями. Он подошел к этому белому пятну — это лежала она. Ее белое платье было все в крови, голова проломлена, грудь разбита.

Он подошел и поднял этот бесчувственный труп. Он смыл кровь с ее лица, тихо опустился на камни и положил ее к себе на колени. Он смотрел на это бледное лицо, на эти дорогие черты.

Тусклые глаза Милы были полузакрыты, темные брови приподняты красивыми дугами, сжатые губы улыбались грустной улыбкой.

Нолли смотрел на это прекрасное, спокойное лицо и ничего не чувствовал. Его сердце окаменело, в голове не было мысли. Он только смутно сознавал, что он был одинок, что вокруг него необозримая, мертвая пустыня.

Целый день сидел он неподвижно, ничего не слыша и не замечая. Вечером он очнулся. Поцеловал ее холодные, бледные руки, потом встал с этим дорогим трупом и, шатаясь, пошел с ним по берегу широкого потока.

К утру он вышел в цветущие равнины, покрытые зелеными рощами, усыпанные роскошными цветами. Голубой туман носился над ним, золотые лучи играли с ним. Нолли ничего не замечал, для него было теперь все мертвой пустыней.

Он вышел, наконец, на ту широкую террасу перед дворцом, на которую он вместе с Милой всходил три дня тому назад, весь переполненный трепетным восторгом.

Все также стоял дворец Лазуры, все также били, сверкали и шумели кипучие каскады. Но посреди этого шума и блеска не было ни одного живого существа, терраса была пуста, как мертвая пустыня.

Он медленно начал спускаться по широким ступеням к голубому морю. Колени его дрожали, голова горела, кружилась, и весь он был переполнен одной мыслью, одной заботой, как бы не уронить этого бледного трупа, который был для него теперь всем, чем так дорожило его сердце в целом мире.

Около нижних ступеней тихо плескался в голубой воде белый Лебедь.

— Лебедь, — сказал Нолли, — лодку мне! Сжалься, достань мне лодку.

Лебедь замахал крыльями и громко закричал; и к берегу подплыла большая белая лодка, вся покрытая позолоченной резьбой и широкими гирляндами зелени, — та самая лодка, на которой приплыли Мила и Нолли на остров Лазуры. Только гирлянды и цветы в ней теперь поблекли и засохли.

Нолли сел в эту лодку с своей дорогой ношей, и лодка сама отчалила и тихо поплыла по голубому морю.

И возле нее плыл, грустно опустив голову, белый Лебедь, и ему все слышалась его любимая песня:

По синему озеру Лебедь плывет,
Лебедь, мой Лебедь, серебряный Лебедь!..

Наконец, лодка остановилась, причалила к Лебяжьему острову.

Медленно, осторожно вышел из нее Нолли, неся на руках свою дорогую, неподвижную Милу. Лебедь тихо полетел в глубь острова, и Нолли пошел за ним.

Недалеко от берега была небольшая поляна под нависшими ветвями ив. Тут остановился Нолли и осторожно, как спящего ребенка, положил труп Милы под дерево. Потом он нашел большой сук, нашел и несколько плоских острых камней и принялся рыть землю, а Лебедь неподвижно сидел возле тела Милы и смотрел на работу.

Медленно шла она. Усталый, измученный Нолли работал через силу. Его ослабевшие руки дрожали, с его лица катились крупные капли холодного пота. Это были первые капли горького, трудового пота, упавшие на землю Голубых островов, а эти капли превращались в черных, безобразных червей, которые боялись света, которые могли питаться только человеческой кровью, и, извиваясь как змеи, уходили в землю.

XIV

Время тихо тянулось. Плакучие ивы стояли неподвижно. Неподвижно лежала мертвая Мила, как белая мраморная статуя. Неподвижно стоял над ней Лебедь. Нолли, как крот, работал среди мертвой тишины.

Уже спускалось солнце к морю, когда, наконец, неглубокая могила была готова. Едва дыша, весь истомленный долгим трудом и безвыходным горем, Нолли взял труп Милы и поцеловал его таким поцелуем, как будто хотел в нем передать и свою жизнь, и свои страдания, и всю свою бесконечную любовь. Потом он тихо опустил этот труп на дно могилы.

— Лежи, — сказал он, — и медленно разрушайся, чудная, дорогая для меня голова, которую иссушила, сожгла тяжелая дума. Превращайся в холодный бесстрастный прах, чудное сердце, еще недавно полное безграничной любви и не могшее найти себе в жизни невозмутимое счастье!

Потом он вышел из могилы и хотел засыпать ее землею.

— Постой! — сказал Лебедь. Он приподнялся, развернул крылья, закинул голову к небу и гордо запел громкую, лебединую песню. Эта песнь разливалась широким, могучим потоком; торжественно, как из громадного органа, неслись ее звуки, кружились над телом Милы и уносились в синее небо.

Кончил Лебедь, взмахнул крыльями, полетел прямо кверху, все выше и выше, и, наконец, потонул в темно—синем небе.

А Нолли забрасывал могилу землей. Она с глухим шумом катилась, падала на тело Милы, засыпала ей глаза, и каждый удар, как тяжелым молотом, бил по сердцу Нолли. Наконец он кончил работу и, шатаясь, пошел. Куда? Он сам не знал. Без цели, без желаний, как живой труп, бродил он по острову. Он вспоминал все последние речи Милы; он задумывался над ее словами, и чем больше вникал в их смысл, тем шире, величавее вставал перед ним один неразрешимый вопрос: что же мучило Милу? Чего недоставало для ее счастья?..

Остановился Нолли. Могучая дума охватила все существо его, и он окаменел в ней.

Летели часы, дни, годы. Прошли миллионы лет.

Давно уже фея Лазура унеслась в какие—то надзвездные миры со всем своим царством счастливых существ. Давно уже пропал и след Голубых островов.

Уцелел только остров Лебяжий на Тихом Океане.

Он весь окружен подводными камнями и неприступными скалами, нет к нему ни подхода, ни подъезда.

На нем стоит Нолли и думает свою глубокую думу о том:

— Чего недоставало для полного счастья его дорогой, ненаглядной Милы?

Да! Чего недоставало?!

БОЖЬЯ НИВА

Громадное голое поле и на нем маленькое кладбище. Могильные холмики густо заросли травой и осели. Почерневшие кресты почти все валяются на земле. Некоторые из них, потеряв свою крестовину, торчат, как покачнувшиеся, полусгнившие шестики. Кругом ни жилья, ни селения...

Зачем же здесь похоронили божий люд так далеко от села?!.

Жар давно спал. Длинные тени стелются по земле. Мы пришли в село, остановились у новой двухэтажной избы; на завалинке сидел высокий, сгорбленный старик, седой, как лунь, с добродушным, кротким лицом. Из калитки вышла приземистая, толстая баба.

— Что, тетушка, — спросил я, — это что у вас за кладбище в двух верстах отсюда?..

— А это "Божья Нива", касатик, — выморочное. Вот оттелева — остатный, — сказала она, показывая на старика. Я подсел к нему.

— Дедушка, а дедушка?.. Ты из выморочного?..

Старик ничего не ответил и только приветно улыбнулся.

— А ты ему погромче... — посоветовала баба. — Он уж совсем оглох, не чует!..

Я повторил вопрос погромче.

— Нарочной? — Не! — сказал старик. — Я не нарочной. Я древний дед, древний!

— Ты оттелева! — прокричал я еще громче над самым ухом старика и указал на поле, по направлению к кладбищу.

— Оттелева, касатик, оттелева — из Молкова, — заговорил он весело и закивал головой, словно обрадовавшись, что понял вопрос.

— Как же это вы все вымерли? — прокричал я опять над его ухом.

— Не слышу, родимый! Крепковат я стал на ухо—то. Крепковат! А прежде во какой был лютой слышать—то. Слышу, было, как трава растет. Становой ли, окружной ли, исправник ли едет — все слышу!..

Я опять прокричал над ухом мой вопрос.

— Асинька?! Как вымерли—то... А так вымерли. Божья воля значит! Сельцо было наше сто душ. Это так я помню. А старики старые от дедов слыхали, что при царе Лексей Михайлыче было здесь большущее село. Речка Вачка была — так на ней

233

стояло. Кругом были леса, церковь каменная. Торгово село было. Леса порубили, речка в землю ушла. Теперь от нее ложок остался, да болотины, да званье одно.

Он помолчал, подсевал губами, покряхтел и снова начал дребезжащим, прерывающимся голосом:

— Три смерти у нас было. Перва смерть была в холерный год. Тут нас померло чуть не полсела. В летню пору валило. Тако было горе — просто страсть. Втора смерть опять была поветрие. Разнеможется человек, жаром горит, пятна на нем пойдут и кончится. Тут нас тоже дюже вымерло. Жена у меня померла. Сына да двух дочек оставила. На другой год сын помер, а там и дочку свезли на погост. Другу дочку замуж отдал. Прожила она без малого, почитай, сорок годков — тоже померла... Третья смерть — голодная. Неурожайный год был. Земля у нас совсем плохая. Здесь в Прибывалове, за Скурой речкой — земли важные, чернозем; а у нас, что ни сей — песок да глина. Ну, опять и лугов нет. Каки у нас луга! Лет сорок еще назад были луга, а как отрезали землемеры Ломчовску дачу, так почитай все луга к Ломчовским отошли; а лесу у нас давно нету—ти. — Пожары сожгли... Ну так вот, с голодного года и пошла голодная полоса. Как по весне дело — глядь, дворов пять, шесть пустых стоят. Вынесешь, значит, на погост... В прошлом году осталось нас двое... Нет, не в прошлом году... Али... в прошлом году?.. Памяти—то у меня нет, касатик... вот что!.. Памяти нет!..

И старик замолк. Я думал, что он роется в уснувшей памяти... Но он опустил голову и тихо шептал что—то. Голос его хрипел и обрывался...

Я встал с завалинки и, уходя во двор, оглянулся на него. Он сидел неподвижно, не поднимая головы, и не обратил никакого внимания на мой уход.

"Остатный!"... — вспомнилось мне невольно. Часа через два, когда уж совсем стемнело, мы возвращались обратно и снова зашли на заброшенное кладбище.

Тихая и теплая ночь лежала над "Божьей Нивой". Ночной воздух был полон запахом трав и цветов. Далеко кругом расстилалось ровное поле.

На горизонте чуть виднелась церковь села. На краю поля выплывал полный, красно—желтый месяц. Чуть заметные, легкие, как пар, облачка слоились над ним. Все было полно таинственной тишины — величавой, фантастической, и картина за картиной — незримые, неосязаемые, невольно вставали в ночном воздухе.

Поле раздвигалось, делалось бесконечным. Вся

поверхность, все "лицо земли" превращалось в огромную "Божью Ниву".

Народы и царства сменяли друг друга. Выходили, развивались и, совершив свой земной круг, ложились на всемирную "Божью Ниву"... Сколько слоев улеглось здесь, под ногами современного человека, на этом громадном поле!...

Все исчезло, как исчезла теперь эта маленькая вымершая деревенька... Листы громадной истории земли улегались один за другим. Жизнь и смерть начались с растений, оставивших нам каменный уголь. За ними настала очередь миру животных — миру белемнитов, ихтиозавров, мамонтов, мастодонтов, а за ними шел человек... грубый, неумелый, неуклюжий, звероподобный... Это была первая буква всемирной истории...

Легли в землю древние цивилизации... Огромную "Божью Ниву" дало курганное племя... Улеглись в пирамидах и на полях Египта фараоны и египтяне... Улеглись вавилоняне, древние персы, индусы, перуанцы... Огромное Campo Santo, украшенное мраморными статуями и урнами, дали цивилизации Рима и Греции.

"Божья Нива" идет в даль неизведанную... в темную ночь отдаленного будущего... где ее конец?

Темное, безмолвное поле расстилалось перед глазами, чернели, как темные тени, покачнувшиеся могильные кресты, эти молчаливые сторожи прошедшего... И надо всей "Божьей Нивой" опрокинулась огромная, бездонная чаша темного, таинственного неба... А месяц серебрил всю даль своим ласковым, неизменным, фосфорическим блеском.

ДЯДЯ ПУД

Не далеко и не близко, как раз в самой середине, и притом в самой дрянной деревушке, жил—был Дядя Пуд.

Когда он был еще очень маленький, то только и умел, что разевать рот, а когда он его, бывало, разинет, да примется кричать, то даже все соседи затыкали уши и бежали в поле, а мать скорее совала ему ложку в рот и горшок каши в руки. Тогда Дядя Пуд ел кашу и молчал до тех пор, пока в горшке не оставалось ни крошки. Потом он принимался пыхтеть, кряхтеть, а затем снова разевал рот и начинал так кричать, что даже у всех окон в ушах звенело.

Когда он немного подрос, то все кричал, как кошка:

— Мало, м—а—ало! — и сколько бы ни давали ему есть, — все ему было мало.

Когда же он вырос совсем, то все соседи решили, что это был настоящий Дядя Пуд во сто пуд. Толстый, как бочка, голова, как арбуз, лицо красное, как свекла, а волосы рыжие. Одним словом, он был прекрасивый господин.

Беда только в том, что ему есть было нечего. Мать свою с отцом он давно схоронил, потому что они совсем измучились, кормивши его, и наконец, умерли. А сам он ничего не умел делать.

Когда он пахал, то постоянно засыпал над сохой, а как, бывало, навалится на нее, так соха и уйдет в землю по самые ручки. Принимался он и косить, да вместо того, чтобы по траве, все больше косил себя по ногам. Принимался и молотить, да только, вместо хлеба, колотил себя цепом по лбу.

— Эх! — говорили мужики, — коли б ты ел руками, а молотил бы зубами, был бы ты богатеющий человек.

Давали ему соседи хлеба взаймы, давали, давали, да, наконец, и перестали. Раз пошел он вместе со всей деревней к соседям на помочь.

— Ну! — говорят мужики. — Дядя Пуд идет помогать: смотрите, братцы, как сядете за пироги, не плошайте, а то Дядя Пуд как раз поможет!

Ну, и действительно помог. Отправились мужики работать, а он отправился туда, где съестным пахло, да почти все, что было припасено на угощение, прибрал дочиста. Все так и ахнули: ни щей, ни пирогов, ни каши, ни потрохов, одни корки да крошки лежат.

— Ладно! — сказали мужики. — Нет тебе больше пощады,

объел ты весь мир, ступай—ка теперь за это по миру, проедайся чем бог пошлет. — И выгнали его вон из деревни в три метлы.

Пошел Дядя Пуд побираться. Куда ни придет, никто ему ничего не дает.

— Видно, — говорят, — ты, дядюшка, с голоду распух, с холоду покраснел, проходи дальше, покудова цел!

Взвыл Дядя Пуд:

— Зачем, дескать, я на свет божий родился?! — Идет он, идет, еле ноги передвигает, идет лесом, идет полем, и дошел, наконец, до моря.

— Некуда мне деться, — сказал Дядя Пуд. Пойду в море утоплюсь, все милей, чем с голоду помирать.

А на море стоит корабль и все матросики—мореходы ахают да дивуются... — Что это, братцы, к морю какая гора двигается! А сам их набольший, мореход—капитан, кричит Дяде Пуду:

— Эй, дядюшка, не хочешь ли ты балластом у нас быть? Камня нам неоткуда добыть, а нагрузиться надо, так ты вместо груза будешь в трюме лежать.

— Хорошо! — говорит Дядя Пуд, — это я могу, только дайте поесть, а лежать— ничего, умеем.

И вот привезли Дядю Пуда на корабль. Положили в трюм, на самый низ. Ничего, нагрузили корабль как быть должно. Только вот чего не догадались, как Дядю Пуда кормить. Дали ему есть, и проглотил он свою порцию одним глотком, говорит:

— Мало! Дали ему еще, и еще принесли, и еще порцию, и ту проглотил, и так десять порций проглотил, и чуть не целого быка упрятал, а все ему мало.

Ахают все да дивуются: где это у Дяди Пуда дно лежит?! а может быть, уж он так и устроен, что дна у него нет.

— Постойте, — говорит мореход—капитан, — может быть, он и нас не объест, а разом нам две службы сослужит. Пусть он лежит себе грузом, а если случится несчастье, буря станет от берега отбивать нас, то будет он нам заместо мертвого якоря.

А мертвым якорем зовут такой тяжелый якорь, который выбрасывают в бурю в море, чтоб на месте удержаться. И как уж раз его бросят, так вытащить его снова нет никаких сил, — так его и оставляют Морскому Дедушке на поминки! Согласился Дядя Пуд и мертвым якорем служить.

Вот поплыли моряки. Только уж, видно, Дядя Пуд был и взаправду счастливый. Не успели они порядком от берега отойти, как налетела такая буря, что все паруса и снасти, как мочалки, порвало. Пришлось бросить мертвый якорь.

— Ну! — говорят, — Дядя Пуд, служи свою службу, ступай к Морскому Дедушке в гости.

И вот привязали Дядю Пуда к самому большому якорю, а к якорю привязали самый толстый канат. Трудились, трудились все изо всех сил, и насилу—то удалось им сбросить Дядю Пуда с корабля в море. Шлепнулся Дядя Пуд, так что даже море ахнуло и все расплескалось. Окунулся Дядя Пуд, как будто настоящий мертвый якорь, да вдруг взял да и всплыл, точно пробка.

— Ступай на дно, — кричат ему моряки, — тони, мошенник ты этакой, ведь ты всех нас утопишь, акула ненасытная.

И Дядя Пуд изо всех сил старается, чтобы себя утопить, других спасти, барахтается он и так и сяк и ногами и руками, а все прибыли нет. Плавает он по морю, носится по волнам, точно бочка с салом, и якорь тут же с ним.

— Ах ты, участь неминучая, — плачет он, — и в мертвые якоря—то я не гожусь. На какую только потребу я на свет божий произошел!

А буря между тем разбила корабль в мелкие щепочки, все матросики потонули, и капитан вместе с ними, и даже канат, которым был привязан Дядя Пуд, лопнул.

И вот он плывет по морю день и два, плывет и целую неделю. На восьмой день показался вдали берег, а на берегу большой город, и несет Дядю Пуда море прямо к этому городу.

А городские люди давно уже на берегу стоят, в море глядят, и никак не могут разглядеть, что за чудо морское плывет к ним. Кто говорит бочка, кто кит, а кто сам черт, дедушка водяной. Наконец, стукнулся Дядя Пуд якорем в набережную, так что даже брызги полетели. Причалил, значит, выгружайте.

Подивились люди, поахали, стали Дядю Пуда разгружать, от якоря отвязывать. И стал Дядя Пуд рассказывать им про свою горькую судьбину, бесталанное житье.

— Сжальтесь, братцы, над христианской душой! — и поклонился Дядя Пуд до земли. — Накормите немощного, убогого, спасения своего ради!

— Ну, нет, брат, — сказал один бойкий детина, — коли тебя кормить затем только, чтобы ты жил, так уж будет очень нескладно. Я лучше свинью стану кормить: сколько она у меня ни съест, все по крайности пойдет мне же на пользу. А я вот что тебе скажу: ступай—ка ты лучше на бойню, да продай себя на сало. Коли тебе дадут по копейке за пуд, так смекни, сколько рублей выйдет.

Задумался Дядя Пуд и пошел на бойню.

— Авось, — думает, — там можно будет чем—нибудь поживиться!

Но не успел он и полдороги пройти, как съестным духом

потянуло. Идет—скрипит длинный обоз, всякой свежиной нагружен. Везет он много добра и прямо к самому королю. А Дяде Пуду, — что до этого за дело? Увидал он, что одна свиная тушка плохо лежит, сейчас же цап ее за ногу, да за спину. Но не успел он ее хорошенько спрятать, как его самого сейчас же сцапали.

Схватили, скрутили, привели Дядю Пуда к судье.

— Дядюшка милостивый, — молит его Дядя Пуд, — ведь сколько дней я не емши!..

Никуда—то я не гожусь. Чем же я виноват?

— Этого я ничего не знаю, — говорит судья, — а сужу по закону. Ты украл свиную тушу, а в законе сказано: "Если кто—либо украдет у кого—либо что—либо, что дороже веревки, на которой его можно повесить, то его следует повесить высоко и коротко". — Эй! Палач!

А палач тут как тут. Словно из земли вырос. И повели Дядю Пуда вешать. Мальчишки бегут, народ бежит, солдаты в барабаны бьют. Ведут, тащат Дядю Пуда. Словно земляная глыба он катит, и весь народ на него дивуется.

— Господи! — думает Дядя Пуд. — Настал, наконец, мне грешному конец, успокоюсь я в земле сырой, моей кормилице.

Долго вешали Дядю Пуда. Ухали, ахали, три тысячи человек тянуло Дядю Пуда наверх, три тысячи подмогало им, наконец, подняли. Но только что подняли, оборвался Дядя Пуд. Да и какая веревка могла бы удержать его, Дядю Пуда?!

Оборвался он, полетел. Бросился народ от страха во все стороны, точно его вихрем разметало. Грохнулся Дядя Пуд о землю. Охнула земля, расступилась.

— Матушка! — вскричал Дядя Пуд. — Прими ты меня!

Но не приняла его земля, отбросила. Высоко взлетел Дядя Пуд. Далеко летел и очутился наконец в чистом широком поле, где со всех четырех сторон света сходятся дороги вместе.

Сидит там на перекрестке, на трех столбах, старушка—бабушка слепая, всем на картах ворожит, на бобах разводит. Подошел к ней Дядя Пуд, низко поклонился.

— Поворожи, — говорит, — мне, бабушка, поворожи, милая, поворожи мне горемычному, где моя добрая доля лежит!

— Давно бы, милый человек, ко мне пришел, — сказала слепая бабушка, и поворожила Дяде Пуду, и вышел Дяде Пуду червонный туз, и лежало в этом тузе сердце Дяди Пуда.

И только что выпал Дяде Пуду этот туз, как все переменилось.

Пыль поднялась по дороге. Скачут, летят вершники—

приспешники, едет золотая колымага самого короля. Остановилась колымага, растворились дверцы. Все кланяются Дяде Пуду и садят его в колымагу, везут во дворец, к самому королю.

Там разодели Дядю Пуда в золото и бархат, посадили в передний угол, потчуют его всяким, печеньем, вареньем, кулебяками, пирогами, брагой и медом, пивом и заморским вином.

Ест, ест Дядя Пуд, ест не час, не два, не день, не три, и все ему мало.

Тащат—везут во дворец всякого съестного добра, со всего королевства, и все Дяде Пуду мало.

Заохал народ во всем королевстве.

Пришел, наконец, и сам король смотреть на Дядю Пуда: дивуется, а за ним и все придворные тоже диуются.

Созвал, наконец, король мудрецов со всего королевства.

— Что это за чудо—юдо такое? — спросил король у мудрецов.

— Просто голодный дурак! — сказали мудрецы, — его же и море не поглощает, и земля не принимает.

— Да ведь он тяжел! — вскричал король.

— Тяжел! — повторили за ним все придворные.

— Тяжел! — простонал народ.

— Тяжел! — прозвенело эхо по всей земле.

— Но ведь он добр, и ему слепая бабушка ворожит! — вскричал король.

И тут все придворные тотчас увидели, что у Дяди Пуда настоящее червонное сердце; а что ему слепая бабушка ворожит, об этом они все давно догадались.

— Ну и решите, что с ним делать? — приказал король мудрецам.

Ну и сидят они, думают думу крепкую, думу тяжкую и до сих пор не могут решить и придумать, что сделать с Дядей Пудом.

КУРИЛКА

Жил—был Курилка. Тот самый Курилка, про которого песенка поется:

Как у нашего Курилки
Ножки тоненьки,
Душа коротенька!

Курилка был из чистой сосновой лучинки с черной головкой.

Раз собралось в большую залу на святки много нарядных детей: девочек в белых и розовых платьицах и мальчиков в хорошеньких курточках и рубашечках. Сели все в кружок, зажгли Курилку, и пошел он переходить из рук в руки. Каждый поскорее передавал Курилку соседу, и все весело пели:

Жив, жив, Курилка,
Жив, жив, не умер.

— Видишь, как все боятся, чтоб я не умер! — думал Курилка, — значит, я хороший человек.

И он от удовольствия пускал всем дым в глаза. Но у одного мальчика с большой белой головой он погас.

— Ах, дрянной Курилка, — сказал мальчик, — не мог ты погаснуть у соседа.

Курилка обиделся и как только снова попал к этому мальчику, он опять нарочно уже погас.

— Ну! — сказал мальчик, — гадкий Курилка надоел, будем играть в фанты.

И он бросил Курилку, да так ловко, что тот из залы полетел в гостиную, из гостиной в диванную и там упал в уголок с игрушками.

— Здорово живете, как поживаете! — закричал Курилка, — а я приехал с экстренным поездом прямо из большой залы. Там очень много теперь народу, славное большое освещение, и все это для меня. Там каждый старался подержать меня в руках, потому что, согласитесь, ведь это большая честь. Все радовались, что я еще не умер, и пели: "жив, жив Курилка". Я очень люблю такое внимание. Меня потчевали яблоками, конфетами, вареньем, но я ничего этого не ел, потому что не хотел, я только курил дорогие, хорошие сигары, — пуф, пуф, пуфф, и все восхищались моим курением.

— Какой там болтун мне спать не дает? — сказала глиняная уточка. — Я целый день свищу, хоть бы вечером мне дали уснуть немного. Какая—то дрянная лучинка прилетела и шумит, как не знаю что.

241

— Сударыня! Позвольте вам заметить, что я вовсе не лучинка. Так как вы простая глиняная утка, то и не можете меня оценить. Я никогда не был лучинкою. У меня дедушка был Курилка, бабушка Курилка и сам я настоящий Курилка, граф Курилка. Вот как!

— Послушайте, граф Курилка, — сказала кукла, у ног которой на полу лежал Курилка. — Вы всех нас крепко обязали бы, если б немножко помолчали.

— Ах! мадемуазель! Прошу тысячу извинений, что не заметил вас тотчас же. Но вы просто меня ослепили! Такой прекрасной дамы я еще не видывал. Вы вероятно были в большой зале; там все барышни носили меня на руках, но ни у одной нет такой прекрасной лайковой ручки, как у вас. Я лежу у ваших ног, неужели вы не тронетесь этим и не отдадите мне вашей руки? Вы не смотрите, что на мне нет ботинок. Я обут по моде: ведь у меня ножки тоненьки, душа коротенька. Раз я пошел купить себе ваксы для лайковых сапожек в самый лучший магазин. — "Почем, говорю, стоит банка лучшей ваксы—стираксы, просите дороже, потому что я сам богач". — "Две копейки с гривной". — "Это дешево.

Отрежьте мне на полтинку одну половинку". — "С большим бы удовольствием, говорят, но у нас теперь нет отрезалок, все вышли"...

Но никто уже не слушал Курилку. Все зажали уши и, кто как мог, крепко спали, а он говорил, говорил, бормотал, бормотал и, наконец, сам заснул.

В полночь все игрушки проснулись, потому что они играют в самих себя только тогда, когда все в доме спят.

— Кукуреку! — закричал картонный петух.

Барабан пробил зорю. Уточка начала пищать. Труба затрубила, и фарфоровый попугай сказал: "Bonjour, papa!" Кошка сказала: "Давайте петь, меня никто не продувал уже третий день и у меня животик засорился"; она начала прыгать и кричать: мя, мя, мя!..

— Ах, это отлично, — вскричал Курилка и вскочил на ноги, — давайте петь! Когда я был в большой зале, там все пели и я лучше всех; я удивительный музыкант и сочинил отличную песню, которую везде поют на святках! — И он завизжал самым тонким голосом:

Жив, жив, Курилка,
Жив, жив, не умер.
Все зажали уши.

— Будемте лучше танцевать, — сказала кукла, — мой кавалер будет попугай, кошка будет танцевать с петухом, труба с барабаном, а деревянный солдатик с уточкой.

— Танцевать, танцевать! — закричал Курилка, — становитесь скорей, живо, живо! Я сейчас покажу вам удивительный танец. Я танцевал его на кухне перед самим королем, вместе с казачком. Смотрите, нужно только стараться прыгать выше себя, вот как: фить так, вот как, фить так, вот как, вишь ты, ишь ты, — и Курилка до того распрыгался, что сбил с ног сперва волчка, потом уточку, лошадку, трубу и куклу:

— Эй, пан! — закричал тут деревянный солдатик, схватил Курилку за шиворот и так его встряхнул, что из Курилки все занозы выскочили.

— Ой, ой, послушайте, — захныкал Курилка, — господин солдат, ваше благородие, я ведь ничего, я так только, я очень смирный.

— В бурак его, в пустой бурак! — закричали все, — пускай сидит там до утра.

И отвели Курилку в бурак, посадили и крышкой закрыли. Он там стучал, стучал, стучал, наконец где—то щелку нашел, высунул сквозь нее голову и закричал:

— Эй, вы, вот я, храбрый Курилка! А вы все там господа меледа, чушь, глушь, огородники, сковородники, дрянь, шваль, гниль, плесень, толокно, чепуха, телятина, колбаса, труха, носки, колпаки, пешки!

Но все танцевали, и никто не слушал Курилку, а он бормотал, бормотал, бормотал, вплоть до белого утра.

Когда утром дети подошли к игрушкам, то все они были на своих местах, и даже Курилка лежал у ног куклы, как будто ни в чем не бывало.

— Посмотрите—ка, — сказали дети, — ведь это наш вчерашний Курилка сюда забрался: скажите, пожалуйста, разве здесь твое место! Ах, ты! вон его! — и его выбросили за окно.

— Вот я теперь страдаю за правду и прямо в Сибирь, — закричал Курилка. — Ух, как быстро! и хлоп! —

Курилка упал на каменную плиту.

— Ах! — говорил он каменной плите. — Если б вы знали, откуда я приехал, с какой высоты спустился. Я был там, там, в большой зале. У меня было много игрушек: барабан, труба, флейта, уточка, курочка, хорошенькая мадемуазель, которая непременно хотела за меня выйти замуж, глупый попугай, которого я звал: "попка дурак", и дрянной деревянный солдатик: он был страшный буян, но я его укротил, схватил за шиворот, тряхнул, трах, и посадил в бурак!

243

— Послушайте, — сказала плита, — как бы я желала теперь треснуть и провалиться сквозь землю, чтобы только не лежать под вами...

Но тут Курилку подхватила метла, которою мел дворник тротуар, и он слетел с плиты.

— Мети, мети! — закричал он, — я люблю чистоту. Долой весь сор, всякую дрянь, вот как, вот как!

И он прыгал по тротуару вместе с сором до тех пор, пока не завяз в метле.

— Ну! я теперь поеду верхом на метле, — кричал он, — прощайте! Я поеду прямо в Китай к китайскому императору. Он меня сделает наследником престола.

Но дворник отнес его вместе с метлой в кухню и поставил в углу подле печки.

— Ах! — сказали лучинки, лежавшие на шестке, — посмотрите, ведь это та лучинка, которую взяли от нас вчера наверх. Ах! какая она стала гадкая, обгорелая, грязная, но все-таки она наша родная. Здравствуй, милая сестрица!

— Какая я вам сестрица! — закричал Курилка, — вы кухонная сволочь, дровяное дубье, а я князь, граф, барон Фиш фон Курилкирр. — И Курилка выскочил из метлы и упал на пол подле печки.

— Все здесь так хорошо. Я вернулся в свои владения. Здравствуйте, господин кот Васька. Я вас сделаю своим интендантом, я знаю, у вас глаза так хорошо блестят. Я тоже умею блестеть. Когда я был в большой зале, у меня на голове блестела звезда в туманных облаках...

— Послушайте, — сказал кот, — вы самое бесполезное существо в целом свете. Как бы хорошо было, если бы вас бросили в печку. По крайней мере, вы дали бы хоть немножко тепла.

И желанье кота исполнилось. Кухарка подняла Курилку и бросила в печку.

— Смотрите все! — закричал он, — смотрите!

— Ну! живей за дело! Вы все, глупые дрова! берите с меня пример, вот как надо гореть: трах, пышь, тук, тшик!..

И Курилка сгорел. От него осталась только щепотка золы.

А знаешь ли? Курилки все-таки полезны. Они удобряют землю своим прахом. И если тебе случится когда-нибудь в твоей жизни встретить Курилку, который всем надоедает, постоянно болтает и ничего не делает, то знай, что это не что иное, как ходячая машина для удобрения твоей родной земли. Вот и все.